Gabriela Gwisdek

Die Fremde

atb aufbau taschenbuch

Gabriela Gwisdek, 1966 in Bautzen geboren, hat als Requisiteurin für Theater, Film und Fernsehen gearbeitet. Sie ist mit dem Schauspieler Michael Gwisdek verheiratet und hat für ihn eine Fernsehreihe entwickelt, die im ZDF ausgestrahlt werden wird. »Die Fremde« ist ihr erster Roman.

Ein leeres Haus, eine verschwundene Ehefrau. Als Markus von einer Dienstreise zurückkehrt, glaubt er, in einen Alptraum geraten zu sein. Seine Frau Katharina hat die Wohnung offenbar fluchtartig verlassen. Als er sie wiederfindet, liegt sie nach einem Autounfall im Krankenhaus und behauptet, eine andere zu sein. Die Nachforschungen, die Markus anstellt, werfen noch mehr Fragen auf. Katharina wuchs in einem Waisenhaus auf, und die einzige Frau, die sie wirklich kannte, ist am Tag nach dem Unfall auf mysteriöse Weise ums Leben gekommen.

Gabriela Gwisdek

Die Fremde

Thriller

atb aufbau taschenbuch

ISBN 978-3-7466-2624-6

Aufbau Taschenbuch ist eine Marke der
Aufbau Verlag GmbH & Co. KG

1. Auflage 2010

Umschlaggestaltung capa, Anke Fesel
unter Verwendung eines Fotos von © Sabine Wenzel/bobsairport
Autorenfoto © Reno Engel
Druck und Binden Druckerei C. H. Beck, Nördlingen
Printed in Germany

www.aufbau-verlag.de

Für meine geliebten Eltern

Prolog

Erschöpft hob die junge Frau den Kopf. Die Stunden der Anstrengung hatten nicht nur bei ihr deutliche Spuren hinterlassen, auch der Hebamme war anzusehen, wie viel Kraft und Schweiß die Geburt sie gekostet hatte. »Was ist es?«

»Ein kleines Mädchen!«, sagte die Hebamme, während sie das Neugeborene der wartenden Kinderärztin übergab. »Ein Mädchen!«, flüsterte die junge Frau glücklich und ließ sich zurück auf das Kissen sinken. »Geben Sie es mir!« Sie war froh, dass die Geburt vorbei war und niemand sie hier gefunden hatte.

»Später. Im Moment kümmert sich ein Ärzteteam um ihre Tochter.«

»Was ist mit der Kleinen?«

»Ihr Baby wollte zu früh auf diese Welt, das wissen Sie doch! Aber keine Sorge, es ist wirklich in den besten Händen. Und in zwei, drei Wochen spielt das alles keine Rolle mehr, dann gehen Sie mit einem gesunden süßen Mädchen nach Hause.«

Bestürzt beobachtete die junge Mutter durch die Scheibe die Gruppe junger Ärzte, die im Nebenraum um das Leben ihrer Tochter kämpfte. Bange Minuten vergingen, bis endlich der ersehnte Schrei des Babys zu ihr herüberdrang.

Zwei bis drei Wochen? Nein, so lange konnte sie auf keinen Fall hierbleiben. Sie hatte Pläne – und sie durfte an keinem Ort Spuren hinterlassen, wollte sie diese Pläne nicht gefährden.

Nach tagelangen schweren Unwettern hatten die Behörden für weite Teile des Landes den Notstand ausgerufen. Die

Stadt ächzte unter der Last des Sturmes, und die sintflutartigen Regenfälle der letzten vierundzwanzig Stunden hatten inzwischen auch das Krankenhaus stark in Mitleidenschaft gezogen.

Die Stromversorgung war in der Nacht zusammengebrochen, und das eingeschaltete Notstromaggregat tauchte die Flure in ein diffuses Licht. »Hoffen wir, dass es bald aufhört«, seufzte Schwester Dolores und schickte einen flehenden Blick nach oben. »Was meinen Sie? Kriegen die das mit dem Strom im Laufe der Nacht wieder hin?« Die junge Kinderärztin steckte ihr Stethoskop in die Kitteltasche und warf einen zufriedenen Blick auf das schlafende Baby. Dann sah sie zu Dolores und hob die Schultern. »Es ist wohl ein größerer Schaden, wie ich gehört habe. Also machen wir uns mal nicht zu viel Hoffnung. Aber etwas anderes: Hat unsere kleine Prinzessin hier inzwischen einen Namen?«

Schwester Dolores streichelte liebevoll die winzige Hand des Säuglings. »Ihr Name ist Clara.«

Aus der Kitteltasche der Ärztin drang der unüberhörbare Ton ihres Pagers. Nach einem kurzen Blick darauf schaltete sie ihn ab und wandte sich zum Gehen. »Ich werde in der Notaufnahme gebraucht. Wenn irgendetwas ist, wissen Sie, wo Sie mich finden!« Sie deutete lächelnd auf den Pager und verließ das Zimmer.

Dolores Johnson beugte sich noch einmal über das kleine Mädchen. Sechs Tage war es gerade alt und viel zu klein für diese Welt, dafür aber eine Kämpferin, die ihresgleichen suchte. »Aus dir wird bestimmt einmal etwas ganz Besonderes!«, flüsterte sie und verließ nach einem prüfenden Blick auf die übrigen Bettchen ebenfalls den Raum.

Kurz nach Mitternacht waren beinahe alle Geräusche auf der Station verstummt, außer dem Dröhnen des Windes herrschte eine fast gespenstische Stille. Schwester Dolores ließ sich erschöpft auf den Stuhl hinter ihrem Monitor fallen und rieb sich die übermüdeten Augen. Die gestillten Babys waren zurück in ihren Bettchen, ihre Mütter schliefen, und eigentlich war es an der Zeit, die Planungen für den nächsten Tag zu machen. Dolores stützte das Kinn auf die Handflächen und schloss für einen Moment die Augen.

Lautlos öffnete sich die Tür der Neugeborenenstation. Eine junge Frau betrat den Flur. Angestrengt lauschend verharrte sie einen Moment nahezu bewegungslos. Erst als ein leises Wimmern unter ihrem Mantel hervordrang, kam Bewegung in die Gestalt. Geräuschlos setzte sie ihre Schritte auf dem steinernen Boden und strebte, immer schneller werdend, dem Stationsausgang entgegen. Das Wimmern war in leises Weinen übergegangen, als sich die Automatiktür hinter ihr schloss und die Gestalt in der Dunkelheit verschwand.

Sie hatte es geschafft. Endlich waren sie und ihr Kind wieder in Freiheit.

Nun konnte sie weiter ihre Pläne verfolgen. Sie würde ein neues, schöneres Leben führen – und vergessen, wer sie eigentlich war. Eine Mörderin.

1.

»Wir müssen reden«, waren die letzten Worte seiner Frau, bevor sie auflegte. Markus schaltete das Autoradio ein, in der Hoffnung, die Nachrichten der Welt würden das Bild in seinem Kopf zertrümmern. Schon seit Tagen drängten sich ihm, wenn er an Katharina dachte, die wildesten Eifersuchtsphantasien auf, nun nahmen sie konkrete Formen an. Um ihr nicht das Gefühl zu geben, von ihm kontrolliert zu werden, hatte er es immer vermieden, sie nach einem erfolglosen Anruf zu Hause auf ihrem Handy anzurufen. Sie hatte ihm aber nie erklärt, wo sie gewesen war, wenn er sie nicht erreicht hatte.

Der Regen peitschte über die Straße, so dass er Mühe hatte, die immer stärker verschwimmenden Konturen der Straßenbegrenzung zu erkennen. Es war ein Tag gewesen, an dem alles schiefgegangen war.

Die Besprechungen in den Firmen waren zäh und langwierig gewesen, und die Abschlüsse, die er als Verkaufsmanager pro Monat zu erbringen hatte, waren wieder einmal ausgeblieben, was dem kommenden Gespräch mit seinem Chef alles andere als zuträglich war. Zudem wurden die freien Tage zwischen den Touren immer seltener, da die Auftragslage total mies war. Markus war mittlerweile fünfunddreißig und hatte eigentlich noch nichts zustande gebracht. Seine Harley war einem VW Passat gewichen, die neue, viel zu kleine Wohnung ließ er von seiner Frau einrichten; nicht einmal seine Kleidung hatte er selbst gekauft. Die anfänglichen Rituale des Verliebtseins waren nach nur zwei Jahren Ehe der Gewohnheit gewichen, und die Bilder, die sich ihm boten, wenn er nach Hause kam, ließen ihn oftmals zusammenschrecken: Katharina auf der Couch vor dem Fernseher, ein müdes »Hallo, da bist du ja!«, mit dem sie ihn empfing, und ein flüchtiger Kuss, ohne aufzustehen.

Aber nichts von alledem war neu und ernsthaft beunruhigend gewesen, bis mitten in eine Sitzung hinein der unüberhörbar schrille Klingelton seines Handys die Köpfe der Anwesenden herumschnellen ließ. Markus hatte, als er den Namen seiner Frau Katharina auf dem Display sah, es kurzerhand weggedrückt und sich dann höflich bei den Umsitzenden entschuldigt. Kaum dass wieder Ruhe eingetreten war, klingelte es erneut. Mit einem verlegenen Nicken war er aus dem Zimmer gegangen und hatte den Anruf entgegengenommen. Von diesem Moment an hatte Markus die Minuten gezählt, bis er sich endlich von seinen Geschäftspartnern verabschieden und in sein Auto steigen konnte. Der Stau in der Innenstadt von Düsseldorf, die lange Autoschlange an der Tankstelle und der einsetzende Starkregen verhinderten ein schnelles Vorwärtskommen. Immer wieder holte er sich Katharinas Worte ins Gedächtnis zurück. Die Art, wie sie ihm sagte, er solle sich beeilen, es sei wichtig, und sie warte auf ihn, regte seine Phantasie in einem Maße an, die er so nicht kannte. War der Tag gekommen, den er so fürchtete? Das Ende seiner Ehe schien ihm fast unausweichlich. Markus musste sich eingestehen, dass er nichts dagegen unternommen, sondern vielmehr dabei zugesehen hatte. Noch bis vor einem Jahr glaubte er sich sicher in dem Gefühl, dass es wohl das Beste war, Katharina damals zu heiraten. Er hatte sich eingeredet, dass es Liebe war, was sie verband.

Sie hatten eine Menge versäumt in ihrer Ehe, versäumt, miteinander zu reden, versäumt, einander kennenzulernen. Viele von Katharinas Charaktereigenschaften mussten tiefere Ursachen haben, als dass sie in einem Satz gesagt waren, und sicher gab es Geheimnisse, die Katharina niemals preisgeben würde, aber wenn Markus ehrlich war, dann hatte er jetzt Angst vor den Abgründen, die sich ihm auftun würden.

Obwohl Katharina am Telefon nicht weiter mit ihm hatte reden wollen, griff Markus doch zu seinem Handy. Er musste einfach wissen, was so wichtig sein sollte. Vielleicht war es ja doch nur wieder das leidige Geldproblem oder die zu kleine Wohnung. In letzter Zeit eskalierte das Thema Lebensverhältnisse, und die Diskussionen um ein eigenes Haus nahmen dramatische Dimensionen an.

Katharina meldete sich jedoch nicht, und bevor die viel zu lange Ansage seines Anrufbeantworters zu Ende war, ließ er das Handy fallen, ergriff mit beiden Händen das Lenkrad und machte eine Vollbremsung. Quietschend kam der Wagen quer hinter einem Lastzug zum Stehen. Sekundenlang war Markus vollkommen unfähig, sich zu rühren. Wie paralysiert verfolgten seine Augen das Wischen der Scheibenblätter, während er darauf wartete, dass das unkontrollierbare Zittern seiner Knie nachließ. Einen Meter weiter und er würde in einem Schrotthaufen unter dem blinkenden Lastzug klemmen und darauf hoffen, dass sein Atem reichte, bis Spezialisten ihn aus dem Wrack herausgesägt hatten. Langsam stieg Wut in ihm hoch. Was für ein Vollidiot parkte im Dunkeln hinter einer Kurve!

Laut fluchend legte Markus den Rückwärtsgang ein, fuhr er ein paar Meter zurück, hupte und setzte zum Überholen an. Dann bremste er erneut. Erst jetzt sah er die Autoschlange, das Blaulicht und den Rest eines Feuers, das soeben in weißem Schaum erlosch.

Als sich sein Wagen wenig später im Schritttempo an der Unfallstelle vorbeibewegte, bot sich ihm ein grauenhaftes Bild. Zwei Fahrzeuge waren ineinander verkeilt, wobei das hintere, ein Kleintransporter, völlig ausgebrannt war. Am Feldrand lagen drei mit Tüchern abgedeckte Körper.

2.

Die Wohnung lag im Dunkeln, als Markus die Tür aufschloss und leise in den Flur trat. Vorsichtig öffnete er die Schlafzimmertür, tastete sich bis zum Bett vor und schaltete die Nachttischlampe an. Das Bett war unberührt. Verdutzt drehte er sich um und lief zum Wohnzimmer.

Wahrscheinlich ist Katharina nur zum Zigarettenautomaten um die Ecke gegangen, dachte er. Seit sie vor einem Jahr arbeitslos geworden war, rauchte sie wieder.

Sein Blick blieb an zwei Gläsern auf dem Couchtisch hängen, als das Licht das Wohnzimmer erleuchtete. Der Aschenbecher war voller ausgedrückter Zigaretten, und die offene Schachtel daneben war noch halb voll. Die verdammten Glimmstängel waren ihr also nicht ausgegangen!

Markus ließ sich auf den Sessel fallen und starrte nachdenklich auf die beiden Weingläser. An einem der Gläser waren deutliche Spuren von Lippenstift zu erkennen.

Bevor er weiter herumrätselte, wählte er Katharinas Mobilnummer, doch ihr Handy war ausgeschaltet. Merkwürdig! Sie schaltete ihr Handy niemals aus, weil sie stets Angst hatte, etwas zu verpassen.

Mittlerweile war es 0:35 Uhr. Wo, um alles in der Welt, konnte sie um diese Uhrzeit sein? Nichts im Ort hatte noch geöffnet. Markus holte die leere Weinflasche unter dem Tisch hervor und studierte das Etikett. Keine der Sorten, die Katharina immer trank, außerdem schien er sündhaft teuer zu sein. Sie hatte offenbar Besuch gehabt. Aufgeregt lief Markus ins Badezimmer und kehrte mit Katharinas Lippenstift zurück. Nach einem Strich auf dem Glasrand war klar, dass es sich um das Glas seiner Frau handelte. Aber warum hatte sie zu Hause Lippenstift aufgelegt? Augenblicklich fiel ihm Christoph ein. Der Freund hatte sich in letzter Zeit sehr verändert. Katharina und er hatten sich zwar schon immer gut verstanden, aber da war dieser eine Blick zwischen ihnen beim letzten gemeinsamen Essen gewesen, der Markus nicht mehr aus dem Kopf ging. Wenn man einmal damit angefangen hatte, kleine Begebenheiten unter einem bestimmten Verdacht zu sehen, schien einem plötzlich alles klar, und der Adrenalinspiegel stieg ins Unermessliche. Dann setzte die Phantasie ein, und es kamen diese verdammten Bilder.

Markus griff zum Telefon und wählte hastig eine Nummer.

»Christoph? Ist Katharina bei euch?«

Am anderen Ende war ein verschlafenes und mürrisches »Nein, wieso?« zu hören.

»Weil sie nicht zu Hause ist. Warst du heute Abend bei uns?«

Wieder ein mürrisches »Nein«, dann wurde aufgelegt.

Markus starrte einen Moment lang wütend auf das Telefon in seiner Hand. Dann atmete er tief durch und wählte die Nummer von Katharinas bester Freundin. Janett war seine einzige Hoffnung; schon häufiger hatten die Freundinnen bis spät in die Nacht zusammengesessen und bei ihren Frauengesprächen jedes Zeitgefühl verloren.

Nach einer halben Ewigkeit wurde endlich abgehoben.

»Janett, ich bin's, Markus.«

Am anderen Ende hörte man das Klicken eines Feuerzeuges und das Anrauchen einer Zigarette.

»Weißt du, wie spät es ist?«, fragte Janett, wie jemand, der beim Fernsehen nicht gestört werden will.

»Tut mir leid, aber ist Katharina bei dir?«

»Nein! Warum fragst du?«

»Sie ist nicht zu Hause und hat keine Nachricht hinterlassen. Dabei wollte sie mich eigentlich dringend sprechen.«

Wieder entstand eine kleine Pause. Janett blies hörbar den Rauch aus, bevor sie antwortete. »Also bei mir hat Katharina sich nicht gemeldet, aber das …«

»Dann rufe ich die Polizei an!«, unterbrach Markus sie heftig und ärgerte sich gleichzeitig darüber, dass er sie nicht hatte aussprechen lassen. Die Verunsicherung in ihrer Stimme war ihm sehr wohl aufgefallen. Was wusste Janett, was er nicht wusste?

Er hörte ein leises Aufstöhnen am anderen Ende der Leitung.

»Und was willst du denen sagen?«

»Dass meine Frau verschwunden ist.«

»Markus, du machst dich lächerlich!«

»Überhaupt nicht! Es muss ihr irgendwas passiert sein!« Er schrie nun fast ins Telefon und fuhr sich dabei nervös durch die Haare, so wie er es immer tat, wenn er aufgeregt war.

»Verschweigst du mir etwas?«, fragte er.

»Nein, Markus, das tue ich nicht! Pass auf, du gehst jetzt schlafen, und wenn du wieder munter bist, ist Katharina wahrscheinlich wieder da und wird dir alles erklären.«

»Und wenn nicht?«

»Dann kannst du immer noch die Polizei anrufen! Geh schlafen und ruf mich morgen früh noch mal an, falls sie noch nicht da ist. Dann komme ich, ja?«

Ohne seine Antwort abzuwarten, legte Janett auf.

Markus saß minutenlang regungslos im Sessel und starrte auf die Weingläser. Dann stand er auf, holte sich ein Bier aus dem Kühlschrank, öffnete es an der Tischkante und ließ sich auf die Couch fallen.

Er musste für kurze Zeit eingeschlafen sein, denn er schreckte auf, als seine Füße vom Couchtisch rutschten. »Katharina?«

Die Wohnzimmeruhr zeigte kurz nach drei Uhr. Durch die angelehnte Schlafzimmertür schimmerte ein schwaches Licht.

Markus sprang auf, war mit drei großen Schritten im Flur und riss die Tür auf.

»Katharina?«

Nichts.

Er hatte die Nachttischlampe brennen lassen. Markus hastete zurück ins Wohnzimmer und tippte eine Nummer ins Telefon. Diesmal wurde sofort abgehoben.

»Notaufnahme Allgemeines Krankenhaus Celle. Sie sprechen mit Schwester Gudrun.«

»Ist bei Ihnen eine Frau mit dem Namen Katharina Franke eingeliefert worden?«

»Einen Moment bitte!«

Nervös trommelte Markus mit den Fingerspitzen auf die Tischplatte und lauschte angestrengt.

»Hören Sie? Nein, eine Frau namens Katharina Franke ist bei uns nicht eingeliefert worden.«

Enttäuscht und erleichtert zugleich legte Markus den Hörer in die Station zurück. Wenigstens etwas! Katharina war nicht im Krankenhaus! Ihr war anscheinend nichts passiert, aber wo, zum Teufel, war sie?

Eine Familie, bei der sich nach ihr erkundigen konnte, hatte Katharina nicht. Sie war ganz allein auf dieser Welt, zumindest hatte Markus nie etwas von irgendwelchen Verwandten gehört. Als er Katharina vor sieben Jahren kennenlernte, war sie gerade fünfundzwanzig Jahre geworden. Anfangs wunderte er sich nur darüber, wie wenig sie von ihrer Vergangenheit sprach, dann fiel ihm auf, dass sie niemals über sich redete, und als er sie nach Monaten fragte, wann sie ihn denn endlich ihren Eltern vorstellen würde, erfuhr er, dass sie keine hatte. Katharina war bis zu ihrem sechzehnten Lebensjahr in einem Kinderheim in Bremen aufgewachsen, hatte dann eine Lehre als Kauffrau in Hannover gemacht und war danach nicht wieder ihre Heimatstadt zurückgekehrt.

Viel mehr über ihre Vergangenheit wusste Markus nicht.

Ihr beharrliches Schweigen über ihre Kindheit hatte er sich so erklärt, dass es aller Wahrscheinlichkeit nach nichts Positives über die Zeit im Waisenhaus zu berichten gab. Seltsamerweise gab es auch keine Fotos, die sie als Kind zeigten. Er erinnerte sich, wie seine Mutter einmal beim Essen vorsichtig das Gespräch auf dieses Thema gebracht hatte. Laut klirrend hatte Katharina daraufhin das Besteck auf den Tellerrand fallen lassen, war erzürnt aufgesprungen und eine halbe Stunde im Bad verschwunden. Nach diesem Vorfall war nie wieder über ihre Kindheit gesprochen worden. Einzig ein kleiner Stoffhund mit Namen »Struppi« zeugte davon, dass Katharina einmal ein kleines Mädchen gewesen war.

Markus griff hinter sich, tastete mit der Hand unter das Sofakissen, holte das zerknautschte Plüschtier hervor und betrachtete es sorgenvoll.

Nein, unmöglich, dass sie ihn verlassen hatte, dann hätte sie Struppi mitgenommen! Katharina liebte diesen Hund über alles!

Das Klappen einer Autotür unten auf der Straße ließ ihn aufschrecken und zum Fenster laufen. Aber es waren nur Leute, die zur Arbeit fuhren.

Enttäuscht ließ er sich wieder auf die Couch fallen und starrte an die Decke. Es war inzwischen fast vier Uhr. Wer sagte ihm denn, dass Katharina nicht schon seit gestern verschwunden war? Vielleicht waren inzwischen viel mehr Stunden vergangen, als er annahm. Von diesem Gedanken getrieben, entschloss sich Markus, zur Polizei zu gehen und Katharina als vermisst zu melden.

3.

»Der Name?«

»Katharina Franke.«

»Alter?«

»Zweiunddreißig.«

»Das Geburtsdatum?«

»30. November 1977.«

»Größe?«

»Eins achtundsechzig.«

»Welche Haarfarbe hat ihre Frau?«

»Braun. Nein, mehr rot im Moment.«

»Augenfarbe?«

»Grün.«

»Besondere Merkmale?«

»Sie hat eine Narbe an der linken Schläfe. Mindestens vier Zentimeter. Man sieht es aber nicht auf den ersten Blick, weil sie die Narbe überschminkt.«

»Was trug ihre Frau, als sie verschwand?«

»Ich weiß es nicht.«

»Wo könnte sie sich sonst noch aufhalten?«

»Keine Ahnung. Ich habe all unsere Freunde angerufen. Sie ist nirgendwo!«

»Haben Sie ein Foto von Ihrer Frau?«

Hektisch zog Markus seine Geldbörse aus der Gesäßtasche, holte ein zerknittertes Foto heraus und reichte es dem Beamten.

»Sieht Ihre Frau immer noch so aus?«

»Ja, das Foto ist keine drei Wochen alt.«

Der Polizist legte das Bild neben seine Akten, schaute noch einmal darauf und gab es dann Markus zurück.

»Und seit wann vermissen Sie Ihre Frau?«

»Eigentlich seit gestern Abend, aber ich bin mir da nicht sicher.«

Der Polizist zog die Augenbrauen in die Höhe und ließ seine Hände auf die Tastatur sinken. »Ich will Ihnen nicht zu nahe treten, Herr Franke, aber ich muss ihnen diese Frage stellen: Hatten Sie vielleicht Eheprobleme, oder gab es Streit zwischen ihnen und Ihrer Frau?«

Markus schüttelte den Kopf. »Nein.«

»Hören Sie, jedem Erwachsenen steht es grundsätzlich zu, seinen Aufenthaltsort frei zu bestimmen, ohne Freunde oder Verwandte darüber sofort zu informieren.«

Markus unterbrach den Polizisten aufgebracht. »Aber meine Frau ist spurlos verschwunden. Ich habe überall angerufen, sie ist nirgendwo!«

Der Polizist verschränkte die Arme und lehnte sich zurück. »Herr Franke, ich verstehe Ihre Besorgnis. Mir würde es sicherlich genauso gehen, wenn meine Frau weggelaufen wäre. Aber wir haben die Erfahrung gemacht, dass viele der Verschwundenen schon nach wenigen Stunden wieder auftauchen. Manchmal haben sie einfach nur eine kurze Auszeit genommen, vom Alltag, von Problemen, vom Ehepartner …«

»Katharina ist nicht weggelaufen. Sie hat überhaupt keinen Grund dazu!«

Erneut hob der Polizist die Augenbrauen. »Sie arbeiten im Außendienst? Sie sind also selten zu Hause, oft tagelang unterwegs. Wie gut kennen Sie Ihre Frau?«

Markus sackte auf dem Stuhl zusammen und fing wieder an, sich mit beiden Händen nervös über den Kopf zu fahren.

»Meine Frau hat keinen Grund wegzulaufen«, flüsterte er.

Der Polizist lächelte gutmütig. »Herr Franke, Sie gehen jetzt nach Hause und warten auf Ihre Frau. Und sollte sie in den nächsten zwölf Stunden nicht aufgetaucht sein, kommen Sie wieder zu mir. Einverstanden?«

Nach einer halben Stunde hatte Markus fast alle Straßen der kleinen Ortschaft abgefahren. Er konnte nicht einfach zu Hause sitzen und auf Katharina warten, so als würde sie jeden Moment vom Einkaufen kommen. Die Angst, dass etwas Furchtbares passiert sein könnte, schnürte ihm die Kehle zu und ließ ihn nicht mehr klar denken.

Lieber Gott, dachte Markus, als er wieder vor seinem Haus einparkte, lass sie einfach eine Nacht bei einem anderen verbracht haben. Bitte, lass es nur das sein! Ich werde es ihr verzeihen.

Es war mittlerweile 6.30 Uhr.

Als er die Treppe hinauflief, hatte er die irrsinnige Hoffnung, Katharina könnte inzwischen wieder zu Hause sein. Er würde ins Schlafzimmer kommen, sie würde im Bett liegen und verschlafen einen Gruß murmeln, er würde ihr einen Kuss geben und sich dann zu ihr legen.

Markus verspürte plötzlich ein Verlangen, sie in den Arm zu nehmen und nie wieder loszulassen. Viel zu oft war sie allein, und auch Janett konnte als Freundin die Lücke, die Markus durch seine langen Touren hinterließ, nicht ausfüllen. Seine Hände zitterten vor Aufregung, daher gelang es ihm erst beim dritten Versuch, den Schlüssel in das Schloss seiner Wohnungstür zu stecken.

Er rannte ins Schlafzimmer. Das Bett war leer. Tief atmend stand er im Raum. Zum ersten Mal kam ihm der beunruhigende Gedanke, dass Katharina ihn tatsächlich verlassen haben könnte. Aufgeregt riss er alle Schranktüren auf. Ihre Kleider waren noch da und lagen akribisch geordnet in den Fächern. Er schüttelte den Kopf und rannte ins Bad. Was war mit ihrem Schminkkoffer? Sie ging nie ungeschminkt aus dem Haus, und selbst in der Wohnung legte sie zumindest Make-up auf, um ihre Narbe zu überdecken.

All ihre Schminkutensilien standen, soweit er es übersehen konnte, auf dem kleinen Glasregal über dem Waschbecken.

Markus ließ sich erschöpft auf den Badewannenrand sinken. Sie hatte ihn also nicht verlassen.

Plötzlich klingelte es Sturm an der Wohnungstür. Wie elektrisiert sprang er auf. Sie hat ihren Schlüssel verloren, war der einzige Gedanke, der ihn auf den wenigen Metern zur Tür beherrschte. Er würde jetzt keine Fragen stellen, bis sie von selbst redete. Hauptsache, sie war wieder da!

Markus riss die Tür auf.

Vor ihm stand Janett. Sie drückte ihm wortlos eine Zeitung gegen die Brust und lief an ihm vorbei ins Wohnzimmer. Verstört schaute Markus auf das Papier in seinen Händen. Er las den Artikel auf der ersten Seite.

»Bei einem schweren Verkehrunfall auf der B 244 nahe Wittingen am Abend des 4. Juli, bei dem drei Menschen tödlich verunglückten, wurde auch eine junge Frau schwer verletzt, deren Identität bisher noch nicht festgestellt werden konnte.«

Darunter war ein Foto abgebildet, das eine Frau zeigte, die Katharina recht ähnlich sah.

»Nein!« Markus schlug entsetzt die Hände vor das Gesicht. »Das kann nicht sein!«

Janett war neben ihn getreten und reichte ihm eine weitere Zeitung.

Markus starrte wieder auf das Bild und schüttelte dann energisch den Kopf.

»Ich bin an diesem Unfall vorbeigefahren. Das Foto ist nicht sehr gut. Das ist sie nicht! Und überhaupt – was sollte sie in dieser Gegend …?«

»Doch, Markus, es ist Katharina! Lass uns hinfahren! Mein Auto steht unten.«

Wie in Trance erhob sich Markus und schlug die Tür hinter ihnen zu.

»Ich bin an dem Unfall vorbeigefahren«, wiederholte er voller Verwirrung, während sie die Treppen hinuntergingen.

Es dauerte einige Minuten, bis Markus bereit war, das Krankenzimmer auf der Intensivstation zu betreten. Die Schwestern hatten ihn mit wenigen Worten vorbereitet, damit er bei dem Anblick, der ihn erwartete, nicht allzu sehr schockiert sein würde, und auch Janett wurde gebeten, noch einige Minuten vor der Tür zu warten, bis die Ärzte mit Markus geredet hatten. Ängstlich betrat er das Zimmer, schloss die Tür hinter sich und blieb einige Meter vom Bett entfernt stehen.

Der Kopf einer Frau war so sehr bandagiert, dass außer den geschlossenen Augen, der Nase und den Lippen nichts zu sehen war. Angestrengt versuchte Markus, irgendetwas zu erkennen, das seiner Frau ähnelte. Das sollte Katharina sein? Er ließ den Kopf sinken und wandte sich ab. In diesem Moment wurde die Schiebetür des Intensivraumes aufgeschoben. Zwei Ärzte, ein älterer und ein jüngerer, traten ein und stellten sich als Prof. Dr. Olbrisch und Doktor Köhler vor.

»Herr Franke? Gut, dass Sie sich gemeldet haben!«

Markus starrte sie an, ohne ihren Gruß zu erwidern.

»Ich weiß nicht, ob das meine Frau ist!«, stieß er hervor.

»Gibt es ein besonderes Zeichen, das nur Ihre Frau hat?«, fragte der Professor. »Ein Tattoo oder eine Narbe vielleicht?«

»Ja, an der linken Schläfe, aber die ist ja …« Er rang mit seiner Fassung.

Prof. Olbrisch sah ihn mitfühlend an. »Durch die Kopfverletzung ist das Gesicht dieser Frau im Moment noch …«

»Das da ist nicht meine Frau! Da bin ich mir beinahe sicher.« Markus schaute in das verdutzte Gesicht der beiden Ärzte. »Wie soll ich denn jemanden identifizieren, der völlig eingewickelt ist!«

Nach einem Moment der Ratlosigkeit ging Markus langsam an das Bett, ergriff die verbundene rechte Hand und schob den Verband ein wenig zur Seite. Man konnte deutlich ein etwa drei Millimeter großes Muttermal auf dem Handrücken der Verletzten erkennen.

Als wäre mit einem Schlag alle Kraft aus ihm gewichen, sackte Markus auf dem Stuhl neben Katharinas Bett zusammen. »Es ist meine Frau«, sagte er tonlos.

Prof. Olbrisch legte ihm vorsichtig die Hand auf den Unterarm. »Wir lassen Sie jetzt erst einmal allein, bevor ich Ihnen dann in meinem Büro alles weitere erklären werde.«

Markus nickte schwach, als die beiden Ärzte das Zimmer verließen.

»Berühren Sie Ihre Frau, sonst werden Sie die Angst nicht überwinden können!«

Eine korpulente, ältere Schwester stand plötzlich hinter ihm.

»Und wenn Sie möchten, erkläre ich Ihnen die einzelnen Geräte!«

Abwehrend hob Markus die Hand. Die Schwester nickte ihm daraufhin aufmunternd zu und verließ leise den Raum.

Argwöhnisch betrachtete Markus den vor ihm liegenden Körper und die unzähligen Schläuche und Kabel, die, von ihm weg, zu den Überwachungsgeräten führten. Er wagte nicht, Katharina zu berühren. Alles hier jagte ihm eine noch nie gefühlte Angst ein.

»Wach auf, Katharina, bitte! Bitte, mach die Augen auf!«, flüsterte er leise.

4.

Markus fixierte das Fenster im Rücken des Professors. Die Tasse Kaffee, die man ihm angeboten hatte, schob er zur Seite.

»Hatte meine Frau nicht irgendetwas bei sich? Eine Handtasche oder etwas anderes? Wo ist ihr Ehering? Sie muss doch ihren Ring getragen haben!«

Der Professor schüttelte bedauernd den Kopf. »Es tut mir leid. Uns wurde nichts mitgegeben. Offenbar ist alles verbrannt. Selbst ihre Kleidung … Entschuldigen Sie, wir mussten sie aufschneiden, als sie eingeliefert wurde. Von einem Ehering weiß ich nichts, aber ich werde mich erkundigen und Ihnen dann Bescheid geben.«

Markus schaute weiter starr aus dem Fenster.

Einen Moment lang studierte der Professor seine Unterlagen.

»Ihre Frau hat durch den Unfall etliche Verletzungen erlitten. Man nennt das Polytrauma. Der Körper reagiert dabei oft panisch. Es schrillen sozusagen alle Alarmglocken auf einmal. Dadurch kommt es bei dem Verletzten zu schwerem Stress, wodurch ein lebensbedrohlicher Zustand eintreten kann. Es war also im Falle ihrer Frau dringend notwendig, sie schon am Unfallort in ein künstliches Koma zu legen. Es dient einzig der Schonung des Patienten. Es sind mehrere Rippen gebrochen, so dass sie bei Bewusstsein unter großen Schmerzen beim Atmen leiden würde, was zu einer geringen Atemtiefe und somit zu einer verminderten Sauerstoffaufnahme führen würde. Da es sich leider abzeichnet, dass wir das künstliche Koma über einen längeren Zeitraum aufrechterhalten müssen, haben wir zur Erleichterung der Beatmung einen Luftröhrenschnitt gemacht.«

Markus versuchte sich zu konzentrieren, aber die Worte des Professors schienen wie aus weiter Entfernung zu dringen.

»Außerdem erlitt Ihre Frau durch den seitlichen Aufprall des Kopfes eine große Platzwunde und eine schwere Gehirnerschütterung. Ein Schädel-Hirn-Trauma haben wir Gott sei Dank ausschließen können. Die größte Sorge bereitet uns aber im Moment eine Verletzung an der Wirbelsäule …«

»Was? Entschuldigung, ich hab einen Moment lang …«, unterbrach Markus sichtlich überfordert.

Der Professor nickte rücksichtsvoll. »Entschuldigen Sie, manchmal vergessen wir, dass es auch Nichtmediziner gibt. Ich weiß, dass sich das alles furchtbar für Sie anhört, aber was das künstliche Koma angeht, so ermöglicht es dem Körper …«

»Wie lange wird sie im Koma liegen?«

Für einen Moment herrschte Stille.

»Das können wir zu diesem Zeitpunkt nicht sagen.«

5.

Das kleine Zimmer, unweit des DRK-Krankenhauses Hannover, das Markus bezogen hatte, um jeden Tag bei Katharina sein zu können, war alles andere als komfortabel, aber er war froh, so rasch eine Unterkunft gefunden zu haben. Jeden Morgen, wenn er zu Fuß zum Krankenhaus unterwegs war, spornte ihn ein einziger Gedanke an. Katharina könnte wach sein, wenn er kam! Dieser Gedanke beherrschte ihn, wenn er abends das Licht löschte, und es war das Erste, was er am Morgen dachte.

Fast zwei Wochen waren seit Katharinas Unfall vergangen, und noch immer zögerten die Ärzte, sie aus dem künstlichen Koma aufzuwecken. Markus verstand die Erklärungen des Professors nicht, obwohl dieser sich alle erdenkliche Mühe gab, ihm die komplizierten medizinischen Fachbegriffe so einfach wie möglich zu erklären. Die gebrochenen Rippen waren beinahe wiederhergestellt, die übrigen Verletzungen so weit ausgeheilt, dass die Schmerzen erträglich wären, nur die Wirbelsäule machte noch Probleme. Die Ärzte konnten Markus jedoch insofern beruhigen, dass Katharina keine Querschnittslähmung drohte.

Markus war inzwischen mehrere Male bei der Polizei gewesen, die, da es keine Zeugen gab, noch immer nach der Unfallursache und dem Schuldigen suchte. Die Versicherung hatte sich wegen des Totalschadens an Katharinas Auto gemeldet, wollte aber nicht zahlen, solange der Verursacher des Unfalls nicht festgestellt war. Die Arbeitsagentur schrieb, dass Katharina eine Umschulung besuchen sollte, und ein Versandhaus schickte zwei Pakete mit Kleidern. Das Leben ging weiter, nur nahm Katharina nicht mehr daran teil.

Die Physiotherapeuten trainierten ihre Muskeln und Gelenke, die Schwestern wechselten die Blumen, die er jeden vierten Tag mitbrachte, und Markus wartete, jeden Tag, stundenlang. Oft hörte er die Schwestern tuscheln und bemerkte ihre teils mitleidigen, teils anerkennenden Blicke. Thomas Amberg, sein Chef, hatte ihn für unbestimmte Zeit beurlaubt, und vor zwei Tagen waren Janett und ihr Mann Rainer zu Besuch gekommen. Verlegen hatten sie eine Weile neben Katharinas Bett gestanden und versucht, mit Markus ins Gespräch zu kommen.

Zum ersten Mal war die Frage ausgesprochen worden, die Markus bisher nicht zugelassen hatte. Ob Katharina denn jemals wieder gesund werden würde, wollte Rainer wissen. Obwohl er diese Frage sehr vorsichtig gestellt hatte, war Markus wütend auf ihn losgegangen und hatte die Freunde kurzerhand aus dem Zimmer geworfen.

Dann stand er minutenlang regungslos an der geschlossenen Tür. Was war, wenn sie recht hatten? Was, wenn die Ärzte ihm etwas verschwiegen? Wäre er stark genug und würde seine Liebe zu Katharina reichen, ein Leben an der Seite einer kranken Frau zu verbringen?

Fast panisch war er an Katharinas Bett zurückgekehrt und hatte ihr beschwörend ins Ohr geflüstert: »Hör nicht auf sie, Liebes! Es wird alles gut, glaub mir, es wird alles gut!«

Einen Tag Auszeit war alles, wozu er sich auf Drängen der Schwestern hin hatte überreden lassen. Als er aber nun im strömenden Regen auf sein Haus zulief, überkam ihn eine unfassbare Einsamkeit. Dieser Sommer war früh zu Ende gegangen, die Linden am Straßenrand begannen sich bereits gelb zu färben, und die ohnehin graue Hausfassade wirkte noch hässlicher. Wie immer war die kleine Einbahnstraße lückenlos zugeparkt, Markus war entnervt fünf Mal um den Block gefahren und hatte schließlich zwei Straßen weiter sein Auto abgestellt. Der Briefkasten war restlos überfüllt, und irgendwann hatte jemand einfach einen Schuhkarton daraufgestellt und mit seinem Namen versehen. Markus leerte den Kasten, stopfte alles in den Karton und ging in den dritten Stock hinauf.

Schon beim Betreten der Wohnung fiel ihm der merkwürdige Geruch auf, der aus der Küche zu kommen schien.

Markus stellte den Karton auf dem Küchentisch ab und öffnete den Topf, der auf der Herdplatte stand. Er riss den Kopf zurück, als ihm der beißende Gestank einer schmierigen Nudelmasse entgegenschlug. Schnell legte er den Deckel auf, nahm den Topf und lief damit aus der Küche. Hilflos starrte er auf den Topf in seinen Händen, eilte dann ins Wohnzimmer, riss die Balkontür auf und stellte ihn nach draußen. Für einen Moment stand er verloren im Wohnzimmer herum, dann ließ er sich laut stöhnend auf das Sofa fallen und legte die Beine auf dem Couchtisch ab. Katharina würde jetzt sicher meckern, dachte er voller Wehmut.

»Zieh wenigstens die Schuhe aus!«, würde sie sagen, und er würde wie immer brummelnd ihrer Aufforderung folgen.

Die Sehnsucht nach ihr ließ ihn hastig die Schuhe von seinen Füßen streifen und dann mit einem lauten Aufschrei gegen den Tisch treten.

Als er dann noch den schwarzen Fleck an seinem Schienbein sah, war seine Stimmung am Tiefpunkt angelangt. Er war an der Anhängerkupplung eines silbergrauen Audis hängengeblieben, als er sich vor dem Haus durch die eng parkenden Autos gewunden hatte. Laut fluchend sprang er auf, lief in die Küche, riss eines der Geschirrtücher vom Haken und versuchte hektisch, den öligen Fleck zu entfernen, aber der war äußerst hartnäckig, und inzwischen hatte das Blau seiner Jeans das weiße Tuch verfärbt, so dass er es unmöglich zurückhängen konnte, sondern verärgert in den Wäschekorb warf.

Während er den Korb schloss, hielt Markus plötzlich in der Bewegung inne. Dieser Wagen, fiel ihm plötzlich ein, war ihm schon an jenem Abend, als Katharina verschwunden war, aufgefallen. Jetzt, drei Wochen später, stand er noch immer an derselben Stelle. Markus riss das Fenster auf und lehnte sich hinaus. Leider war es ihm unmöglich, das Nummernschild zu erkennen. Unzufrieden setzte er sich wieder auf die Couch zurück und ließ seinen Blick ziellos durch das Zimmer streifen. Es war idiotisch, hierherzukommen, stellte er missmutig fest, aber wenn er allein in seinem angemieteten Zimmer hockte, versetzten ihn die Angst und die Vorstellung, dass Katharina plötzlich in der Nacht sterben könnte, allabendlich in Panik.

Eines Nachts hatte er sogar angefangen zu beten. Er kannte zwar kein einziges richtiges Gebet, aber er hatte Gott laut angefleht, Katharina endlich aufwachen zu lassen. Am Morgen darauf war er, in der fast gläubigen Hoffnung, Gott könnte ihn tatsächlich erhört haben, den gesamten Weg zum Krankenhaus gerannt, aber als er atemlos das Krankenzimmer betrat, bot sich ihm der immer gleiche Anblick: eine schlafende Frau.

Eine kleine weiße Ecke Papier, die aus dem untersten Schubfach des Schrankes schaute, erregte plötzlich seine Aufmerksamkeit. Er stand wieder auf, lief zum Schrank und zog das Schubfach auf. Nachdenklich drehte Markus den Sparkontoauszug mit der inzwischen fünfstelligen Summe zwischen seinen Händen. Katharina hatte ihn also doch gefunden. Die letzten Nächte vor ihrem Unfall hatte er damit verbracht, sich den Moment vorzustellen, wenn er ihr von seinem Vorhaben erzählen würde. Ein eigenes Haus! Er hatte vor, es sofort zu kaufen, sobald sich der langersehnte Nachwuchs ankündigte. Zwar war dieses Thema von Katharina bis auf weiteres auf Eis gelegt worden, weil sie meinte, in ihrem seelischen Zustand keine besonders gute Mutter sein zu können, aber Markus hoffte trotzdem allmonatlich auf ein Wunder.

Und was sprach gegen ein Kind, wenn es für sie ohnehin keine Aussicht auf eine neue Anstellung gab? Katharina würde ganz sicher, wenn es erst einmal da war, in ihre Mutterrolle hineinwachsen. Ein Kind war eine wirkliche Aufgabe, und genau diese Erfüllung hatte sie doch gesucht.

Zugegeben, er hatte nie ernsthaft darüber nachgedacht, wie sehr er seiner Frau vielleicht fehlen könnte. Er brachte das Geld nach Hause, so dass sie sich ein halbwegs komfortables Leben ohne größere Sorgen leisten konnten, in den letzten zwei Jahren waren sie im Sommer nach Griechenland und in die Türkei geflogen, und auch sonst schien ihre Ehe ganz gut zu funktionieren. Aber was wusste er denn schon? Im Grunde viel zu wenig. Die kurze Zeit, die sie zwischen zwei Touren miteinander verbrachten, war eher Urlaub als Alltag. Markus schlief lange, sie gingen einkaufen, und abends traf er sich mit Freunden, oder man saß gemeinsam vor dem Fernseher. Er kannte kein einziges Hobby oder wenigstens eine Vorliebe von Katharina, abgesehen vom stundenlangen Shoppen oder den Abenden mit Janett. Aber was tat sie den ganzen Tag, wenn er nicht da war? Mit wem traf sie sich sonst noch?

Der Professor hatte ihm mitgeteilt, dass man Katharina ohne Ehering gefunden hatte. Warum hatte sie ihn abgenommen? Hatte Markus alle Zeichen des drohenden Endes seiner Ehe übersehen? War alles, was er für ihre gemeinsame Zukunft erarbeitet hatte, umsonst, weil es sie so vielleicht gar nicht mehr geben würde? Wo war sie an den vielen Abenden gewesen, an denen er vergeblich versucht hatte, sie zu erreichen? Hatte sie ihm vielleicht wirklich ein Verhältnis mit einem anderen beichten wollen? Wohin wollte sie an jenem Abend? Was war so dringend gewesen, dass sie nicht auf ihn warten konnte?

Einmal hatte sie von einer entfernten Tante gesprochen, die jetzt schon uralt sein müsste – sie hieß Tante Marga. Das war alles, was er wusste. Vielleicht war diese Tante gestorben. War das der Grund, warum Katharina mitten in der Nacht nach Celle gefahren war? Nichts ergab einen Sinn. Seit drei Wochen wartete er auf eine Antwort, und der einzige Mensch, der sie geben konnte, lag im Koma.

Markus hielt es in der Wohnung ganze drei Stunden aus. Dann fuhr er zurück nach Hannover.

6.

Seit einer Stunde schon saß Markus am Bett von Katharina. Dann erhob er sich langsam, ging zum Fenster und zog die Vorhänge zurück. Trotzdem es den ganzen Tag wie aus Kannen gegossen hatte, war die Nacht jetzt sternenklar. Er öffnete das Fenster und atmete tief die milde Nachtluft ein.

Er hatte davon gehört, dass Menschen, die in ihrer Kindheit keine Liebe erfahren hatten, außerstande waren zu lieben. Vielleicht war das bei Katharina so? Möglich, dass sie es einfach nicht konnte. Aber würde sie das je zugeben oder darüber sprechen? Ausgeschlossen. Sie hatte noch nie über sich gesprochen, weder über Gefühle, geschweige denn über ihre Wünsche und Träume. Und Markus war nicht der Typ, der die richtigen Fragen stellte.

»Vielleicht hätten wir nicht heiraten sollen!«, sagte er leise.

Er ließ das Fenster einen Spalt breit offen und setzte sich wieder an ihr Bett. Vorsorglich zog er Katharinas Decke ein Stück höher. Die Schwestern hatten ihn zwar ausdrücklich darauf hingewiesen, die Fenster geschlossen zu halten, aber frische Luft würde Katharina wohl kaum umbringen. Er musste nur daran denken, es wieder zu schließen, bevor er ging.

Regungslos saß Markus auf seinem Stuhl und beobachtete ihr Gesicht. »Was weiß ich eigentlich alles nicht von dir?«

Sein Blick verfinsterte sich.

»Stell dir vor, ich würde dir hinterherspionieren. Ich würde dich fragen, was du den ganzen Tag machst! Oder wo du warst, wenn ich anrufe und keiner rangeht. Und ob du dich heimlich mit Christoph triffst?«

Markus beugte sich ein Stück nach vorn.

»Wolltest du darüber an jenem Abend mit mir reden?«

Er atmete tief ein.

»Es ist nicht fair.«

Er spürte, wie unbändige Wut in ihm aufstieg. »Du kannst nicht einfach so daliegen … Ich werde meinen Job verlieren, wenn es so weitergeht, verstehst du?«

Markus unterdrückte das plötzliche Verlangen, Katharina so lange zu schütteln, bis sie die Augen aufschlug.

»Verdammt, mach die Augen auf und antworte mir!«

Lange betrachtete er ihre Gesichtszüge. Er sah, wie sich ihre Pupillen unter den Lidern bewegten. Träumte sie? Wenn ja, von wem? Wieder fühlte er Zorn in sich aufkommen. An wen hatte sie gedacht, wenn sie abends in ihrem Bett lag und er nicht da war.

»Liebst du mich eigentlich?«

Diese Frage hatte sie noch nie, ohne nachzudenken, beantwortet.

»Willst du wissen, ob ich dich liebe?«, fuhr Markus fort. »Ja. Aber wenn ich an das letzte halbe Jahr denke, weiß ich nicht, warum. Was ich damit meine? Ganz einfach. Dass ich nicht das Gefühl gehabt habe, du hast dich gefreut, wenn ich nach Hause komme. Dass du nie gefragt hast, wie meine Woche war! Dass es verdammt schwer war, dir irgendetwas recht zu machen.«

Markus merkte plötzlich, dass er die schlafende Katharina angeschrien hatte. Er zwang sich zur Ruhe. »Kann ja sein, dass du dich vernachlässigt fühlst. Ich will ja nicht abstreiten, dass ich verdammt viel unterwegs war. Aber das werde ich nicht ändern können.«

Es war weit nach Mitternacht, als er ihr Zimmer verließ, im Vorbeigehen den Nachtschwestern zunickte und in den Fahrstuhl stieg.

Eine junge Krankenschwester stand tänzelnd neben dem Krankenbett, als Markus am nächsten Morgen das Zimmer betrat. Sie hatte Katharina einen ihrer Kopfhörer ins Ohr gesteckt und bewegte sich im Rhythmus der Musik, die aus ihrem iPod kam.

»Was machen Sie da?«, fragte er empört.

Erschrocken riss sich die junge Frau den anderen Kopfhörer aus dem Ohr. »Sorry, was?«

»Ich habe gefragt, was Sie da machen?«

Noch immer in der Tür stehend, musterte er sie misstrauisch. Sie war höchstens zwanzig, ihrem Akzent nach vermutlich Afroamerikanerin und ausgesprochen hübsch.

»Wir hören Musik!«, gab sie lächelnd zur Antwort.

Sie wollte um das Bett eilen, um Markus die Hand zu schütteln, blieb aber an der Schnur von Katharinas Kopfhörer hängen, drehte sich um, zog ihren iPod aus dem Kittel und legte ihn auf die Bettdecke. Kurzerhand steckte sie Katharina auch den rechten Stöpsel ins Ohr, regulierte noch einmal die Lautstärke und kam zu Markus. »Sorry, Sie kennen mich noch nicht. Ich heiße Cameron. Sind Sie Katharinas Mann?«

»Ja, das bin ich.«

Cameron sah ihn fragend an. »Und? Wie heißen Sie mit Vornamen?«

»Warum wollen Sie das wissen?«

»Weil wir uns ab jetzt jeden Tag sehen werden. Ich würde Sie gern beim Vornamen ansprechen.«

Ihre erfrischende und lockere Art ließ Markus auftauen. »Ich heiße Markus.«

»Cameron Kramer. Freut mich, Sie kennenzulernen!«

Sie strahlte ihn an, drehte sich dann um die eigene Achse und schlug Katharinas Bettdecke zurück. »Also, Katharina, wie gefällt dir meine Musik?«

Markus stand noch immer wie angewurzelt in der Tür und hielt den frischen Blumenstrauß in der Hand.

»Kennen Sie sich denn mit Patienten aus, die im künstlichen Koma liegen?«

Cameron wandte sich um, nahm ihm den Strauß ab, dann die Vase mit den fast verwelkten Blumen vom Nachttisch und lief damit zum Waschbecken.

»Was muss man sich da auskennen? Es sind Menschen! Und auch wenn Ihre Frau gerade schläft, hört sie doch, empfindet, träumt ...«

Cameron kehrte zurück, stellte den Blumenstrauß auf das Tischchen und wandte sich wieder Katharina zu.

»Sehen Sie? Die Lider Ihrer Frau zucken. Vivaldi! Ich wette, sie mag diese Musik!«

Vivaldi! Katharina konnte mit klassischer Musik nichts anfangen. Sie stand auf Pop! Dennoch schien es Markus, als spielte, trotz des hässlichen Beatmungsschlauches, um Katharinas Mund ein winziges Lächeln. Er trat näher an das Bett heran und beobachtete angespannt ihre Gesichtszüge. Cameron betätigte einen Hebel, und wenig später saß Katharina fast aufrecht im Bett.

»Seien Sie vorsichtig!«

Cameron zuckte nur mit den Schultern und lächelte ihn an.

»Haben Sie keine Angst!«

Während sie mit einer Hand Katharinas Rücken stützte, versuchte sie mit der anderen, die Bänder des Nachthemdes zu öffnen.

»Los, kommen Sie! Sie können mir helfen!«

»Was haben Sie vor?«

Ängstlich war Markus wieder einen Schritt zurück getreten. So ganz geheuer war diese Cameron ihm nicht, aber die Selbstverständlichkeit, mit der sie mit Katharina umging, imponierte ihm.

»Ich will Ihre Frau waschen, und das geht im Sitzen einfach viel besser!« Vorsichtig zog sie Katharina das Nachthemd aus.

Markus schaute wie gebannt auf Katharinas Körper. Er hatte sie schon lange nicht mehr nackt gesehen. Die Wochen zuvor war er jedes Mal aus dem Zimmer gegangen, wenn die Schwestern erschienen, um Katharina umzubetten und zu waschen. Überhaupt war heute alles anders. Die meisten Schläuche waren verschwunden, die Mehrheit der piependen Apparate stand abgeschaltet in der Ecke des Zimmers, und irgendjemand hatte Katharina die Haare gewaschen. Sie war dünner geworden, aber sie war noch immer wunderschön.

»Wie lange ist der Unfall her?«, fragte Cameron, während sie mit geübten Handgriffen Katharinas Rücken wusch.

»Drei Wochen.« Als er die Zahl aussprach, wurde ihm das erste Mal klar, wie lange er schon auf diesem Stuhl saß. Wie sollte es weitergehen, wenn sie Katharina nicht bald aufweckten?

Cameron redete, während sie Katharina wusch, ununterbrochen weiter. »Tun Sie einfach alles, was Ihnen einfällt. Umarmen, streicheln, massieren ... Bringen Sie CDs von zu Hause mit und lassen Sie Katharina Musik hören ... und vor allem, Markus, reden Sie mit ihr! Katharina bekommt alles mit, was um sie herum passiert. Sie sollten ihr zeigen, dass sie lebt und Ihnen wichtig ist.«

Markus sah die Krankenschwester erstaunt an. »Meinen Sie wirklich, dass meine Frau mich hören kann?«

»Ich bin mir ganz sicher«, sagte Cameron.

Markus lächelte verlegen. So hatte hier überhaupt noch niemand mit ihm gesprochen. »Sagen Sie mal, woher wissen Sie das alles?«

Cameron leerte die Schüssel im Waschbecken, kam zurück, zog Katharina ein frisches Nachthemd an, setzte sich dann auf die Bettkante und begann, die Hände der Schlafenden zu massieren. »Mein Vater ist Arzt. In Amerika. Er wollte unbedingt, dass ich bei ihm in der Klinik arbeite, aber ...« Sie verdrehte die Augen, während sie weitersprach. »Deutschland ist mir da schon sehr viel lieber, zumindest vorläufig.«

»Und wieso sprechen Sie so gut Deutsch?«

»Mein Freund ist Deutscher.«

»Und lassen Sie mich raten: Er ist auch Arzt!«

Cameron war noch immer mit Katharinas Händen beschäftigt. »Nein, zum Leidwesen meines Vaters ist er Profiler bei der Kripo.«

Markus hob die Augenbrauen und nickte anerkennend. »Ich habe zwar keine Ahnung, was ein Profiler ist, aber Kripo klingt schon mal gut. Und was machen diese Profiler so?«

»Hier in Deutschland sagt man Fallanalytiker. Sie sichten die Spuren, rekonstruieren den Tathergang und erstellen dann ein Täterprofil.«

»Muss ein spannender Beruf sein!«

»Glaub schon. Aber mein Freund erzählt nicht viel, darf er auch nicht, und so scharf bin ich auf seine Horrorgeschichten auch nicht. Kommen Sie, Markus, ich will Ihnen zeigen, wie Sie Katharinas Hände massieren können, während Sie hier sitzen.«

Es durchfuhr ihn wie ein Stromschlag, als Cameron ihn berührte. Katharinas Hände fühlten sich immer kühl und leblos an, diese hier jedoch waren warm und weich. Er sehnte sich plötzlich so unendlich nach einer Berührung. Irritiert schaute er in Camerons Augen, aber als sie seinen Blick erwiderte, fühlte er sich in seinen Gedanken ertappt und sah verunsichert zur Seite.

Cameron nahm seine Hand, hielt sie einen Moment lang und führte sie dann zu Katharinas. »Spüren Sie diesen Muskelstrang? Wenn man seine Hand sehr lange nicht streckt, kann es passieren, dass sich die Sehnen verkürzen. Dem kann man entgegenwirken. Außerdem hat es den positiven Nebeneffekt, dass Katharina menschliche Berührung und Wärme spürt. Sie braucht es ...« Wieder schaute sie Markus in die Augen. »... genauso wie Sie!«

Verlegen lächelte Markus sie an.

»So, ich muss jetzt leider ins Nachbarzimmer zu Frau von Wolfersdorf. O Gott, wenn Sie wüssten, wie schwierig manche Patienten sind!«

Cameron verdrehte die Augen, während sie aufstand und zur Tür tänzelte. »Sie kann mich nicht leiden, diese Frau von … Und unter uns gesagt, ich sie auch nicht! Machen Sie ruhig noch ein bisschen weiter und auch die andere Hand, ja!«

Beschwingt öffnete sie die Tür, drehte sich noch einmal kurz zu Markus um und strahlte ihn an. »See you later?«

Als die Tür ins Schloss gefallen war, wandte Markus sich wieder Katharina zu und versuchte unbeholfen, Camerons Handbewegungen nachzuahmen. Er lächelte still. »Ich habe überlegt, ob ich nicht Klavierunterricht nehmen soll. War immer ein Traum von mir.« Sekundenlang hing er diesem Gedanken nach. »Ich weiß, dass du mich jetzt insgeheim auslachst.«

Er spürte, wie gut es ihm tat, mit Katharina über Alltäglichkeiten zu reden, auch wenn er nicht wusste, ob sie ihn wirklich hörte. Er wollte reden, über so vieles, aber auf die entscheidenden Antworten würde er wohl noch lange warten müssen. Warum hatte er ihr Auto im Vorbeifahren nicht erkannt? Und warum hatte sie ihn nicht angerufen, um ihm zu sagen, dass sie bei seiner Ankunft nicht zu Hause sein würde?

Als Markus am nächsten Morgen das Krankenhaus betrat, war Cameron die Erste, der er begegnete. Angeregt mit einem jungen Mann plaudernd, lehnte sie seitlich am Empfangstresen.

»Markus, darf ich Ihnen meinen Freund vorstellen! Leonard Martens.«

»Leo, das ist Markus Franke, der Mann von Katharina.«

Markus hatte sich Camerons Freund anders vorgestellt. Vor ihm stand ein Typ in Jeans und Sweatshirt, die halblangen

Haare mit einem Gummi am Hinterkopf zusammengebunden, und musterte ihn kritisch.

»Cameron hat mir von Ihrer Frau erzählt. Was soll ich sagen? Wird schon ...«

Markus nickte und schaute unschlüssig zwischen den beiden hin und her. »Ich werde mal zu ihr gehen.«

Cameron lächelte. »Es geht ihr gut. Hinterher will der Professor Sie dringend sprechen, vielleicht gibt's ja gute Neuigkeiten!«

»Das Hauptproblem beim Aufwachen besteht darin, dass alle Systeme des Körpers wieder störungsfrei anlaufen. Die Schlafmittel werden deshalb nicht plötzlich abgesetzt, sondern langsam reduziert. Dieser Vorgang wird sich also vielleicht über ein, zwei Tage hinziehen. Katharina wird ganz langsam aufwachen und wieder selbständig anfangen zu atmen. Ich möchte Sie gleich an dieser Stelle darüber informieren, dass es nach Beendigung des künstlichen Komas bei manchen Patienten zu Halluzinationen kommen kann, die von den eingesetzten Medikamenten herrühren.«

»Und wann wird meine Frau wieder bei Bewusstsein sein?«, fragte Markus den Professor und rutschte ungeduldig auf seinem Stuhl hin und her.

»Wir haben die Medikamente schon herabgesetzt. Sie wird im Laufe des Tages immer öfter fast wach werden, aber das eigentliche, bewusste Erwachen ist in zwei Tagen zu erwarten. Es wäre schön, wenn Sie dann an der Seite Ihrer Frau wären, Herr Franke.«

Eifrig nickte Markus. »Ja, sicher!«

Er sprang auf, schüttelte überglücklich die Hand des Professors und eilte aus dem Zimmer.

7.

Wie von Sinnen kam Markus aus dem Intensivraum gestürzt und rannte in Richtung Schwesternzimmer. »Sie ist wach! Meine Frau macht die Augen auf!« Außer Atem beugte er sich, am Türrahmen festhaltend, in das Zimmer, in dem die Schwestern gerade ihren Kaffee tranken, und strahlte sie an. »Kommen Sie! Kommen Sie schnell, Schwester Christine. Meine Frau wacht auf.«

Dann machte er auf dem Absatz kehrt und rannte zum Krankenzimmer zurück. Die Schwester folgte ihm mit schnellen Schritten. Fast wäre er mit Cameron zusammengeprallt, die eben aus dem Nachbarzimmer kam. Überglücklich zog er sie in seine Arme, hob sie hoch, drehte sich einmal mit ihr um seine eigene Achse und setzte sie wieder auf ihre Füße.

»Katharina ist wach!«

Cameron strahlte ihn an. »Was machst du dann noch hier!« In ihrer Freude duzte sie ihn.

Als Markus das Zimmer betrat, lag Katharina mit offenen Augen im Bett.

Markus stürzte zu ihr, ergriff ihre Hände und brach augenblicklich in Tränen aus. Die Schwester notierte sich etwas in ihre Unterlagen und leuchtete dann mit einer kleinen Lampe in Katharinas Augen.

»Katharina, ich bin es, Markus!«

Er beugte sich über Katharina, streichelte und küsste ihre Hand.

»Es ist noch nicht so weit, Herr Franke. Ihre Frau ist noch nicht ganz wach. Lassen Sie Ihr Zeit!«

Liebevoll tätschelte die Schwester Markus den Arm, der

noch immer wie gebannt in Katharinas Gesicht starrte, dann verließ sie leise den Raum. Katharina schloss in diesem Moment wieder die Augen. Erschöpft, aber glücklich ließ sich Markus auf der Bettkante nieder und fing plötzlich leise an zu singen. »Love me tender.« Es war ihr Hochzeitslied.

Er spürte einen leichten Händedruck und schlug die Augen auf. Noch immer saß er, den Kopf auf Katharinas Beine gebettet, und hielt ihre Hand.

Katharina sah ihn mit einem Blick der Verwunderung an.

Markus sprang auf und beugte sich zu ihr. »Katharina!«

Er wollte sie auf den Mund küssen, doch sie drehte abrupt den Kopf zur Seite.

»Ich bin es, Markus!«

Sie bewegte die Lippen, ohne dass er jedoch verstehen konnte, was sie sagte. Als er sich erneut ihrem Gesicht näherte, drehte sie wiederum den Kopf weg.

Im nächsten Moment wurde die Tür geöffnet, und ein lächelnder Prof. Olbrisch betrat das Zimmer.

»Sie erkennt mich nicht!«, flüsterte Markus bestürzt.

Freundschaftlich legte der Professor ihm den Arm um die Schultern. »Beruhigen Sie sich, Herr Franke. Ihre Frau hat sehr lange geschlafen, und dass sie sich nicht auf Anhieb zurechtfindet, ist vollkommen normal.« Dann wandte er sich Katharina zu. »Hören Sie mich, Frau Franke?«

Katharina nickte fast unmerklich.

Prof. Olbrisch lächelte zufrieden. »Schlafen Sie! Das ist jetzt das Beste für Sie!«

Noch bevor er diesen Satz beendet hatte, war Katharina bereits wieder eingeschlafen. Markus sank deprimiert auf den Stuhl.

»Wieso reagiert Katharina so ... abweisend auf mich? Wieso nicht bei Ihnen?«

»Auch das ist durchaus normal, Herr Franke. Oft erfahren gerade die nächsten Angehörigen plötzliche Ablehnung, wo hingegen Ärzte für den Patienten in dieser Situation einfach vertrauenswürdiger erscheinen. Sie müssen sich das so vorstellen: Sie wachen in einer fremden, beängstigenden Umgebung auf, Sie haben Schmerzen, Angst und geraten in Panik. Aber seien Sie unbesorgt, es wird nicht mehr so sein, wenn Ihre Frau richtig wach ist.«

Obwohl es all dem widersprach, was er fühlte, nickte Markus und streichelte dabei vorsichtig Katharinas Hand.

»Wird Katharina wieder ganz gesund?«

»Mit einer exakten Prognose müssen wir uns zu diesem Zeitpunkt noch zurückhalten. Ich verstehe Ihre Ungeduld, aber wir sollten jetzt einfach die Untersuchungen abwarten. Und diese retrograde Amnesie war zu erwarten. Oft dauert es Tage oder gar Wochen, bis die Erinnerung wieder vollständig einsetzt.« Der Professor lächelte. »Das heißt auf Deutsch, es besteht höchstwahrscheinlich ein Gedächtnisverlust für den Zeitraum vor Eintreten des Unfalls. Die im Gedächtnis gespeicherten Bilder oder Zusammenhänge können nicht in das Bewusstsein geholt werden. Verstehen Sie, es ist wie ein dunkler Vorhang, der sich nur ganz langsam zur Seite schieben lässt.«

»Wie kann ich meiner Frau helfen, dass sie sich an mich erinnert?« Für Markus war die Vorstellung, dass Katharina nicht wusste, wer er war, schier unerträglich.

»Den Patienten hilft oft ihre gewohnte Umgebung, deswegen werden wir Ihre Frau auch nicht über die notwendige Zeit hinaus hierbehalten. Unsere Physiotherapeuten werden ihr Bestes tun, was den Muskelaufbau betrifft. Bald ist sie wieder stark genug, um auf ihren eigenen Füßen hinauszugehen. Aber, Herr Franke, haben Sie Geduld, und seien Sie stolz auf ihre Frau! Sie ist eine Kämpferin.«

Markus erwachte. Im Zimmer war es dunkel, die Uhr zeigte kurz nach zwei. Er knipste die kleine Lampe neben dem Krankenbett an und erschrak im selben Moment. Katharina war wach und starrte ihn an. Er wagte nicht, sich zu rühren oder etwas zu sagen. Er hatte ganz plötzlich Angst. So saßen sie sich minutenlang still gegenüber und sahen sich an. Dann lächelte er und berührte zaghaft ihre Hand. Ihr Gesicht zeigte keine Reaktion.

»Hallo, mein Liebling!«, flüsterte er.

Sie sah ihn weiter stumm an.

»Katharina, ich bin es!«

Langsam glitt ihr Blick von ihm weg.

Geduld, versuchte er sich selbst zu beruhigen. Sie ist wieder wach, und alles wird gut. Nichts überstürzen, ganz ruhig bleiben.

»Wer sind Sie?«

Ein Satz wie aus einer anderen Welt! Aber es war ihre Stimme, auch wenn sie noch brüchig und sehr leise war.

»Ich bin Markus!«

Katharina schüttelte wie am Tag zuvor den Kopf und entzog ihm ihre Hand. Sie erkannte ihn noch immer nicht. Markus versuchte, die aufkommende Panik zu bezwingen. Unbeholfen stand er auf und lief ein paar Schritte in Richtung Tür.

Auf dem Gang war niemand zu sehen. Er ging zum Bett zurück.

»Brauchst du etwas? Hast du Schmerzen? Soll ich eine Schwester holen?«

Katharina nickte zu seiner letzten Frage.

Er unterdrückte das Verlangen, sie zu küssen, und strich ihr nur sanft über die Wange. »Ich bin gleich wieder da.«

Sekunden später lehnte er tief atmend an der Wand vor ihrem Zimmer. Er wusste nicht, was er fühlte. Freude, Erleichterung, Hilflosigkeit, Angst? Wie oft hatte er in seiner Phantasie in den letzten Wochen diesen Augenblick durchlebt, hatte in ihr lächelndes Gesicht gesehen, ihre Umarmung genossen und immer wieder gesagt, wie sehr er sie liebe. Jetzt war alles anders. Verstohlen wischte er sich die Tränen vom Gesicht und lief zum Schwesternzimmer.

»Cameron, könntest du bitte kommen! Katharina ist wach.« Er erschrak darüber, wie emotionslos er klang.

Cameron stand auf, streichelte ihm liebevoll den Arm und lief voraus. Markus verlangsamte seine Schritte, dann blieb er vor dem Zimmer stehen. Er hörte, wie Cameron leise mit Katharina sprach. »Haben Sie keine Angst, Katharina ... Sie hatten einen schweren Verkehrsunfall und haben sehr lange geschlafen ... aber das Schlimmste haben Sie bereits überstanden.«

»Wer war der Mann?«, fragte Katharina mit heiserer Stimme.

Die Antwort hörte Markus nicht mehr. Hastig lief er in Richtung Ausgang, nahm drei, vier Treppenstufen auf einmal, bis er schwer atmend in der kalten Nachtluft stand. Was passierte hier? Wieso wusste sie noch immer nicht, wer er war?

Fünf Minuten später stand Markus wieder vor dem Schwesternzimmer.

»Kann ich einen von euren blauen Kitteln haben?«, fragte er.

Schwester Christine sah ihn ungläubig an, stand aber trotzdem auf und holte einen zusammengelegten Kittel aus dem Schrank. Er zog ihn sich im Gehen über, setzte ein freundliches Lächeln auf und betrat Katharinas Zimmer. Cameron hatte das Kopfteil des Bettes ein wenig angehoben, so dass Katharina ihn sofort sah, als er eintrat. Sie war allein. Markus blieb am Fußende des Bettes stehen.

»Die Schwester hat mir gesagt, dass du mein Mann bist.«

Markus nickte.

Katharina betrachtete ihn eine Weile, dann begann sie zu lächeln.

»Ich kenne deinen Namen nicht.«

»Ich heiße Markus«, hörte er sich sagen.

Sie lächelte wieder. »Markus.«

Kaum war das Wort verklungen, stürmte er auf sie zu, hielt jedoch inne, als er ihre erschrockenen Augen sah, ging in die Knie und vergrub sein Gesicht in der Bettdecke.

8.

Katharinas Genesung schritt schnell voran. Keine drei Wochen später stand ihre Entlassung aus dem Krankenhaus unmittelbar bevor. Als Markus am Morgen das Zimmer betrat, schien sie voller Ungeduld auf ihn gewartet zu haben.

»Markus, der Professor hat gesagt, dass ich nun bald nach Hause kann.« Sie schaute ihn fragend an. »Wo wohnen wir eigentlich?«

Es war das erste Mal, dass sie eine Frage stellte, die erkennen ließ, dass sie anfing, ihm zu vertrauen. Er setzte sich auf die Bettkante und ergriff lächelnd ihre Hand.

»In Wittingen. Nicht gerade eine Weltstadt, ungefähr neunzig Kilometer von hier. Ich bin sicher, es gefällt dir …«

»Und wann haben wir geheiratet?«, unterbrach sie ihn und betrachtete den Ring an seiner Hand.

»Vor zwei Jahren waren wir auf dem Standesamt.«

Katharina sah verstohlen auf ihre rechte Hand und schob sie dann langsam unter die Bettdecke.

Markus zog sie wieder hervor und streichelte sie zärtlich. »Es war eine wunderbare Hochzeit. Ich weiß noch, wie du geguckt hast, als meine gesamte Sippe das erste Mal auftauchte! Vierundzwanzig Leute, samt Onkel Rudi in seinem altertümlichen Rollstuhl! Wir mussten ihn bis in den fünften Stock hochschleppen. Und Tante Lene hat durchgängig gekreischt, weil sie Angst hatte, wir könnten ihn fallenlassen.«

Um Katharinas Mund spielte ein winziges Lächeln.

Einen Moment lang hielt Markus inne und betrachtete sie versonnen. »Du warst wunderschön in deinem weißen Kleid und hast es unglaublich spannend gemacht. Ich durfte dich wirklich erst ganz kurz vor der Trauung sehen. Ganze zehn Minuten vorher! Deine Freundin Janett hat dich zum Standesamt gefahren. Ich war so aufgeregt und dachte, ihr kommt nicht mehr. Als du dann aus dem Auto ausgestiegen bist, hast du gelächelt wie ein Engel. Es war das schönste Lächeln, das ich je in meinem Leben gesehen habe!«

Markus beugte ein wenig vor und sah ihr in die Augen. Als er sich jedoch noch mehr näherte, schob sie ihn sanft von sich. »Bitte versteh mich nicht falsch, Markus, aber das ist ein bisschen zu viel auf einmal.«

Er nickte verständnisvoll, ohne jedoch zu begreifen. Wie oft hatte er sie geküsst, als sie noch schlief, und wie sehnlich darauf gewartet, ihr dabei in die Augen sehen zu können. Wieder überkam ihn panische Angst.

»Wirst du mitkommen, wenn es so weit ist?«, fragte er.

»Wohin?«

»Nach Hause!«

»Wohin soll ich sonst gehen? Ich kenne doch niemanden außer dir!«

Zwei Tage später wurde Katharina aus dem Krankenhaus entlassen. Sie schien gesund, was ihre Verletzungen betraf, die Erinnerung war jedoch nicht zurückgekehrt, und obwohl die Ärzte stereotyp immer wieder denselben Satz benutzten, »Es braucht Zeit!«, waren sowohl Katharina als auch Markus weiterhin beunruhigt.

Katharina blieb, als sie am frühen Nachmittag die Wohnung betraten, im Flur stehen. Ihre Augen schienen angestrengt nach etwas zu suchen, was die Erinnerung zurückbringen konnte. Irgendwann ging sie in die Küche und setzte sich still ans Fenster. Währenddessen schlich Markus durch die Wohnung, um sie nicht zu stören. Dann setzte er sich ins Wohnzimmer und wartete.

Es wurde schon dunkel, als er sie weinen hörte. Nichts

fürchtete er plötzlich mehr, als zu ihr zu gehen und sie in die Arme zu schließen. Eine Weile saß er wie erstarrt, dann schlich er auf Zehenspitzen zur Küchentür. Wie ein müdes Tier saß Katharina im Halbdunkel am Tisch und rührte sich nicht. Markus hatte Angst, sie zu erschrecken, wenn er den Raum betreten und das Licht anschalten würde. Zaghaft klopfte er an den Türrahmen.

»Katharina!«

Sie hob langsam den Kopf und sah in seine Richtung.

Er wagte nicht einmal mehr zu atmen. Minuten vergingen. Es war gespenstisch, wie im immer schwächer werdenden Licht ihre Umrisse verschwammen. Er spürte, dass sie ihn ansah. Fast panisch betätigte er den Lichtschalter. Dann stürzte er auf sie zu und umschlang sie mit den Armen.

»Wer bin ich?«, hörte er sie flüstern.

»Die Frau, die ich liebe.«

Ganz langsam fiel die Angst von ihm ab. Katharina war wieder zu Hause, irgendwann würde sie sich erinnern, und sie würde ihn wieder lieben.

Es war das erste Mal, dass Katharina sich nicht sofort aus seinen Armen befreite. Markus genoss es, den Duft ihrer Haare einzuatmen. Minutenlang verharrten sie so.

»Lass uns schlafen gehen«, sagte er dann leise.

Eine halbe Stunde lang hatte Markus kein Geräusch mehr gehört. Angestrengt lauschend saß er auf der Bettkante und ließ die Badezimmertür nicht aus den Augen. Langsam wurde er ungeduldig. Was tat Katharina so lange? Warum hörte er nichts? Unruhig begann er, vor dem Bad auf und ab zu laufen. Sollte er einfach hineingehen und nachsehen? Selbst wenn sie nackt war – sie war seine Frau! Er klopfte und drückte gleichzeitig die Klinke nach unten. Die Tür war nicht verschlossen. Katharina saß, immer noch im Mantel, auf dem Badewannenrand und starrte vor sich auf den Boden. Markus ging langsam auf sie zu, griff nach ihrer Hand und zog sie empor.

Er führte sie zurück ins Schlafzimmer und half ihr aus dem Mantel. Als er im Begriff war, sie weiter zu entkleiden, spürte er Widerstand.

»Das kann ich selbst«, sagte sie leise.

Ein wenig verunsichert begann er sich auszuziehen.

Ihr Erschrecken, als er kurz darauf nackt vor ihr stand, ließ ihn die Situation begreifen. Natürlich, für ihn war alles vertraut, für Katharina jedoch war er ein fremder Mann. Verlegen hob er seine Shorts wieder vom Boden auf und zog sie an. Sie lächelte dankbar.

»Hast du ein Shirt für mich?«

Markus zeigte auf den großen Wandschrank. »Dutzende! Such dir eins aus.«

Katharina öffnete den Schrank, nahm das oberste Shirt vom Stapel und verschwand damit im Bad. Kurz darauf kam sie auf das Bett zugelaufen, schlüpfte hinein und zog sich die Bettdecke bis an das Kinn hinauf. Eine Zeitlang fiel kein Wort. Dann hörte er sie laut durchatmen. »Entschuldige. Es ist albern, ich weiß, aber für mich ist es, als wäre es das erste Mal, dass ich mit dir im Bett liege.«

Markus lehnte sich blitzschnell zu ihr hinüber und küsste sie auf die Wange. »Es ist alles in Ordnung, Liebling.«

Die vier Wochen, die Katharina in der Rehabilitation verbrachte, nutzte Markus, um die vielen aufgeschobenen Dinge zu erledigen, die sich während ihres Krankenhausaufenthaltes angesammelt hatten.

Er ging wieder arbeiten, nicht ganz kontinuierlich, aber einige wichtige Vertragspartner übernahm er wieder selbst.

Thomas, sein Chef, beruhigte ihn. »Wenn deine Frau wieder zu Hause ist, werden wir eine neue Lösung finden. Das verspreche ich dir!«

Markus besuchte auch seine Eltern und Freunde, um sie mit der ungewöhnlichen Situation, die zwangsläufig bei einem nächsten Zusammentreffen mit Katharina eintreten würde, vertraut zu machen. Niemand von ihnen konnte sich vorstellen, einem Menschen gegenüberzustehen, den man lange kannte, für den man selbst aber eine vollkommen fremde Person war.

9.

Katharina saß auf dem Fußboden im Wohnzimmer, hatte etliche Frauenzeitschriften vor sich ausgebreitet, schien aber nicht darin zu lesen. Markus beobachtete sie von der Küche aus, während er das Abendessen zubereitete. Sie hatte sich Ente gewünscht, und nachdem Markus ein langes Telefonat mit seiner Mutter geführt und sich deren Tipps und Tricks notiert hatte, sollte nun eigentlich nichts schiefgehen.

Katharinas Blick verlor sich irgendwo im Wohnzimmer: Mal schien sie nachdenklich, gelegentlich verträumt, dann wieder ängstlich, wobei sie sich immer wieder vorsichtig mit der Hand über die Schläfe strich. Die alte Narbe, die sie immer mit viel Geschick fast unsichtbar gemacht hatte, war durch die Kopfverletzung einer anderen gewichen. Schon am ersten Tag zu Hause hatte sie lange im Badezimmer gestanden und ihr Spiegelbild gemustert.

»Die Narben werden verblassen, Liebling!«, hatte Markus versucht sie zu trösten.

»Ich weiß«, hatte sie geantwortet und dann gelächelt. »Ich lebe noch. Was will ich mehr?«

Der Unfall hatte Katharina verändert. Sie war zufriedener geworden, liebenswürdiger und auf angenehme Art und Weise stiller. Nichts schien sie mehr aus der Fassung zu bringen, nichts machte sie zornig. Früher hatte Katharina oft Gründe für kleine Streitigkeiten gesucht. Markus hatte es ihr nachgesehen und es auf ihre Unzufriedenheit mit ihrem Leben, seit sie arbeitslos war, geschoben. Jetzt dagegen lächelte sie immer und sagte geradeheraus, wenn ihr etwas nicht gefiel. Er musste zugeben, dass er diese Katharina mehr liebte.

Eines allerdings tat ihm weh, wenn er über sie nachdachte. Sie schien sich ihrem Schicksal irgendwie ergeben zu haben, denn sie hatte, seitdem er ihr von der Hochzeit erzählt hatte, nie wieder eine Frage zu ihrer Ehe gestellt.

»Irgendetwas stimmt nicht!«, sagte Katharina unvermittelt.

Markus' eben noch ruhender, liebevoller Blick wandelte sich schlagartig in Sorge. »Was soll nicht stimmen?«

»Ich gehöre nicht hierher!«

»Doch, du gehörst hierher!«, sagte Markus impulsiv.

Energisch schüttelte Katharina den Kopf, und Markus konnte die Verzweiflung und die Angst in ihren Augen erkennen.

Wie furchtbar musste es sein, wenn man sich nicht einmal an seinen eigenen Namen erinnerte! Wie viel Vertrauen brauchte es, anderen in allem, was sie sagten, zu glauben, ohne es überprüfen zu können.

Mit zwei Schritten war er bei Katharina, küsste sie sanft auf den Haarschopf, umschloss ihre Wangen mit beiden Händen und schaute sie an. »Du gehörst zu mir, und damit gehörst du auch hierher!«

Es schien, als würde ihr Blick durch ihn hindurchgehen.

»Ich liebe dich, Katharina, mehr als alles andere auf der Welt!«

Eine einzelne Träne rann über ihre Wange, dann lächelte sie zaghaft und schaute ihm in die Augen. Markus biss sich auf die Lippen. Er hatte die Frage, die ihm seit Wochen auf der Seele lag, noch nie gestellt, aber in diesem Moment brauchte er eine Antwort.

»Liebst du mich?«

Es war mehr eine Frage, als sie »Ja?« flüsterte.

Wieder liefen Tränen über ihr Gesicht. Ihr Blick, in dem so viel Verlassenheit lag, schnürte Markus die Kehle zu. Er presste sie plötzlich an sich.

»Ja, ich glaube, ich liebe dich!«, sagte sie leise.

Es war ein strahlender Morgen. Der Regen der letzten Tage war in der Nacht in Schnee übergegangen, das Thermometer zeigte Minusgrade, und das Grau der letzten Wochen war einem strahlenden Weiß gewichen. Markus bereitete das Frühstück zu, während Katharina am Fenster stand und in den Himmel schaute. »Es schneit!« Sie öffnete das Fenster, lehnte sich weit hinaus und ließ die Schneeflocken in ihre offene Hand fallen. »Schnee!«, hauchte sie entzückt.

»Es ist November, und es schneit. Was ist daran so faszinierend?«

»Es kommt mir so vor, als hätte ich seit einer Ewigkeit keinen Schnee gesehen. Ich glaube, als ich noch ein Kind war, sind meine Eltern immer mit mir zum Skilaufen gefahren.«

Markus ließ sich nichts anmerken und widersprach nicht. Es war viel zu früh, Katharina damit zu konfrontieren, dass sie nie Eltern gehabt hatte und es gewiss die Erzieherinnen im Kinderheim gewesen waren, die mit ihren Schützlingen irgendwelche Hügel hinuntergerodelt waren.

Eine halbe Stunde später tobten sie auf der Wiese hinter dem Haus ausgelassen im frisch gefallenen Schnee. Markus genoss Katharinas Lachen, das er so viele Monate vermisst hatte. Sie war wie ein Kind. Übermütig und laut jauchzend ließ sie sich den kleinen Abhang hinunterrollen, blieb dann auf dem Rücken liegen und schaute in den Himmel. Markus legte sich neben sie, stützte seinen Kopf auf einen Arm und betrachtete sie.

»Vertraust du mir, Katharina?«

Sie ließ ihren Kopf zur Seite fallen und sah ihm in die Augen. »Ja.«

»Dann beweis es mir!«

»Und wie?«

»Pass auf!«

Er stand auf, zog Katharina nach oben und stellte sie vor sich hin.

»Du drehst dich jetzt mit dem Rücken zu mir, machst die Augen zu und lässt dich einfach fallen.«

Sie sah ihn mit großen Augen an und drehte sich dann langsam um ihre eigene Achse. Markus stand mit ausgebreiteten Armen hinter Katharina, bereit, sie aufzufangen. »Lass dich fallen!«

»Nein!«

Als sie sich zu ihm umdrehte, war plötzlich Furcht in ihren Augen.

»Doch, lass dich einfach fallen. Ich fang dich auf.«

»Ich hab Angst!«

»Vertrau mir!«

Lange stand Katharina da. Markus hörte, wie ihr Atem immer ruhiger wurde, dann breitete sie die Arme aus und fiel. Markus fing sie auf.

Katharina hatte sich hingelegt. Seit sie wieder zu Hause war, hatte sie sich angewöhnt, wenigstens eine Stunde am Nachmittag zu schlafen. Anfangs war es ihr schwergefallen, aber der behandelnde Arzt hatte ihr immer wieder dazu geraten. Das Gehirn brauchte Ruhe, zum einen, um die immer neuen Eindrücke verarbeiten zu können, zum anderen würde es den Genesungsprozess positiv beeinflussen, und ihre Erinnerung würde dadurch schneller zurückkehren.

Markus hatte sich auf die Wohnzimmercouch zurückgezogen und zappte durch das Fernsehprogramm. Die letzten Monate waren auch an ihm nicht spurlos vorübergegangen. Er wollte nichts falsch machen, er wollte immer für Katharina da sein, und er wollte unbedingt an ihrer Seite sein, wenn sie sich eines Tages erinnerte, wer sie war. Was hatte sie heute gesagt? Sie war als Kind mit ihren Eltern Skilaufen? War das Erinnerung oder Wunschdenken? Ihr selbst schienen dabei keinerlei Zweifel gekommen zu sein. Konnte es sein, dass sie sich an etwas erinnerte, was sie nie hatte? Eltern!

Beunruhigt griff er nach dem Telefon und wählte die Nummer von Prof. Olbrisch.

»Herr Franke! Schön, von Ihnen zu hören. Wie geht es Ihrer Frau? Ich hoffe, es ist alles in Ordnung. Die Tests letzte Woche waren ausgezeichnet. Wenn Katharina so weitermacht, werde ich sie als Lehrbuchbeispiel für meine Studenten benutzen ...«

Markus fiel dem Professor ins Wort. »Kann es sein, dass Katharina sich eine andere Vergangenheit zusammensetzt? Ihre Erinnerung scheint langsam zurückzukommen, aber sie erinnert sich an Dinge, die sie unmöglich erlebt haben kann. Heute etwa hat sie gesagt, dass sie mit ihren Eltern Skilaufen war. Doch sie ist in einem Kinderheim aufgewachsen. Sie hatte nie Eltern. Wie kann sie sich also an so etwas erinnern?«

Der Professor räusperte sich. »Das ist ungewöhnlich, und ich muss zugeben, dass ich etwas ratlos bin. Manchmal hilft einem die Schulmedizin nicht wirklich weiter. Wäre es in Ordnung, Herr Franke, wenn ich Katharina an einen Psychiater überweise, der sich seit langem mit derartigen Phänomenen beschäftigt? Viele Patienten scheuen davor zurück, aber in Katharinas Fall würde es uns ganz sicher weiterhelfen!«

Markus reagierte verunsichert. Ein Psychiater? Katharina war doch nicht verrückt? Vielleicht steckte man sie in eine Anstalt? Man hatte ja schon die wahnsinnigsten Geschichten gehört!

»Herr Franke? Sind Sie damit einverstanden?«

Katharina brauchte keinen Psychiater. Hätte er bloß nicht angerufen!

»Ich habe Sie verstanden, Herr Professor, aber ich bin nicht der Meinung, dass meine Frau einen Psychiater braucht. Und ich werde sie auch nicht davon überzeugen, dass sie zu einem geht.«

Markus legte schnell auf, noch bevor der Professor etwas erwidern konnte.

Er musste mit Katharina reden! Egal, ob es der richtige Zeitpunkt war oder nicht. Sie mussten irgendwie dahinterkommen, warum Katharinas Gedächtnis plötzlich Dinge hervorbrachte, die nichts mit ihrer Vergangenheit zu tun haben konnten. Auch ohne Psychiater!

Vorsichtig öffnete Markus die Tür und steckte den Kopf ins Schlafzimmer. Katharina lag mit offenen Augen im Bett und starrte an die Decke.

»Du bist wach?«

»Ich habe nicht geschlafen. Ging irgendwie nicht.«

Sie setzte sich auf und klopfte auf den freien Platz neben sich.

»Komm her! Lass uns ein bisschen reden. Oder erzähl mir was!«

Markus war froh, dass dieses Bedürfnis von ihrer Seite kam.

»Habe ich ein Tagebuch geschrieben?«, begann Katharina.

»Nein ... oder ich weiß nichts davon. Darf ich dich etwas fragen?«

Katharina nickte.

»Wohin wolltest du in jener Nacht?«

»Aber das hab ich dir doch schon so oft gesagt! Ich weiß es nicht!«

»Du hast doch auf mich gewartet! Wir haben telefoniert, und ich habe dir gesagt, wann ich ungefähr zu Hause sein würde.«

Katharina zuckte mit den Schultern.

»Und du wolltest dringend mit mir reden. Worüber?«

Ihr Gesicht wirkte immer gequälter. »Ich weiß es nicht.« Markus vernahm nach langer Zeit wieder eine gewisse Unbeherrschtheit in ihrer Stimme. »Ich kann mich an nichts erinnern! Ich werde noch verrückt!«

Gleich darauf wurde ihr Ton wieder ruhiger. »Manchmal glaub ich, ich bin es schon.«

»Das bist du nicht!«

Mit Unbehagen dachte er an das Telefonat mit dem Professor. Was, wenn sie wirklich ein bisschen verrückt war? Deswegen war sie auch so anders! Bei diesem Gedanken schüttelte Markus unwillkürlich den Kopf.

»Du bist nicht verrückt! So etwas könnte nur ein Spinner behaupten. Du hast nur deine Erinnerung verloren, das ist alles. Und vielleicht war es auch gar nichts Wichtiges, was du mir sagen wolltest.«

Katharina schaute ihn argwöhnisch an. »Hat jemand behauptet, ich wäre verrückt?«

»Nein.«

»Wie kommst du dann darauf, dass es jemand behaupten könnte?«

Markus fühlte sich ertappt, konnte aber unmöglich zugeben, dass es seine eigene Befürchtung war. Plötzlich tat Katharina ihm leid. Sie schien, als wäre sie eingeschlossen in einer anderen Welt, zu der er keinen Zugang hatte. Wenn gemeinsame Erinnerungen, eine Vergangenheit, eben das, was Intimität und Vertrauen schaffte, ausgelöscht wurde, was blieb dann für sie? Er war ein fremder Mann. Was verlangte er also? Blindes Vertrauen? Warum sollte sie das haben?

»Ich möchte dir ein Geheimnis anvertrauen«, sagte er plötzlich.

»Eigentlich wollte ich es dir an jenem Abend sagen, als du … Ich habe eine Menge gespart in den letzten zehn Jahren, und als ich dich dann kennenlernte, wusste ich plötzlich auch, wofür. Ich wollte uns ein Haus kaufen … wenn wir ein Kind bekommen …«

»Du willst ein Haus kaufen?« Katharina sah ihn erstaunt an.

Markus witterte die Chance für eine doch noch gelungene Überraschung und sprang aufgeregt vom Bett.

»Warte! Ich zeig's dir.«

Er rannte ins Wohnzimmer, nahm den Laptop aus der Tasche und ließ sich damit wieder an Katharinas Seite nieder. Er schaltete den Computer an und loggte auf der Banking-Seite ein.

»Meine Großmutter hat mir, als sie starb, ziemlich viel Geld hinterlassen, und da ich noch jung war, haben mir meine Eltern damals ein Konto eingerichtet. Das war der Startschuss fürs Sparen. Ich wusste zwar nie genau, wofür, aber ich hab irgendwie immer weitergemacht und inzwischen ...«

Wie hypnotisiert starrte Markus plötzlich auf den Bildschirm.

»Was ist?«, fragte Katharina.

Markus schüttelte den Kopf und studierte mit zunehmender Nervosität die Kontoführung der letzten drei Monate.

»Was hast du denn?«, fragte Katharina noch einmal.

»43 000 Euro«, flüsterte Markus tonlos. »Es waren 83 000.«

Als er gefunden hatte, wonach er suchte, klappte er den Laptop zu, stand auf und lief ins Wohnzimmer. Katharina folgte ihm mit einigem Abstand. Als sie das Wohnzimmer betrat, saß Markus haareraufend auf dem Sofa.

Kaum hatte sie sich auf dem Sessel ihm gegenüber niedergelassen, begann er übergangslos. »Du hast am 3. Juli, einen Tag vor deinem Unfall, 40 000 Euro abgehoben.«

Katharina reagierte nicht. Daher saßen sie minutenlang schweigend da. Es war wie früher, wenn sie sich stritten und der Vorwurf des einen den anderen zutiefst verletzt hatte. Immer dann hatte es dieses quälende Schweigen gegeben.

»Ich weiß nichts von diesem Geld«, sagte Katharina schließlich.

Sie sah angestrengt auf den Boden vor sich. Markus ließ ihr Zeit, konnte sich aber trotzdem nicht verkneifen, nervös mit den Fingern auf der Sofalehne zu trommeln.

»Du kannst es nicht ausgegeben haben, das ist einfach unmöglich. Kein Mensch bringt innerhalb eines Tages 40 000 unter die Leute, es sei denn ... unten steht ein neues Auto, von dem ich nichts weiß.«

Markus stürzte plötzlich ans Fenster und suchte die Straße ab. Dann drehte er sich um und fragte verunsichert: »Gehört dir etwa der Audi, der hier wochenlang vor der Tür stand?«

Verständnislos sah Katharina ihn an.

»Markus, es tut mir unendlich leid, aber ich weiß davon nichts. Du selbst hast doch gesagt, es wäre ein Geheimnis, was du mir anvertrauen willst. Ich weiß weder von einem Konto, noch dass du jemals gespart hast.«

Katharina gab sich plötzlich einen Ruck und stand auf.

»Zeig mir das Schubfach. Vielleicht erinnere ich mich ja, wenn ich es sehe.«

Markus lief zum Schrank und zog die unterste Schublade heraus.

»Eine kleine weiße Ecke guckte vor. Deswegen bin ich überhaupt erst darauf aufmerksam geworden. Der Ordner mit den Auszügen lag immer ganz unten, außer an diesem Tag.«

Katharina kniete vor dem geöffneten Schubfach und schaute lange hinein, so als wäre es möglich, dort die Antwort zu finden. Irgendwann drehte sie sich resigniert um, lehnte sich mit dem Rücken gegen den Schrank und schaute ins Leere. »Da ist nichts. Absolut nichts!«

Markus begriff, dass er zu weit gegangen war. Wieso sollte sie sich ausgerechnet daran erinnern?

»Ich glaub dir. Hörst du, ich glaube dir!«

Ungestüm riss er sie an sich. Es gab nur eine einzige Erklärung, die einen Sinn hatte, auch wenn sie die denkbar schlechteste war. Das Geld war samt ihrer Handtasche bei dem Unfall verbrannt.

Katharina befreite sich aus seiner Umarmung. Mit einem unvermittelten Lächeln sah sie ihn an. »Haben wir eine gute Kamera? Ich würde gern fotografieren.«

Markus sah sie erstaunt an. »Fotografieren?«

»Ja, was ist daran so verwunderlich?«

»Nichts«, beeilte sich Markus zu sagen, dachte dabei aber irritiert an Katharinas letzten Geburtstag. Er hatte sie mit einer sehr teuren Spiegelreflexkamera überraschen wollen, was gründlich danebengegangen war. Seitdem fristete die Kamera ihr Dasein in der hintersten Ecke eines Schlafzimmerschrankes. Erfreut über Katharinas plötzlichen Sinneswandel, sprang Markus auf und rannte aus dem Zimmer. Sekunden später hielt die Kamera eine überraschte Katharina im Bild fest.

»Hier!«, sagte Markus. »Sie gehört dir!«

Katharina nahm die Kamera mit einem dankbaren Lächeln in die Hand, sah durch den Sucher, stellte mit vertrauten Handgriffen die Schärfe ein und fotografierte Markus. Dann ließ sie den Apparat in ihren Schoß sinken und strahlte über das ganze Gesicht. »Die Kamera ist toll. Vielen Dank!«

Markus stand wie gebannt vor ihr. Es war unheimlich, mit welcher Selbstverständlichkeit Katharina mit der komplizierten Technik umging, und es war ausgeschlossen, dass sie zum ersten Mal mit einer Kamera hantierte. Wer, in Gottes Namen, war diese Frau, die er seit Jahren zu kennen glaubte?

10.

Katharina schrie im Schlaf. Mehr als einmal war Markus schon aufgewacht, ihr Name hatte noch in seinen Ohren gehallt. Warum rief sie ihren eigenen Namen? Wenn er sie am Morgen danach fragte, wusste sie von nichts, nur dass sie immer wieder den gleichen Traum durchlebte. Sie sah eine junge Frau durch den Wald rennen, sie wollte sie einholen, aber zwischen ihr und der Frau bewegte sich fortwährend ein riesiger Feuerwall.

Markus hatte nur eine Erklärung dafür: der Unfall, das brennende Auto, das künstliche Koma. Außerdem hatten die Ärzte ihm erklärt, dass als unangenehme Nebenwirkung des Komas noch über einen längeren Zeitraum Alpträume auftreten könnten.

Katharina musste in der Nacht geweint haben, ohne dass er es bemerkt hatte. Sie hatte tiefe Ringe unter den geröteten Augen, und ihre Hand zitterte, als sie die Kaffeetasse an ihre Lippen führte

»Wie geht es dir heute?«, fragte er.

Er stellte die frisch gebackenen Brötchen auf den Tisch und gab ihr einen Kuss. Dann streifte sein Blick über den gedeckten Frühstückstisch. Er hatte Katharinas Lieblingsmarmelade vergessen. Suchend stand er vor dem geöffneten Kühlschrank.

»Ich mag diese Frage nicht«, hörte er sie leise sagen.

Erstaunt drehte er sich um. Katharina trommelte nervös mit den Fingerspitzen gegen ihre Kaffeetasse.

»Jeden Morgen wurde sie mir im Krankenhaus und dann in der Reha-Klinik gestellt. Ich wurde gesund entlassen, aber du stellst diese verdammte Frage immer noch!«

»Entschuldige, das wusste ich nicht.«

Wieder suchte er mit den Augen jedes einzelne Fach des Kühlschrankes ab. »Weißt du, wohin ich gestern die Marmelade gestellt habe? Ich kann sie beim besten Willen nicht finden.«

»Ich habe sie weggeworfen! Ich hasse bittere Orangenmarmelade.«

Markus schloss den Kühlschrank und setzte sich an den Tisch. Früher war Orangenmarmelade ihre bevorzugte Konfitüre gewesen. Er beschloss, das Thema zu wechseln.

»Hast du Lust, heute Abend zu Janett und Rainer zu gehen? Sie haben uns eingeladen. Ich sollte es dir eigentlich nicht verraten, Janett hat thailändisch gekocht. Extra für dich! Christoph und seine Frau kommen auch!«

Markus machte eine bedeutungsvolle Pause und beobachtete, wie Katharina auf den Namen Christoph reagierte. Aber er konnte in ihrem Gesicht keinerlei Freude oder irgendeine andere Gefühlsregung erkennen. »Vielleicht würdest du dich freuen, sie alle mal wiederzusehen.«

Katharina zuckte teilnahmslos mit den Schultern. »Na ja, es ist schon gut, einfach mal wieder unter Leute zu kommen.« Nach kurzer Überlegung fügte sie hinzu: »Doch, ich freue mich. Wird sicher ein netter Abend.«

Mit Schwung schleuderte Katharina die hochhackigen Schuhe von den Füßen und massierte auf der Bettkante sitzend ihre schmerzenden Zehen.

»Die Schuhe sind einfach zu eng. Oh, habt ihr Männer es gut. Wenn ihr wüsstet, wie beschissen man mit diesen Pfennigabsätzen laufen kann!«

Mitleidig lächelnd hockte sich Markus hinter sie und begann, ihren Nacken zu massieren. »Wer schön sein will, muss …«

»Blödes Sprichwort!«, unterbrach sie ihn. »Ich hätte mir nie solche Schuhe gekauft …«

Markus hielt für Sekunden in der Bewegung inne.

»... ich meine, kaufen sollen«, berichtigte sich Katharina und drehte sich dann zu ihm um. »Mal im Ernst, Markus, der Abend, ich meine ... das sind unsere Freunde?« Sie zog die Stirn in Falten. »Dieser Christoph, ganz ehrlich, er ist ein ...« Sie lachte. »... ein Vollidiot.«

Markus sah sie für einen Moment prüfend an. »Früher dachte ich immer, du könntest ihn besonders gut leiden!«

Katharinas Entrüstung war echt, als sie vehement den Kopf schüttelte. »Dann muss ich mit Blindheit geschlagen gewesen sein! Nein, außer Janett und vielleicht noch ihrem Mann Rainer sind das allesamt Menschen, mit denen ich mir nicht viel zu sagen habe.«

Markus nickte zerstreut, küsste sie dann sanft auf den Hals und flüsterte ihr dabei ins Ohr. »Ich will mit dir schlafen!«

Unter seinen Händen fühlte er, wie sich schlagartig ihr Körper anspannte. Behutsam entzog sie sich ihm, stand auf und ging ans Fenster. »Ich kann nicht, Markus. Ich brauche einfach noch mehr Zeit!«

»Bin ich dir noch immer so fremd?«

Sie sah ihn nicht an, als sie antwortete. »Ja. Irgendwie schon. Und es tut mir leid, wenn ich dir damit wehtue.«

Er schluckte und spürte, wie für einen kurzen Moment die Enttäuschung von früher, wenn sie ihn abgelehnt hatte, in ihm hochkam. »Entschuldige«, sagte er stattdessen, »Wir haben alle Zeit der Welt.«

Katharina tippte mit dem Finger an die Fensterscheibe. »Dieses Auto da unten, ist es dir schon einmal aufgefallen? Ein Golf, glaube ich. Es sitzt jemand darin. Ich kann es sehen, weil seine Zigarette glimmt.«

Markus trat neben sie. Ein schwarzer Golf parkte mit zwei Rädern auf dem Fußweg, so dass die enge Straße für andere Fahrzeuge gerade so noch passierbar blieb. »Vielleicht ein Verehrer von dem jungen Mädchen ganz unten«, sagte er.

Katharina schüttelte den Kopf. »Ich habe ihn schon mehrmals gesehen.«

»Warum sollte er nicht jeden Tag auf sie warten?«

»Nein, ich meine nicht hier. Er stand vor dem Supermarkt und auch vor dem Café, in dem wir letzte Woche waren. Ich habe das Gefühl, jemand beobachtet mich.«

Markus warf einen genaueren Blick auf das Auto. »Er hat ein Wittinger Kennzeichen, er könnte überall stehen.«

Katharina blieb unbeirrt. »Der Mann beobachtet mich, ganz sicher.«

»In Ordnung«, sagte Markus, »wenn es dich beruhigt, gehe ich nach unten und frage ihn einfach.«

Katharina nickte zaghaft und blieb am Fenster stehen. Sie hörte die Wohnungstür zuschlagen. Als das Licht der Hausbeleuchtung einen matten Schein auf den Weg warf, startete der Wagen und fuhr davon. Wenige Sekunden später sah sie Markus vor das Haus treten. Unentschlossen stand er einen Moment da und sah dem Auto nach, dann drehte er um. Kurz darauf betrat er wieder das Schlafzimmer.

»War schon weg«, sagte er, ein wenig außer Atem.

»Ja, der Kerl fuhr los, als das Hauslicht anging. Das ist kein Zufall, Markus. Er wollte nicht von dir ertappt werden!«

»Wobei sollte ich ihn ertappen? Dass er da geparkt hat?«

»Ich weiß nicht, aber es ist unheimlich«, sagte Katharina und zog mit einem Ruck die Vorhänge zu.

Als Markus am Morgen die Küche betrat, stand Katharina wieder am Fenster und sah nach draußen.

»Darf ich heute den Frühstückstisch decken?« Sie drehte sich zu ihm um und sah ihn erwartungsvoll an. »Bitte!«

»Aber klar, ich bin eh ein unglaublich schlechter Kaffeekocher!«

Markus lächelte, während er einen prüfenden Blick auf die Straße warf. Der Professor hatte ihm ausdrücklich mit auf den Weg gegeben, er solle Katharina möglichst schnell wieder in den Alltag integrieren, indem er ihr kleine Aufgaben gab. Das Frühstück zuzubereiten zählte also eindeutig mit dazu.

Zielgerichtet lief Katharina auf den Küchenschrank zu und öffnete alle Schubfächer und Türen. Dann stellte sie sich mit verschränkten Armen davor und betrachtete den Inhalt, so als suchte sie etwas ganz Besonderes. Plötzlich verzog sie das Gesicht und starrte auf eine Unmenge Plastikschachteln unterschiedlicher Größe.

»Was ist das?«

»Tupperware!« Markus war hinter sie getreten und umschlang ihre Taille mit den Händen. »Janett hat dich damals dazu überredet. Erst hast du dich wahnsinnig aufgeregt, dass du diese Verkaufsveranstaltungen nicht ausstehen kannst, dann hast du dich darüber lustig gemacht und gemeint, du wärest doch keine Hausfrau. Drei Monate später hast du das ganze Zeug doch gekauft!«

Katharina schloss kopfschüttelnd einige der Schranktüren und griff nach dem Geschirr. Markus konnte deutlich sehen, wie ihre Hände vor Aufregung zitterten, als sie die Kaffeetassen auf dem Tisch abstellte. Sie ließ sich erschöpft auf den Stuhl sinken.

»Ich erinnere mich nicht an diese Person, von der du erzählst. Es gibt nichts, worauf ich aufbauen könnte. Wie soll das weitergehen, Markus?«

»Mit Zeit und Geduld!«

»Es sind jetzt drei Monate vergangen. Mein Gott, ich muss mich doch wenigstens daran erinnern können, in welchem Schrank die verfluchten Tassen stehen!«

Katharinas Hände spielten nervös mit einer Streichholzschachtel, dann zündete sie ein Streichholz nach dem anderen an, schüttelte es übertrieben lange und warf es auf eine Untertasse, die als Kerzenuntersatz diente.

»Möchtest du vielleicht eine Zigarette?«

Markus, der an der Arbeitsplatte lehnte, hatte hinter seinem Rücken eine Schublade aufgezogen, in der noch immer die halbvolle Schachtel Zigaretten von dem Abend lag, als Katharina verschwunden war.

Sie schien einen Moment nachzudenken, während sie auf das brennende Streichholz starrte, dann sah sie verunsichert zu Markus.

»Ich rauche nicht.«

Gut so, dachte er, gut, dass sie sich nicht erinnert. Er lächelte sie an und schob langsam das Schubfach wieder zu.

»Habe ich geraucht?«

»Nein.«

»Das ist gut so! Ich konnte es noch nie ausstehen, wenn beim Essen neben mir jemand raucht. In Amerika ist das Gott sei Dank verboten!«

Amerika! Da war es wieder. Katharinas ausgeprägter Tick. Wenn sie früher nicht wenigstens einmal am Tag von Amerika geschwärmt hatte, war ihr nicht wohl gewesen. Jeder Fernsehbericht, jede Dokumentation über dieses Land war ein Muss für sie, und in etlichen Schubladen des Wohnzimmers stapelten sich Reisekataloge über Amerika. Wenn Markus früher die Nase darüber gerümpft hatte, so war er nun erfreut über diesen letzten Satz. Ein winziger Teil von ihr war wieder da.

Katharina sprang plötzlich vom Stuhl auf und lief ins Wohnzimmer. Markus' Hoffnung, das Thema Amerika würde der Anfang ihrer Erinnerung sein, zerschlug sich, als sie kurz darauf mit dem Stapel Fotoalben, der seit ihrer Heimkehr auf dem Couchtisch lag, zurückkehrte. Sie durchblätterte eines nach dem anderen und schien dabei fieberhaft nach etwas zu suchen.

»Warum gibt es keine Kinderfotos von mir? Und wieso gibt es hier überhaupt nur Fotos aus unserer Zeit? Hatte ich denn kein Leben davor?«

Verzweifelt nahm sie das vierte Buch und ließ die Seiten in rasender Geschwindigkeit von ihrem Daumen schnellen.

»Doch, aber du wolltest nie auch nur durch irgendetwas daran erinnert werden.«

Katharinas Blick wurde plötzlich sehr aufmerksam. »Warum?«

Markus setzte sich zu ihr an den Tisch. Irgendwann musste sie es ja doch erfahren, sagte er sich.

»Du bist in einem Kinderheim aufgewachsen, und alles, was ich von dir darüber weiß, ist, dass du nicht daran erinnert werden willst. An unserem Hochzeitstag musste ich dir schwören, nie wieder deinen Mädchennamen auszusprechen! Du wolltest alles hinter dir lassen und mit mir ein vollkommen neues Leben anfangen. Und du hast mir auch nie von deiner Kindheit erzählt!«

»Wie lautet noch mal mein Mädchenname?«

»Wagner.«

Dieser Name schien bei Katharina nichts auszulösen, was Markus aber nicht beunruhigte. Behutsam strich er ihr über die Wange. Sofort zuckte Katharina zurück und zog sich hastig die Haarsträhne ins Gesicht. Es ist nicht die Narbe, dachte Markus, die tatsächlichen Wunden liegen viel tiefer. Aber wo?

Als sie das Frühstück beendet hatten und Katharina Zeitung lesend bei ihrer zweiten Tasse Kaffee saß, wagte Markus eine vorsichtige Andeutung auf Janetts bevorstehenden Besuch.

»Ach, Janett hat mich gestern noch gefragt, ob sie heute vorbeikommen kann. Sie schien irgendwas auf dem Herzen zu haben.«

Katharina sah nicht von ihrer Zeitung auf, aber Markus konnte deutlich sehen, wie sie die Stirn runzelte.

»Was hältst du davon?«

Sie atmete tief ein und nickte.

»Katharina, sie ist deine Freundin und macht sich Sorgen!«

Sie schaute plötzlich auf und sah ihn an. Markus beschwichtigte sofort. »Ich kann sie jederzeit anrufen und absagen.«

Katharina überlegte einen Moment. »Nein, ist schon in Ordnung. Sie soll ruhig kommen.«

Markus behagte es nicht, wenn er Katharina im Moment auch nur eine einzige Stunde allein wusste. Seit sie aus der Reha-Klinik entlassen wurde, war er jede Minute an ihrer Seite gewesen. Aber es konnte unmöglich so weitergehen. Sein Chef hatte ihn schon vor vier Tagen gebeten, bei ihm vorbeizuschauen, länger konnte er ihn keinesfalls warten lassen.

11.

Janett hatte tatsächlich einen Blumenstrauß in der Hand, als sie gegen elf vor der Tür stand. »Nicht meckern, meine Liebe, auch wenn's so aussieht, als mache ich einen Anstandsbesuch. Aber ich fand sie so toll und konnte nicht widerstehen! Und außerdem finde ich es absolut okay, meiner besten Freundin einen Blumenstrauß mitzubringen!«

Lächelnd nahm Katharina den Strauß entgegen und steckte ihr Gesicht hinein.

»Sie duften wundervoll. Und ich liebe Lilien!«

Misstrauisch kratzte sich Janett am Kinn. Diese Reaktion hatte sie nicht erwartet. Sie war vielmehr auf zickige Abwehr gefasst gewesen, so wie es sonst Katharinas Art war, wenn ihr etwas peinlich war.

»Komm rein, ich mache uns einen Kaffee!«

Während Katharina eine Blumenvase aus dem Schrank holte, die Lilien kürzte und die Kaffeemaschine anschaltete, sah sich Janett im Wohnzimmer um. Alles war anders als früher. Vielleicht lag es nur daran, dass die Luft nicht mehr nach Rauch roch, vielleicht war es der Sessel, der noch nie am Fenster gestanden hatte, vielleicht war es aber auch Katharina selbst.

»Markus hat gemeint, dass du etwas auf dem Herzen hast«, hörte sie Katharina sagen. Kurz darauf kam Katharina ins Wohnzimmer, stellte die Blumen auf dem Tisch ab und verschwand wieder.

»Ich wollte gar nichts Konkretes«, rief Janett in Richtung Küche. »Ich wollte einfach nur mal wieder mit dir zusammen sein.« Während ihres letzten Satzes war Katharina mit dem Kaffee zurückgekehrt und setzte sich.

Obwohl sie davon ausgehen musste, dass Janett wahrscheinlich keinen besonderen Anlass für einen Besuch benötigte, sondern gern zu ihr kam, stellte sich bei ihr nicht schlagartig Intimität zu der vermeintlichen Freundin her. Ihre Haltung auf der äußersten Kante des Stuhls musste also geradezu demonstrativ wirken. Janett warf einen Blick auf die Kamera, die auf dem Tisch lag.

»Fotografierst du jetzt?«, fragte sie ungläubig. Sie erinnerte sich gut daran, wie sehr sich Katharina über Markus' teures Geschenk aufgeregt hatte. Ein Kleid zum selben Preis wäre mir lieber, waren die Worte gewesen, die Katharina hinter vorgehaltener Hand der Freundin damals zugeflüstert hatte.

Katharina nahm die Kamera vom Tisch und wiegte sie in den Händen. »Ja. Das ist etwas, was mir wirklich Spaß macht!«

Janett sah sie einen Moment lang prüfend an und wechselte dann das Thema. »Eigentlich wollte ich nur sehen, wie es dir geht!«

»Ausgezeichnet«, antwortete Katharina betont freundlich.

Janett beugte sich vor und senkte vertraulich die Stimme. »Katharina, ich bin deine Freundin, und du musst mir nicht antworten, als wäre ich dein Arzt. Dir geht's nicht gut, und das hat sicherlich nicht nur mit dem Unfall zu tun.« Fürsorglich legte sie ihre Hand auf die von Katharina. »Als Markus dich gestern Abend geküsst hat, bist du geradezu eingefroren.«

»Das ist nicht wahr«, wehrte Katharina energisch ab. »Es war nicht sonderlich bequem auf deiner Couch, zumal ich sie mit einem vollkommen Fremden, ich meine, diesen Christoph ... Ach lassen wir das.«

Janett hatte es nicht überhört, ließ sich aber nichts anmerken. Außerdem war sie nicht hier, um mit Katharina zu streiten. »Komm, Katharina, den anderen kannst du vielleicht etwas vormachen, aber mir nicht. Was stimmt denn nicht bei euch?«

Katharina schien sich geschlagen zu geben, denn sie atmete tief durch. »Ich weiß es nicht.«

»Liebst du Markus nicht mehr?«

Sie wich Janetts fragendem Blick aus, ließ den Kopf nach hinten fallen und starrte an die Zimmerdecke. »Ich weiß nicht, ob sie ihn geliebt hat. Vielleicht war sie … todunglücklich.«

Janett war nun vollkommen irritiert. »Sie? Warum sagst du sie?«

»Weil ich nur von euch weiß, wer Katharina war. Ich lebe nicht das Leben, was sie gelebt hat. Es kommt mir immer so vor, als redet ihr von einer vollkommen anderen Person und nicht von mir.«

Es folgte eine lange Pause.

»Also gut«, sagte Katharina schließlich, »habe ich ihn denn jemals geliebt?« Fordernd sah sie zu Janett hin. »Sag du es mir!«

Janett zog die Stirn in Falten und seufzte auffällig. So genau wollte sie es nun auch nicht wissen, und eines wollte sie schon gar nicht, Katharinas Ehe bewerten müssen. »Na ja. Markus war selten da, und seit du arbeitslos warst, schien es dir nicht sonderlich gutzugehen. Und was deine Ehe betrifft, hast du dich immer ziemlich bedeckt gehalten, selbst mir hast du nicht viel erzählt.«

Janett legte eine Pause ein, um die Frage, die ihr auf den Lippen lag, in Ruhe zu überdenken.

»Hattest du mal was mit Christoph?«, fragte sie schließlich.

Katharina schien vollkommen unbeeindruckt von dieser Frage.

»Das musst du mir beantworten, Janett. Hatte ich was mit Christoph?«

Ein klein wenig enttäuscht lehnte sich Janett zurück, nippte an ihrem Wasserglas und flüsterte: »Entschuldige, Katharina, vielleicht kam es mir auch nur so vor.«

Sie langte über den Tisch, griff nach der leeren Wasserflasche und lief damit in die Küche. Katharina hörte die Kühlschranktür aufklappen, dann den laufenden Wasserhahn. Als Janett mit der Bemerkung »Leitungswasser tut's auch« die Flasche wieder auf den Tisch stellte und sich auf das Sofa fallen ließ, sah Katharina auf den ersten Blick, dass die Freundin noch irgendetwas bedrückte. »Was ist?«

In diesem Moment klingelte das Telefon. Katharina hob ab. »Hallo? ... Hallo?« Sie lauschte noch einen Augenblick, dann legte sie auf. »Keiner dran. Und wenn doch, hat es ihm wohl die Sprache verschlagen.«

Janett schenkte die Gläser voll und beobachtete dabei aus den Augenwinkeln heraus unauffällig Katharina. Dann holte sie tief Luft. »Es lässt mir keine Ruhe. Bitte sei nicht böse, dass ich dich jetzt darauf anspreche, ich hätte es sicherlich nie getan, wenn nicht ...« Sie stockte, gab sich dann aber einen Ruck. »Du weißt sicherlich nicht, dass ich letztes Jahr ein, zwei Mal bei dir war, ohne vorher anzurufen. Eigentlich wollte ich nur auf dem Nachhauseweg vorbeischauen, aber da stand ein Auto vor eurem Haus, das ich gut kannte. Es gehörte Christoph! Ich bin jedes Mal weitergefahren und habe dir nie davon erzählt.«

Katharinas Augen wurden immer größer. Deswegen hatte Christoph sie so angesehen, merkwürdige Fragen gestellt und den ganzen Abend versucht, in ihre Nähe zu kommen! Sie und dieser widerwärtige Typ? Nein, der Gedanke allein war schon absurd.

»Christoph war bei uns, wenn ich allein war?«

Janett nickte stumm und überließ es Katharina, die richtigen Schlüsse aus dieser Erkenntnis zu ziehen.

»Was soll er denn bei uns gewollt haben, wenn Markus gar nicht da war?«

Janett verdrehte die Augen. »Katharina! Vielleicht war er bei euch, weil Markus nicht da war. Er kennt Markus' Tourenplan auswendig. Sie sind Kollegen! Das ist die sicherste Nummer, die es überhaupt gibt!«

Katharina saß mit gekreuzten Beinen im Sessel, knetete ihre Zehen mit den Händen und starrte aus dem Fenster.

»Vergiss es, Katharina«, sagte Janett. Sie bereute, das Thema aufgebracht zu haben. »Vielleicht hab ich mich auch getäuscht, was das Auto betrifft. So selten ist die Marke ja nun auch nicht! Komm, wir reden über etwas anderes, ja?«

»Weißt du, Janett«, setzte Katharina unvermittelt an, »es mag ja sein, dass ich mich an viele Sachen, die unmittelbar vor diesem Unfall passiert sind, nicht erinnere und vielleicht auch nie wieder erinnern werde, aber kannst du mir erklären, warum sich Vorlieben oder mein Geschmack ändern sollten? Das hat doch nichts mit diesen neuronalen Verbindungen im Gehirn zu tun.«

»Neuronale Verbindungen? Ich habe keine Ahnung, was das ist.«

»Man hat herausgefunden, dass erst wenn wir ungefähr drei bis vier Jahre alt sind, unser Gehirn so ausgeprägt ist, dass Erinnerung möglich ist. Kein Mensch vermag sich also wirklich an Erlebnisse zu erinnern, die er mit einem oder zwei Jahren hatte. Aber alltägliche Handhabungen, Verhalten, Stil oder Neigungen, die vergisst man nicht. Der Mensch ist geprägt davon, jeder ganz individuell. Warum kommen mir all diese Sachen plötzlich fremd vor?«

»Was, in Gottes Namen, meinst du damit?«, fragte Janett.

»Die Ärzte sagen, es sei alles in Ordnung mit mir. Gut, was die Physis angeht, mag das ja stimmen, aber wieso spielt dann mein Kopf noch immer verrückt? Es ist nicht nur die verdammte Erinnerung, die ausgelöscht ist. Ich selbst bin ausgelöscht.«

Katharina war aufgestanden, ging hin und her, und ihre Stimme fing an zu zittern.

»Ich fühle mich wie ausgesetzt, in einer Umgebung, die

ich nicht kenne. Alles um mich herum ist fremd. Nichts ruft irgendein Gefühl in mir hervor. Die Nächte verbringe ich neben einem fremden Mann! Liebe ich ihn? Wer ist er überhaupt? Ich weiß nichts von ihm. Ich habe ihn eben erst kennengelernt. Kann ich ihn geliebt haben, bei dem, was du mir erzählst? Warum bist du meine Freundin? Warum haben wir Zigaretten im Haus, obwohl keiner von uns raucht? Bin ich die, von der ihr mir erzählt? Und warum, verdammt, stehen in meinem Kühlschrank Sachen, die ich nicht mag?«

Den letzten Satz hatte Katharina fast geschrien. Ganz plötzlich stürzte sie in die Arme der Freundin und fing bitterlich an zu weinen. Janett hielt sie minutenlang fest, bis Katharinas Schluchzen ganz allmählich nachließ.

12.

Da nicht zu erwarten war, dass Markus vor dem späten Nachmittag von der Besprechung mit seinem Chef zurück sein würde, beschloss Katharina einen Stadtbummel mit einem Besuch der kleinen Kunstgalerie am Markt zu verbinden. Nach allem, was man ihr über ihre Interessen erzählt hatte, ging sie nicht davon aus, schon einmal dort gewesen zu sein.

Die Galeristin begrüßte sie mit einem freundlichen Lächeln, so, als wären sie sich schon viele Male begegnet. Katharina tat, als wüsste sie, wer vor ihr steht, vermied aber, mit der Frau ins Gespräch zu kommen.

»Ich schaue mich ein wenig um«, sagte sie mit einem kurzen freundlichen Nicken und schlenderte dann auf einen der hinteren Räume zu. Ein Bild, an der Stirnwand des Raumes, erregte ihre Aufmerksamkeit, mehr noch, sie fühlte sich plötzlich auf magische Weise davon angezogen. Interessiert betrachtete sie es genauer. Vereinzelte Segelboote vor einem Strand mit gelben Klippen. Am rechten Bildrand eine Bucht mit Fischerhütten, die sich Schutz suchend an die Felsen schmiegten. Mein Gott, war es möglich, dass sie sich erinnerte?

»Rot gefielen sie mir besser!«, hörte sie jemanden hinter sich sagen und spürte, wie dieser Jemand über ihre Haare strich. Katharina fuhr herum und sah in das breite Grinsen von Christoph. Augenblicklich fielen ihr Janetts Worte ein. Schwer vorzustellen, dass Janett sich irrte, aber gut, dass sie mit ihr darüber gesprochen hatte.

»Hey!«, grüßte Katharina etwas verlegen und musterte abwägend ihr Gegenüber.

»Du hier?«, fragte Christoph in vertrautem Ton. »Es ist ewig her, seit wir …«

»Ja?«, fragte Katharina im gleichen Tonfall.

»Seit ich dich genau hier das letzte Mal unter vier Augen gesprochen habe«, beendete Christoph und sah sie abwartend an. Er schien in ihren Augen einen Hinweis auf die alte Vertrautheit zu suchen, denn seine Pupillen wanderten unruhig hin und her.

Katharina drehte sich einmal um ihre eigene Achse. »Genau hier?«, fragte sie mit einem Anflug von Neckerei.

»Ja, ich meine als Einziger zu wissen, was dieses Bild dir bedeutet!«, antwortete Christoph ernst und deutete auf das Gemälde in ihrem Rücken.

Katharina drehte sich um, trat näher heran und las das kleine Schild. »Pierre Auguste Renoir, um 1883, ›Meer und Klippen, handgemalte Ölgemälde-Replikation‹.«

»Ja«, dachte sie. »Ich erinnere mich!« Sie bemerkte nicht, dass sie die Worte gesprochen hatte.

Plötzlich spürte sie seine Hände auf ihren Schultern, die sie sanft umdrehten.

»Wie geht es dir wirklich?«, fragte Christoph leise.

Katharina beschloss, ihn herauszufordern. »Jetzt, da ich dich hier treffe, gut.«

Aus seinem Gesicht wich alle Anspannung, er lächelte, und das Blau seiner Augen begann zu strahlen.

»Janett hat mir von uns erzählt«, sagte Katharina fast beiläufig und begann weiterzugehen. Christoph schien diese Information nicht nur zu erschrecken, sondern auch auf das Äußerste zu beunruhigen. »Ich habe ihr gesagt, dass ich mich nicht erinnere, und daraufhin meinte sie, dass sie sich auch geirrt haben könnte.«

Katharina blieb stehen und sah sich zu ihm um. Er stand noch immer auf der gleichen Stelle. Fast tat er ihr leid, denn der Schrecken war ihm geradezu ins Gesicht geschrieben.

»Sie glaubt mir!«, sagte sie im Brustton der Überzeugung und ging, da er sich noch immer nicht rührte, zu ihm zurück. Zaghaft griff sie nach seiner Hand. »Erzähl mir von uns!«

Argwöhnisch musterte er sie. »Wie? Ich denke, du erinnerst dich!« Katharina wiegte den Kopf hin und her. »Vielleicht, vielleicht auch nicht. Erzähl mir von uns!« Sie zog ihn zwei, drei Schritte mit sich, dann ließ sie seine Hand los. Es war zu gefährlich, so gesehen zu werden.

»Erinnerst du dich nicht an deine Ehe mit Markus?«

Katharina schüttelte den Kopf. »An nichts.«

»Und wieso solltest du dich dann an uns erinnern?«

Katharina blieb wieder stehen. »Vielleicht warst du mir näher als er!«

Plötzlich griff Christoph nach ihrer Hand und drückte sie sanft. »Du hast unter der Heimlichkeit gelitten, du wolltest ausbrechen, aus allem. Du hast viel von Markus erzählt, du hast mir oft gesagt, wie einsam du dich fühlst, auch wenn er da war.«

Katharina stöhnte auf und hielt ihm kurz die Hand auf den Mund. Eindringlich sah sie ihn an. »Erzähl von uns! Nicht von Markus!« Christoph zog ihre Hand von seinem Mund weg und küsste sie. »Das mit uns …«, begann er.

»… wollte ich nicht, es ist einfach passiert!«, beendete Katharina seinen Satz.

Christoph nickte lächelnd. »Du hast allerdings auch nicht aufhören können«, flüsterte er und fügte mit einem Augenzwinkern hinzu: »Wer hier wen verführt hat, bleibt sowieso noch die Frage.«

»Du mich«, schoss es aus ihr heraus, weil ihr das Gegenteil absolut absurd erschien. »Erinnerst du dich an unser erstes Mal?«, hörte sie sich plötzlich fragen.

»Ja«, war seine knappe Antwort.

Katharina betrachtete ihn eine Weile nachdenklich und versuchte sich vorzustellen, wie dieser Mann sie küsste und …

Nein, fast widerwillig schüttelte sie den Kopf und hatte es plötzlich eilig. Hektisch sah sie sich um. Ihr Blick blieb an der großen Panoramascheibe der Galerie hängen, vor der plötzlich Markus stand, mit starrem Gesichtsausdruck und einem Blumenstrauß in der Hand. Sie wehrte Christophs Kuss mit einer schnellen Handbewegung ab und ging langsam dem Ausgang entgegen. Christoph überholte sie, noch bevor sie die Tür erreicht hatte.

Nach einem kurzen Blick auf Markus lief er wortlos zu seinem Wagen und fuhr davon. Katharina ging direkt auf Markus zu und blieb vor ihm stehen. Ihre Stimme klang entschuldigend, aber bestimmt.

»Es war ein Versuch, Markus! Nichts anderes!«, sagte sie leise.

Sie wollte ihn mit sich ziehen, aber sein Widerstand ließ sie innehalten. Eine ausführlichere Erklärung der Umstände war sie ihm schon schuldig.

»Es hat sich zufälligerweise ergeben, und ich musste es einfach ausprobieren. Es ist doch möglich, dass ich mich nur an dich nicht erinnere! Vielleicht weil …« Sie suchte nach Worten, aber ihr fiel nichts ein, was ihm nicht wehtun würde. »Also, ich sage dir jetzt etwas, was mir Janett erzählt hat. Ich weiß davon nichts und kann mir auch nicht vorstellen, dass es wirklich passiert ist, aber ich möchte, dass du es weißt.« Katharina atmete hörbar aus. »Was du eben gesehen hast, scheint wahr zu sein. Ich habe dich anscheinend mit Christoph betrogen.«

Markus starrte Katharina wortlos an, dann drehte er sich auf dem Absatz um. Auf dem Weg zum Auto ließ er den Blumenstrauß in einen Müllkorb fallen.

Katharina, die ihn mit schnellen Schritten eingeholt hatte, wagte nicht, ihn zurückzuhalten. Erst als sie eingestiegen waren und Markus den Motor anließ, griff sie nach seiner Hand.

»Man kann die Vergangenheit vergessen, Markus, aber man kann sie nicht ändern. Ich muss damit leben, dass ich dich offenbar nicht geliebt habe.«

13.

»Ich bin nicht Katharina!« Markus hielt seine Augen geschlossen. Erst als Katharina an seinem Arm rüttelte und dann aus dem Bett sprang, um aufgelöst im Zimmer hin und her zu laufen, öffnete er sie und sah sie an. Katharina stand mit weit aufgerissenen Augen vor dem großen Wandspiegel, strich sich unentwegt mit beiden Händen über das Gesicht und deckte dann immer wieder ihre linke Gesichtshälfte ab.

Dann drehte sie sich plötzlich um und sah Markus mit einem sonderbar klaren Blick an. »Ich heiße Sarah.«

In Sekundenschnelle war Katharina angezogen und setzte sich auf die linke Bettkante. Es dauerte eine Weile, bis sie sich gefasst hatte. »Markus! Mir ist klar, dass das jetzt alles vollkommen irre klingt, und ich habe auch im Moment überhaupt keine Erklärung dafür. Ich weiß nur eines mit hundertprozentiger Sicherheit: Ich bin nicht deine Frau Katharina. Ich heiße Sarah.«

Markus nahm ihre rechte Hand, streichelte sie sanft und begutachtete dabei unauffällig das Muttermal auf dem Handrücken.

»Erinnerst du dich, wann du Geburtstag hast?«

Sie dachte einen Moment nach.

»Am 30. November!«

»Und welches Geburtsjahr?«

»1977.«

Beruhigt fiel Markus auf das Kissen zurück. Alles stimmte, das Jahr, der Geburtstag … Er musste jetzt sehr behutsam sein!

»Ich mache uns erst mal einen Kaffee, und dann reden wir ganz in Ruhe darüber, ja?«

Sie nickte, sprang auf und lief aus dem Zimmer.

Als Markus die Küche betrat, stand Katharina bereits, ungeduldig mit dem Fuß wippend, vor der Kaffeemaschine. Markus setzte sich an den Tisch und sah sie an.

»Weißt du«, begann sie freudig und setzte sich zu ihm, »es war einfach unglaublich.« Sie machte eine bedeutungsvolle Pause und strahlte ihn an. »Ich bin ganz früh aufgewacht. Ich habe geträumt. Jemand rief meinen Namen, und ich habe mich umgedreht und ihm zugewinkt. Verstehst du?«

Nein, er verstand nichts.

»Ich habe reagiert. Im Traum!«

Er schüttelte den Kopf. »Was ist daran so unglaublich?«

Katharina wurde ungeduldig. »Der Mann hat ›Sarah‹ gerufen! Und ich habe mich umgedreht!«

»Wieso Sarah?«

»Weil ich so heiße!«

Markus nickte nachsichtig.

»Es ist gar nicht, dass ich mich daran erinnere, so genannt worden zu sein – es ist einfach ein Gefühl. Ich bin mir absolut sicher, dass ich so heiße.« Katharina lächelte. »Ich bin so glücklich, Markus. Es ist, als hätte ich das erste Puzzleteil gefunden, das passt. Endlich etwas, das mir nicht fremd ist.«

Markus bekam plötzlich Angst. »Katharina! Es war ein Traum! Du hast geträumt, das ist alles! Bitte beruhige dich doch wieder!«

Wütend sprang sie auf. »Ich soll mich beruhigen? Du hast ja keine Vorstellung, was dieser Traum für mich bedeutet. Ich weiß endlich meinen Namen! Ich weiß, dass ich nicht Katharina bin! Und du sagst, ich solle mich beruhigen?«

Markus schwieg. Er war hilflos und vollkommen überfordert. Katharina sah ihn eine Weile an, winkte dann ab und lief ins Badezimmer.

Obwohl er sie strikt abgelehnt hatte, holte er jetzt doch die Schachtel Beruhigungstabletten, die ihm Prof. Olbrisch für den absoluten Notfall mitgegeben hatte, aus dem Schubfach des Tisches. Mit zitternden Händen entnahm er eine der weißen Pillen und warf sie in Katharinas Kaffee. Fast im selben Augenblick erschien sie in der Küche und begann wieder, hin und her zu laufen.

»Ich bin mir sicher, Markus. Je mehr ich darüber nachdenke, desto klarer wird alles.«

Markus schenkte Kaffee nach, tat Zucker dazu und rührte um. Beruhigt lehnte er sich zurück. Vielleicht würde der Spuk ja vergehen, wenn sie etwas geschlafen hatte, hoffte er inständig.

»Du glaubst also, dass du Sarah heißt. Und wie weiter?«, fragte er und schob die Tasse unauffällig in ihre Richtung. Sie setzte sich an den Tisch zurück und trank ihren Kaffee aus.

»Wie lautet dein Nachname?«, fragte er vorsichtig weiter.

Katharina schwieg. Eine Weile saß er ihr gegenüber und sah sie aufmerksam an. Dann stand er auf und begann, den Frühstückstisch zu decken.

»Mal ernsthaft«, begann er von neuem. »Du erinnerst dich an Skifahren mit deinen Eltern, daran, dass du Orangenmarmelade hasst, und jetzt, dass du Sarah heißt. Ich will dir nicht wehtun, aber nichts davon entspricht der Wirklichkeit.« Seine Worte schmerzten sie, daran gab es keinen Zweifel, aber sollte er eine Hoffnung nähren, die eindeutig in eine falsche Richtung führte? Er würde sie damit in den Wahnsinn treiben, denn eines war nach Meinung der Ärzte klar, irgendwann würde sie in der Realität ankommen. Die Zweifel, was ihre Erinnerung betraf, mussten bei ihr selbst entstehen.

»Es kann ja sein, dass ich ihr ähnlich sehe, aber ich bin nicht sie. Ich bin nicht Katharina. Mein Name ist Sarah. Das musst du mir glauben!«, erwiderte sie schließlich und erhob sich. Mit einem Mal schien sie ganz ruhig. »Lass uns hier aufhören. Ich bin müde.«

Markus sah auf die Uhr und nickte. Es war zwar gerade erst

zehn Uhr morgens, aber sicherlich war sie schon lange wach, und auch die Beruhigungstablette zeigte offenbar bereits Wirkung.

Er hielt sie fest, als sie an ihm vorbeigehen wollte, und drückte ihr einen Kuss auf die Wange. Ihr Lächeln wirkte unsicher, als sie das Zimmer verließ. Wie hatte sie sich genannt? Sarah! Ein Traum, oder war es die Flucht vor der Wirklichkeit?

Gestern ihr Geständnis, heute ein anderer Name. Was davon war Wahrheit und was Phantasie? Sie hatten nach dem Besuch in der Galerie nicht mehr über ihre Affäre mit Christoph gesprochen, und Markus hatte es tatsächlich geschafft, ihr keinerlei Vorwürfe zu machen. Vielmehr war er ihr den Tag über aus dem Weg gegangen. So absurd es klang, zu gern würde er jetzt Christophs Namen ein für alle Mal aus ihrem Kopf löschen und sie dafür Sarah nennen, wenn es nur dazu beitragen würde, dem Spuk ein Ende zu setzen.

Markus zwang sich, ruhig durchzuatmen, bevor er die Nummer von Prof. Olbrisch wählte. »Professor? Ich muss Sie unbedingt sprechen! Und zwar allein! Ich meine, ohne meine Frau!«

Der Professor schien in seinem Kalender nach einem freien Termin zu suchen, denn es dauerte eine Ewigkeit, bis er antwortete.

»Gut. Kommen Sie heute Abend in mein Büro. Ich bin zwar mit einem Freund verabredet, aber vielleicht ist es gar nicht so schlecht, wenn Sie ihn kennenlernen.«

Ein Mann, den Markus auf Mitte dreißig schätzte, erhob sich, als er das Zimmer des Professors betrat, und streckte ihm freundlich die Hand entgegen. »Dr. Antonio Dolores! Aber sagen Sie Antonio zu mir!«

Der Mann hatte einen italienischen Akzent, und überhaupt sah er wie Casanova höchstpersönlich aus. Markus schenkte ihm ein gequältes Lächeln. Er konnte solche Typen nicht ausstehen. Etwas zu elegant gekleidet, ein wenig zu leger in seiner weltmännischen Art und noch dazu gutaussehend!

»Dr. Dolores ist Psychiater am hiesigen International Neurosciene Institute und eine absolute Koryphäe auf dem Gebiet der Neurologie«, stellte der Professor ihn vor.

Psychiater! Nach einem flüchtigen Blick auf ihn wandte sich Markus mit scharfem Ton an den Professor. »Ich hatte mich doch bei unserem Telefonat ...«

»Ja. Ich weiß, unter vier Augen«, unterbrach ihn der Professor. »Aber im Fall Ihrer Frau sollten wir auf die Meinung eines Experten nicht verzichten.«

Markus warf Dr. Dolores einen skeptischen Blick zu. Dann ließ er sich auf dem freien Sessel nieder.

»Ich glaube zu wissen, was mit Ihrer Frau geschehen ist, und ich würde es Ihnen gern in Ruhe erklären«, begann Dr. Dolores mit ruhiger Stimme.

»So? Kennen Sie denn meine Frau?«

»Nein, aber erzählen Sie mir von ihr!«

»Warum sollte ich das tun?«

»Weil ich sehe, wie verzweifelt Sie sind.«

Der Psychiater schaute Markus aufmerksam an, doch der wandte sich demonstrativ dem Professor zu. »Sie behauptet, nicht Katharina zu sein. Sie sagt, ihr Name sei Sarah.«

Markus bemerkte, wie der Professor und Antonio einen für ihn nicht zu deutenden Blick wechselten. Für einen Moment herrschte absolute Stille im Raum.

»Das heißt, sie hat überhaupt nie behauptet, Katharina zu sein. Sie verhält sich komplett anders, seit sie aus dem Koma erwacht ist«, fuhr Markus fort.

Selbst Dr. Dolores wirkte nun ein wenig irritiert.

»Haben Sie vor dem Unfall schon einmal ähnliche Verhaltensweisen an Ihrer Frau festgestellt?«

Markus schüttelte kurz den Kopf, würdigte den Psychiater allerdings noch immer keines Blickes.

»Sie meinen, seit die ersten Erinnerungen nach der Amnesie einsetzten, gab es im Verhalten ihrer Frau keinerlei Gemeinsamkeiten mit ihrer früheren Persönlichkeit?«

»Nein.«

Der Psychiater lehnte sich zurück und schien nachzudenken.

Markus fixierte Prof. Olbrisch. »Vielleicht ist an Katharina ein Experiment durchgeführt worden, eine Gehirnwäsche oder so etwas Ähnliches. Es gibt doch ganze Filme darüber!«

Markus sah, wie die Mundwinkel des Psychiaters fast unmerklich zuckten. Augenblicklich wurde ihm klar, dass er mit seiner haarsträubenden Theorie etwas zu weit gegangen war.

»Entschuldigen Sie, aber ich habe keine andere Erklärung für Katharinas Verhalten!«, verteidigte er sich.

»Junger Mann«, lenkte Antonio lächelnd ein, »ich verstehe Ihre Situation, ich weiß, dass das für Sie alles mysteriös, rätselhaft und vollkommen unverständlich ist, aber es gibt wahrscheinlich eine einfache medizinische Erklärung dafür. Man nennt es dissoziative Identitätsstörung. Das heißt, dass zwei oder mehrere voneinander unterscheidbare Identitäten in einer Person existieren. Von diesen übernehmen mindestens zwei wiederholt die Kontrolle über die Person. Die eine ist Katharina, und die andere ist … Wie hat sich Ihre Frau genannt?«

»Sarah«, antwortete Markus.

»Grundlage des Entstehens dieser Identitätsstörung ist meist das Erleben eines schweren Traumas in der frühen Kindheit. Es wird angenommen, dass schon zu diesem frühen Zeitpunkt die Aufspaltung in verschiedene Persönlichkeitsanteile beginnt. Prof. Olbrisch erzählte mir, dass Katharina in einem Kinderheim aufgewachsen ist? Was wissen Sie von der Kindheit Ihrer Frau?«

»Eigentlich nichts. Sie wollte nie mit mir darüber reden.«

Dr. Dolores nickte. »Sehen Sie, das ist typisch. Ein Kind, das fortgesetzt Gefahr und Erniedrigung erlebt, der es nicht entfliehen kann, entwickelt einen Mechanismus, um der Angst zu entrinnen. Das reale Geschehen wird vom Bewusstsein abgetrennt, das Kind denkt sich gewissermaßen aus der Situation hinaus. Dieser Prozess geschieht unbewusst und kann von den Betroffenen nicht gesteuert werden. Um die wiederholte Traumatisierung überstehen zu können, spalten die Betroffenen sich in zwei oder mehr Identitäten auf.«

»Und das soll bei Katharina jetzt der Fall sein?« Markus warf dem Psychiater einen ungläubigen Blick zu.

»Es wäre eine Erklärung für ihr Verhalten. Die verschiedenen Identitäten unterscheiden sich meist deutlich. Unterschiedliche Namen, Vorlieben, Verhaltensweisen.«

Markus horchte auf. Es stimmte, Katharina war nicht mehr dieselbe, oder ... sie war nicht Katharina. Er wurde verrückt bei diesem Gedanken.

»Aber was ist mit ihrer Erinnerung?«

»Es ist nicht immer der Fall, dass die beiden Teilpersönlichkeiten untereinander kooperieren können oder Zugriff auf Erinnerung und Handlung der jeweils anderen Identität haben. Das heißt, dass Sarah durchaus eine andere Erinnerung als Katharina haben kann«, erwiderte Dr. Dolores.

Markus saß wie versteinert da. Er war unfähig, auch nur einen einzigen klaren Gedanken zu fassen.

»Ja, aber wieso habe ich nie etwas davon bemerkt?«

»Weil es möglich ist, dass dieser Zustand überhaupt noch nie aufgetreten ist, sondern das erneute Trauma des Unfalls als auslösendes Moment zu sehen ist. Das heißt, das System der Störung ist immer noch scharf und kann durch sogenannte Trigger wieder aktiviert werden.«

»Was bedeutet das?«

»Dissoziationen können stattfinden, ohne dass die Umwelt von den Vorgängen in der Psyche der dissoziativen Persönlichkeit etwas erfährt. Sie können in Form des Phantasierens und auch in Dämmerzuständen auftreten. Der Partner muss also überhaupt nichts davon mitbekommen. Es wäre eine Erklärung für das Verhalten Ihrer Frau. Am besten kommen Sie mit ihr zu mir ins Institut. Ich müsste mir von Katharina selbst ein Bild machen, um mehr sagen zu können.«

Professor Olbrisch schaute fragend zu Dr. Dolores, und als dieser den Kopf schüttelte, erhob er sich und streckte Markus die Hand entgegen.

»Reden Sie mit Katharina! Ich bin mir sicher, dass sie einem Besuch bei Dr. Dolores zustimmen wird, wenn damit Licht in die Angelegenheit gebracht wird.«

Markus erhob sich, nickte dem Professor zu und ging.

Er hatte sich Antworten erhofft, stattdessen waren neue Fragen aufgetaucht, die alles andere als beruhigend waren.

Katharina schlief schon, als Markus nach Hause kam. Vorsichtig zog er das Fotoalbum unter ihrer Hand hervor und legte es zu den anderen auf den Fußboden. Dann kniete er sich neben das Bett und betrachtete lange ihr Gesicht.

Was war in ihrer Kindheit geschehen? Welches Geheimnis barg dieses Kinderheim? Doktor Dolores war sich sicher, dass die Ursache ihrer Krankheit dort zu finden war. Aber wenn es wirklich diese Identitätsstörung war – warum tauchte dann Katharina nicht endlich auf? War es möglich, dass sie für immer verschwunden war? Der Arzt hatte doch auch gesagt, dass sich die verschiedenen Teilidentitäten abwechselten! Seit sie am Morgen behauptet hatte, Sarah zu heißen, war der Name Katharina nicht wieder gefallen.

Er musste dieses Kinderheim finden. Vielleicht arbeitete dort noch jemand, der Katharina gekannt hatte. Und es gab nur eine Person, der Katharina vielleicht mehr anvertraut hatte als ihm. Janett!

Markus küsste Katharina sanft auf die Stirn, löschte das Licht der Nachttischlampe und verließ leise das Schlafzimmer.

Die Uhr im Wohnzimmer zeigte kurz vor zwölf. Er musste unbedingt mit Janett sprechen. Aufgeregt wählte er ihre Nummer. Sie meldete sich hellwach.

»Janett? Ich weiß, es ist spät, aber es ist sehr wichtig. Hat Katharina jemals mit dir über das Kinderheim gesprochen? Weißt du, wie es heißt? Es ist in Bremen.«

»Ja, Bremen stimmt. Sie hat einmal davon erzählt, aber der Name? Irgendwas mit Sonne. Gib mir fünf Minuten, Markus. Wenn es das Heim noch gibt, steht's im Internet, und wenn ich es lese, fällt mir auch der Name wieder ein.«

Markus legte auf, holte sich ein Bier aus dem Kühlschrank und ließ sich auf die Couch fallen. Keine drei Minuten später klingelte das Telefon. Markus hob ab. »Hast du es gefunden?«

Das Besetztzeichen tutete in seinen Ohren. Kaum hatte er aufgelegt, klingelte es erneut.

Janett war am Apparat.

»Hast du eben schon mal angerufen?«, fragte Markus.

»Nein, war ich nicht. Aber ich hab's jetzt. Das Heim liegt am Stadtrand von Bremen und heißt ›Sonnenschein‹. Warum willst du das eigentlich wissen?«

»Weil es offenbar in Katharinas Kindheit ein Geheimnis gegeben hat, über das sie noch nie mit jemandem gesprochen hat.«

Janetts Interesse schien geweckt zu sein, denn er hörte, wie sie sich eine Zigarette ansteckte und darauf wartete, dass er weiterredete.

»Es sind zwar alles nur Vermutungen, aber ich habe heute mit einem Psychiater gesprochen, der mir ungeheuerliche Dinge erzählte. Irgendwie hab ich die Befürchtung, dass er richtig liegen könnte. Deshalb muss ich dieses Kinderheim aufsuchen. Vermutlich liegt da der Schlüssel zu diesem Geheimnis.«

»Wann willst du hinfahren? Morgen ist Samstag. Wenn du willst, komm ich mit!«

»Nein, ich fahre lieber allein. Wenn du mir helfen willst, komm her und leiste Katharina Gesellschaft. Ich habe im Moment kein gutes Gefühl, wenn ich sie allein lasse.«

Janett wirkte enttäuscht, war dann jedoch einverstanden, bei Katharina zu bleiben.

»Also gut, Markus. Ich glaube zwar, dass Katharina nicht sonderlich erfreut sein wird, aber ich lasse mir was einfallen. Mal sehen, ob ich sie zum Shoppen überreden kann.«

Markus zögerte einen Moment. »Kannst du dir vorstellen … Ich meine, wäre es vielleicht möglich, dass Katharina … könnte es sein, dass sie verrückt geworden ist? Dass sie wegen all der Medikamente vielleicht nicht mehr Herr ihrer Sinne ist? Mit dem normalen Menschenverstand kann man sich doch das alles nicht mehr erklären.«

Er hörte, wie Janett an ihrer Zigarette zog.

»Markus, Katharina hatte einen schweren Unfall, und du solltest froh sein, dass sie alles so gut überstanden hat. Glaube mir, sie ist nicht verrückt.«

14.

»Hast du was dagegen, wenn Janett heute noch mal kommt?«

»Ja, habe ich.«

Markus dachte, sich verhört zu haben. »Wieso? Habt ihr euch gestritten?«

»Nein«, lautete die knappe Antwort.

»Warum soll sie dann nicht kommen?«

Katharina ließ das Fotoalbum auf ihren Schoß sinken und sah ihn an. »Weil ich keinen Babysitter brauche. Wenn du etwas zu erledigen hast, dann tue es einfach! Wovor hast du denn Angst? Warum kann ich nicht allein bleiben?«

»Weil ich meine, dass es dir im Moment nicht gut tut.«

Markus kniete sich zu ihren Füßen.

»Katharina! Ich denke nicht, dass du irgendeine Dummheit tun könntest, aber ich mache mir Sorgen um dich! Was ist daran so schlimm?«

Ihr Blick wirkte mit einem Mal eigentümlich starr. »Du nennst mich noch immer Katharina, aber ich heiße Sarah!«

Frau Weihmann, die Leiterin des Kinderheimes, die ihm anfangs durchaus freundlich und entgegenkommend erschienen war, wurde, nachdem er sein Anliegen geäußert hatte, mit einem Mal abweisend.

»Wenn Sie sich einen Gefallen tun wollen, forschen Sie lieber nicht weiter«, sagte sie.

Markus verstand nicht, warum eine simple Frage bei ihr schlagartig so eine Distanz und Ablehnung auslösen konnte.

Die Leiterin saß hinter ihrem überdimensionalen Eichenholzschreibtisch, hatte die Arme vor der Brust verschränkt und machte einen verschlossenen Gesichtsausdruck. Insgeheim fragte er sich, warum eine solche Person ausgerechnet mit Kindern arbeitete, aber er durfte sie auf keinen Fall verärgern, wenn er etwas erfahren wollte.

»Hören Sie, Frau Weihmann, ich habe mir schon gedacht, dass nach so langer Zeit vermutlich keine Erzieherinnen von damals mehr hier arbeiten. Aber an ein, zwei Namen der früheren Mitarbeiterinnen werden Sie sich doch erinnern können, nicht wahr?«

Frau Weihmann verzog den Mund. »Nein, leider nicht. Bedauere.«

»Es muss doch ein Archiv geben! Irgendwelche Unterlagen über die Kinder, die hier gelebt haben? Könnte ich da vielleicht?«

Die Leiterin wurde zunehmend unruhiger, was bei Markus immer größeres Misstrauen hervorrief.

»Herr Franke, Ihre Frau ist vor zweiunddreißig Jahren zu uns gekommen, wie Sie selbst sagen. So lange heben wir nichts auf.«

Er konnte sich unmöglich damit zufriedengeben, zumal er sich auf einmal sicher war, dass Frau Weihmann etwas vor ihm zu verheimlichen versuchte oder sogar log.

»Sie müssen doch nicht nach 1977 suchen. Katharina hat, soviel ich weiß, 1993 das Kinderheim verlassen. Aus dieser Zeit wird es doch wohl noch einen Namen einer Erzieherin geben!«

Frau Weihmann zuckte mit den Achseln. »Glauben Sie mir, ich würde Ihnen gerne helfen …« Sie verstummte.

»Aber?« Markus wurde immer ungeduldiger. Warum machte sie nur so ein Geheimnis daraus?

»Lassen Sie die Vergangenheit ruhen!« Sie sah ihn eindringlich an. »Es ist besser so!«

Markus sprang auf und lief aufgebracht vor dem Schreibtisch hin und her, wobei er sich immer wieder hektisch mit beiden Händen durch die Haare fuhr.

»Warum sollte es besser sein? Sie haben ja keine Ahnung! Meine Frau hatte einen schweren Verkehrsunfall und kann sich an nichts mehr erinnern. Wissen Sie, wie das ist, wenn man keine Erinnerung hat, keine Vergangenheit? Wenn man nicht weiß, woher man kommt und wer man selbst ist?«

Markus ließ sich wieder auf den Stuhl fallen und setzte eine flehentliche Miene auf. Feindseliges Schweigen schlug ihm entgegen. Er konnte nicht sagen, was den plötzlichen Sinneswandel ausgelöst haben könnte, war es sein Protest oder Mitleid – doch Frau Weihmann erhob sich überraschend, lief an ihm vorbei, öffnete die Tür zum Nebenraum und blieb auf der Schwelle stehen. »Da finden Sie alles! Die Akten sind nach Jahren geordnet. Sie entschuldigen mich jetzt, ich habe zu tun.«

Erstaunt folgte ihr Markus und betrat ein Zimmer, das ganz offensichtlich das Archiv der Einrichtung war. Die Regale waren voller Aktenordner, sorgfältig nach Jahren geordnet. Wie Markus rasch feststellte, gingen die Zahlen zwar nicht bis ins Jahr 77 zurück, aber immerhin bis weit vor Katharinas Entlassung. Zielstrebig ging er auf die Akten älteren Datums zu. 1980, da war Katharina drei Jahre gewesen.

Er zog den Ordner heraus und ließ sich damit am Tisch nieder.

Es gab fünf Gruppen. Die Kleinsten, Säuglinge und Babys bis zu einem Jahr, bildeten eine Gruppe. Danach wurden Kinder verschiedenen Alters zusammengenommen, 2–5 Jahre, 6–10, 11–14 und Teenager mit 15–16 Jahren.

Gruppe zwei, eine Liste von Namen folgte. Es gab zwei Frauen, die diese Gruppe betreuten. Annemarie Hendel und Margarethe Kleinschmidt. Markus überprüfte noch einmal die Liste der Kindernamen. Katharina Wagner!

Jetzt brauchte er nur noch die Adressen dieser beiden Erzieherinnen! Aber das würde wohl kein Problem darstellen, denn so abweisend sich Frau Weihmann auch verhalten hatte, die Wohnanschrift würde sie ihm sicherlich geben.

Aufgeregt notierte sich Markus die Namen in sein Notizbuch, stellte den Ordner zurück und betrat das Zimmer der Heimleiterin. Das Büro war verlassen. Er überlegte kurz, ob er warten sollte, entschied sich dann jedoch anders und begab sich auf den Flur. Ungewöhnlich still war es im Haus. Kein Kindergeschrei wie bei seinem Eintreten, die Gänge waren verwaist. Markus lief plötzlich ein kalter Schauer über den Rücken.

Die Szenerie erinnerte ihn an Gruselfilme, die Katharina so gern sah. Man ging in ein Haus, das voller Leben war, man betrat einen Raum, man redete mit jemandem, dann lief man wieder hinaus, und alles war leer. Kein Mobiliar, keine Menschen, nichts sah mehr so aus wie noch Minuten zuvor, auf einmal stellte sich alles als Illusion heraus. Beunruhigt zog Markus sein Notizbuch hervor und blätterte es hastig durch. Hendel und Kleinschmidt – so lauteten die Namen der Erzieherinnen. Er steckte das Büchlein zurück in seine Brusttasche und ging den Gang entlang. Eine Etage tiefer hörte er Stimmengewirr und das Klappern von Geschirr. Es war Mittagszeit, daher die Leere im Haus!

Vorsichtig klopfte Markus an die Tür, wartete einige Sekunden und öffnete sie dann. Ungefähr sechzig Kinder befanden sich in einem Saal und redeten lautstark miteinander. Da niemand von ihm Notiz nahm, ging er auf die ihm am nächsten stehende Frau zu.

»Entschuldigen Sie, können Sie mir sagen, wo ich Frau Weihmann finde?«

»Oben in ihrem Büro«, erklärte die Erzieherin, die vermutlich zu jung war, als dass sie Katharina noch gekannt haben könnte. »Die Treppe rauf und dann links.«

»Von dort komme ich gerade. Da ist sie nicht mehr.«

Die Frau zuckte mit den Schultern. »Dann hat sie wahrscheinlich irgendetwas zu erledigen. Soll ich ihr etwas ausrichten?«

Markus überlegte. »Das ist nicht nötig, aber vielleicht können Sie mir ja helfen. Ich brauche die Adressen von Frau Kleinschmidt oder Frau Hendel.«

»Wer soll das sein?«

»Die beiden waren hier früher Erzieherinnen. Erinnern Sie sich vielleicht noch an sie?«

Die Erzieherin schien für einen Moment zu überlegen. »Der Name Hendel sagt mir nichts. Aber Kleinschmidt? Ja, in meinem ersten Jahr hier gab es noch eine Margarethe Kleinschmidt, wenn ich mich nicht irre.«

Markus nickte ihr aufmunternd zu.

Die Frau lächelte schwach. »Aber die Adresse weiß ich nicht. Am besten rufen Sie die Auskunft an. Dürfte nicht schwer sein, sie zu finden.«

Markus bedankte sich freundlich und verließ das Kinderheim.

Im Auto wählte er die Nummer der Auskunft. Es gab einen Eintrag zu Margarethe Kleinschmidt, und man nannte ihm auch die Adresse.

Seit einer halben Stunde saß Markus in seinem Auto, er wartete und ließ den Eingang des kleinen Reihenhauses nicht aus den Augen.

Margarethe Kleinschmidt! Diese Frau hatte Katharina als Kind betreut und kannte ihren Werdegang. Er würde nicht eher wegfahren, bevor er nicht mit ihr gesprochen hatte.

Eine zierliche kleine Frau kam mit schnellen Schritten um die Ecke. Weiße Haare, die von einem Knoten am Hinterkopf gehalten wurden, ein knielanger schwarzer Mantel, mit einem Gürtel streng um die Taille geschnürt.

Noch bevor die alte Dame das Gartentor erreicht hatte, war Markus ausgestiegen und ihr entgegengelaufen. »Entschuldigen Sie bitte. Ich würde Sie gern sprechen, wenn Sie etwas Zeit hätten. Mein Name ist Markus ...«

Erschrocken sah die ältere Frau ihn an und blieb, ihre Handtasche vor sich haltend, abrupt stehen. Dann atmete sie tief ein, holte einen Schlüssel aus ihrer Tasche und öffnete das Gartentor.

»Nicht hier! Kommen Sie mit hinein!« Hastig lief sie auf das Haus zu, schloss auf und verschwand darin.

Markus war einen Moment verunsichert, dann folgte er ihr zögernd.

Als sich seine Augen an das Dunkel im Inneren des Hauses gewöhnt hatten, sah er sich vorsichtig um, aber die Frau war nirgends zu entdecken. »Hallo?«

Das Klappern von Geschirr hinter einer halb angelehnten Tür am Ende des Flures sagte ihm, dass sich dort höchstwahrscheinlich die Küche befand. Er folgte dem Geräusch und öffnete zaghaft die Tür.

Noch immer im Mantel, war die Frau inzwischen dabei, Tee aufzubrühen.

Sie stellte zwei Tassen auf den Tisch und deutete mit der Hand auf einen der Stühle. Während sie den Tee aufgoss und sich umständlich den Mantel auszog, um ihn dann in den Flur zu bringen, begann sie zu reden. »Sie sind der Fünfzehnte! Können Sie sich das vorstellen? Ich bin gespannt, wann das aufhört!«

Die Frau kam in die Küche zurück und setzte sich dann ihm gegenüber. »Sie wollen Geld, nicht wahr?«

Markus wurde langsam unbehaglich zumute. Es musste ein riesiges Missverständnis vorliegen.

»Entschuldigen Sie, Frau Kleinschmidt. Ich will ganz sicher kein Geld von Ihnen! Eigentlich wollte ich nur eine Auskunft!«

Sie hob abrupt den Kopf und sah ihn erschrocken an. »Frau Kleinschmidt? Sagten Sie eben Frau Kleinschmidt?«

So als müsse sie sich der veränderten Situation oder ihres Irrtums erst bewusst werden, stand sie plötzlich auf und lief zum Küchenschrank. Minutenlang stand sie mit dem Rücken zu ihm gewandt vor der Arbeitsplatte. Markus wagte nicht, sich zu rühren. Als sie sich wieder umdrehte und gegen die Anrichte lehnte, waren ihre Tränen nicht zu übersehen.

»Wer sind Sie?«, fragte die Frau.

»Ich heiße Markus Franke.«

Die Frau schien für einen kurzen Moment aufzuhorchen, dann kam sie mit der Teekanne zum Tisch zurück und setzte sich. »Frau Kleinschmidt ist vor drei Monaten auf tragische Weise ums Leben gekommen.«

»Sie wohnen in ihrem Haus?«, fragte Markus.

»Wir bewohnten es zusammen, Margarethe im oberen Stockwerk und ich hier unten. Entschuldigen Sie, ich habe mich nicht vorgestellt. Mein Name ist Hilde Lagenbeck.«

Sie schnäuzte in ihr Taschentuch, schenkte Tee ein und faltete dann die Hände in ihrem Schoß.

»Seit sie gestorben ist, wimmelt es von Bittstellern. Es vergeht kein Tag, an dem nicht jemand vor der Tür steht und an das Erbe von Margarethe will. Es ist gut, dass sie das nicht mehr miterleben muss. Gott hab sie selig!« Frau Lagenbeck bekreuzigte sich und stöhnte dann laut auf. »Die Gute spielte ihr Leben lang Lotto, müssen Sie wissen. Ich hab's ihr immer ausreden wollen, aber ohne Erfolg. Gott sei Dank.« Sie seufzte auf. »Und vor einem Jahr hat sie gewonnen, viel, sehr viel Geld. Verstehen Sie mich bitte nicht falsch, für gute Zwecke gebe ich das Geld, aber die Leute kommen immer wieder. Irgendwann habe ich aufgegeben, an der Tür mit ihnen zu streiten und jeden hineingebeten. Ich weiß, es ist sehr unvorsichtig, aber …« Hilde Lagenbeck schien kurz nachzudenken, wobei sie immer wieder zu Markus sah. »Dieses Erbe gehört mir eigentlich nicht. Margarethe wollte das Geld ihrem Kind schenken, aber …« Sie zögerte und suchte nach Worten. »Aber es muss etwas vorgefallen sein, wonach sie es sich anders überlegte. Ich fand ein paar Tage nach ihrem Tod das

Testament. Katharinas Name war durchgestrichen und dafür mein Name eingesetzt worden.«

Markus spürte das Adrenalin förmlich durch seine Adern schießen.

Er holte ein Foto aus der Innentasche seiner Jacke und hielt es Frau Lagenbeck vor ihre Teetasse.

»Sprechen Sie von Katharina Franke?«, fragte er höchst angespannt. Statt auf das Foto zu schauen, stand Frau Lagenbeck auf, lief langsam zum Küchentresen und öffnete ein Schubfach. Dann kam sie mit einer Brille zum Tisch zurück und nahm das Foto zur Hand. Sie betrachtete es lange, ohne eine Gefühlsregung zu zeigen.

Markus wurde ungeduldig. »Kennen Sie diese Frau?«

»Ja, natürlich!«, sagte sie leise. Ihr Mund verzog sich zu einem gequälten Lächeln. »Für Margarethe war sie wie das eigene Kind.« Sie hielt inne und sah Markus prüfend an. »Warum fragen Sie mich das alles? Ist etwas mit Katharina? Ist ihr auch etwas passiert?«

»Nein, es geht ihr gut«, antwortete Markus betont ruhig.

Frau Lagenbeck schien nicht zufrieden. »Und warum kommen Sie dann hierher? Ohne Katharina?«

Markus sah ein, dass er, wenn er mehr erfahren wollte, die Wahrheit sagen musste. »Katharina hat bei einem Unfall ihr Gedächtnis verloren. Sie weiß nicht, wo sie herkommt, wer sie ist, sie weiß nicht einmal, dass wir verheiratet sind.«

»Mein Gott, das ist ja furchtbar. Wird sie denn wieder gesund?«

Markus nickte.

Mit einem Mal wurden die Gesichtszüge der Frau weich. »Sie war etwas Besonderes, die kleine Katharina. Margarethe brachte sie schon mit, da war sie gerade zwei Jahre alt. Katharinas Mutter, Gott hab sie selig, war bei ihrer Geburt gestorben, und der Vater hatte schon vorher das Weite gesucht. Wir hatten sie besonders lieb, vielleicht weil sie so klein und ganz allein auf der Welt war. Später dann, so als Vierjährige, haben wir sie ›unser Eselchen‹ genannt. Sie konnte furchtbar störrisch und obendrein ein richtiger Zappelphilipp sein. Und sie hat wunderschöne Bilder gemalt. Dann saß sie stundenlang ganz still. Wir dachten immer, sie wird mal Künstlerin, eine berühmte Malerin vielleicht.«

Frau Lagenbeck schien durch Markus hindurchzusehen. Sie war auf ihrem Stuhl zusammengesunken und machte ganz plötzlich einen bekümmerten Eindruck auf ihn.

»Als Katharina fünf war, kam sie in eine Pflegefamilie. Aber sie blieb nur vierzehn Tage. Dann wurde sie zurückgebracht. Katharina hatte die ganze Zeit nur geweint und kein Wort gesprochen. So schön es auch war, wenn eines dieser Kinder wieder eine Familie hatte – wir waren froh, als sie wieder da war.«

Wie zu sich selbst, sprach sie mit einem Mal sehr leise.

»Dafür war viel zu viel passiert. Das konnte ja nicht gutgehen.«

Hilde Lagenbeck schüttelte den Kopf, setzte sich dann kerzengerade auf und schaute nun wieder freundlicher. »Kommen Sie, ich möchte Ihnen etwas zeigen!«

Markus folgte der Frau ins obere Stockwerk. Seit dem Tod von Frau Kleinschmidt schien hier nichts verändert worden zu sein, denn selbst eine Haarbürste lag noch auf der Anrichte, über der ein großes gerahmtes Bild hing.

»Das war das letzte Bild, das Katharina gemalt hat. Danach hat sie leider nie wieder einen Pinsel in die Hand genommen.«

Markus sah ein kleines Haus, das direkt an einem Strand stand. Viel mehr war auf dem Bild nicht zu sehen. Die Sonne, das Meer und dieses kleine Haus. Kindlich naiv und wunderschön gemalt. Er trat näher heran und deutete mit dem Finger auf einen kleinen schwarzen Punkt, der irgendwie nicht in das Bild passte und erst beim genaueren Betrachten auffiel.

»Wissen Sie, was das ist?«, fragte er.

Die alte Frau lächelte. »Es soll ein Hund sein, der im Meer badet.«

Ein Hund! Katharina wollte immer einen Hund haben, und als sie arbeitslos wurde, hatten sie nächtelang nur über dieses eine Thema geredet. Als sie Markus endlich von der Anschaffung eines Welpen überzeugt hatte, sagte der Vermieter nein. Hamster, Mäuse, Vögel, alles, nur keine Hunde. Katharina war untröstlich und hatte sogar ernsthaft in Betracht gezogen, in eine andere Wohnung zu ziehen, in der Haustiere erlaubt waren.

Kurze Zeit später hatte Markus eine kleine weiße Maus gekauft und Katharina damit überrascht. Ihre Freude hielt sich in Grenzen, aber trotzdem war sie fürsorglich, und bald war aus dem Mäusebaby eine ziemlich übergewichtige Riesenmaus geworden. Als Markus eines Tages nach Hause kam, war der Käfig leer. Katharina hatte nur mit den Schultern gezuckt. Sie hörten die Maus noch wochenlang nachts durch die Gegend huschen.

»Gibt es Fotos von damals? Ich habe keine Ahnung, wie meine Frau als kleines Mädchen aussah!«

Hilde Lagenbecks Augen leuchteten auf. »Aber natürlich! Kommen Sie, ich zeige sie Ihnen!«

Vielleicht fand er auf diesen Fotos etwas, das ihm weiterhalf. Er musste irgendwie zum eigentlichen Sinn seines Besuches zurückkommen. Katharina und die Pflegefamilie? War dort das Geheimnis zu suchen? Dr. Dolores hatte gesagt, dass es in Katharinas Kindheit vermutlich einen dunklen Punkt geben würde. Er musste nur geschickt genug sein, dieses Geheimnis der alten Frau zu entlocken.

Frau Lagenbeck öffnete eine Tür und trat dann einen Schritt zur Seite. Mit zusammengekniffenen Augen, die sich nach dem Dunkel des Flures erst langsam an das grelle Sonnenlicht, das durch das Fenster fiel, gewöhnten, betrachtete Markus den Raum. Ein Himmelbett mit einem weißen, hauchdünnen

Baldachin, eine Kommode voller Püppchen, ein kleiner Tisch mit einem Kinderstuhl, eine Staffelei und die rosafarbene Tapete voller ... Markus stockte der Atem. Er trat ein paar Schritte in das kleine Zimmer und starrte auf Hunderte von Fotos, mit denen die Wände tapeziert waren. Auf jedem dieser Fotos war Katharina zu sehen! Kein Zweifel, er befand sich in Katharinas Kinderzimmer! Wieso hatte sie ihm nie davon erzählt?

Frau Lagenbeck stand nun neben ihm. Sie tippte auf ein kleines Foto in Schwarzweiß. »Ihre Katharina!«

Eine Sechsjährige mit einer Zuckertüte und einem ledernen Schulranzen strahlte in die Kamera. Dunkle lange Haare, die, sorgfältig zu zwei Zöpfen geflochten, das kleine Gesicht einrahmten, eine weiße Bluse zum karierten Röckchen und weiße Strümpfe, die bis zu den Knien hochgezogen waren. An ihrer Schultüte baumelte ein kleiner Stoffhund. »Struppi!«

Markus stiegen die Tränen in die Augen. Dieses Plüschtier schien das Einzige zu sein, das sie aus ihrer Kindheit mitgenommen hatte und noch immer wie ihren Augapfel hütete. Er erinnerte sich, wie sie sich damals beim Zelten kennengelernt hatten und wie Katharina Struppi getröstet hatte, als sie ihn nach einer gemeinsamen Nacht am Morgen unter Markus hervorzog.

Er hätte sich fast über sie lustig gemacht, als sie den Stoffhund küsste und liebevoll auf ihn einredete, aber Katharina hatte dabei einen merkwürdig ernsten Ausdruck in ihren Augen gehabt. Daher hatte er davon abgesehen.

Frau Lagenbeck schritt die Wand wie eine Galerie ab. Die Bilder zeigten eine Katharina, die allmählich heranwuchs, und bald meinte Markus das Gesicht seiner Frau zu erkennen. Eines aber war merkwürdig. Es gab kein einziges Foto von Katharina vor ihrem zweiten Lebensjahr.

»Gibt es keine Babyfotos?«

Frau Lagenbeck hob die Schultern. »Nicht, dass ich wüsste.

Aber es ist möglich, dass es hier irgendwo noch Alben gibt. Ich habe ja alles so gelassen, wie es war.«

Markus nickte verständnisvoll. »Wann haben Sie Katharina das letzte Mal gesehen?«

Frau Lagenbeck überlegte nur kurz. »Oh, das ist schon ziemlich lange her. Vor zwei, drei Jahren, wenn ich mich recht erinnere. Sie erzählte damals, dass sie heiraten und nicht mehr so oft kommen wird.«

»Danach war sie nicht wieder hier?«

»Doch, einmal. Margarethe hat mir nur gesagt, dass sie da war, aber es muss wohl eine unschöne Begegnung gewesen sein, denn Marga weinte danach sehr viel. Unter uns, ich glaube, dass es dabei um Geld ging. Mein Gott, Margarethe hat das alles nicht verdient!« Frau Lagenbeck war anzusehen, wie sehr sie noch unter dem Verlust ihrer Freundin litt.

»Darf ich Sie noch etwas fragen?«

Frau Lagenbeck nickte.

»Sie haben gesagt, Frau Kleinschmidt sei auf tragische Weise ums Leben gekommen. Was meinen Sie damit?«

Frau Lagenbeck bekreuzigte sich und schloss dann die Tür zum Kinderzimmer. Vor der Treppe blieb sie stehen und sah hinunter.

»Sie ist diese Treppe hinuntergestürzt. Mein Gott, vielleicht, wenn ich da gewesen wäre … Ich war bei meinen Kindern zu Besuch und fand sie erst am nächsten Tag. Der 6. Juli war es, das heißt, der 5. Juli ist ihr Todestag.« Sie umfasste mit zitternder Hand das Geländer und ging Stufe für Stufe hinunter.

Markus folgte ihr bis zur Eingangstür des Hauses. »Dürfte ich mit Katharina noch einmal her kommen?«

»Aber sicher doch! Ich würde mich freuen, Sie mit Katharina wiederzusehen!«

15.

Beunruhigt lief Katharina durch die Küche und schlug dabei mit ihrer rechten Faust fortwährend in ihre linke Handfläche. Dann blieb sie abrupt vor Markus stehen. »Seit wann betreibst du diese Nachforschungen schon?«

»Seit zwei Tagen.«

»Und warum hast du mir nichts von alledem erzählt?«

»Ich wollte dir nichts sagen, bevor ich nicht Genaueres weiß.«

Katharina rannte plötzlich in den Flur und riss ihre Jacke vom Haken.

Markus folgte ihr. »Du bist sauer auf mich!«

»Ich bin nicht sauer!«

Genervt fummelte sie an dem Reißverschluss ihrer Jacke.

»Was bist du dann?«

»In Eile!«

»Und wo willst du plötzlich hin?«

»Zu dieser Frau! Ins Kinderheim! Markus, ich werde wahnsinnig!«

Als Markus aus dem Haus trat, stand Katharina bereits voller Unruhe neben dem Auto. Sie stiegen ein, aber bevor er den Motor anließ, versuchte er sie erst einmal zu beruhigen. »Lass uns das morgen machen. Vor zwanzig Uhr können wir gar nicht da sein, und ich befürchte, um diese Uhrzeit öffnet die alte Dame niemandem mehr.«

Katharina sah eine Weile starr geradeaus, dann schüttelte sie energisch den Kopf. »Ich kann mich an nichts erinnern, was ein Kinderheim oder dieses Haus betrifft. Ich habe kein Bild von einem Ort, kein Gesicht und keinen Namen, der mir einfällt.«Sie lehnte ihren Kopf an seine Schulter und sah eine Weile starr geradeaus.

»Manchmal frag ich mich, ob ich das wirklich will … mich an alles erinnern! Es scheint ja offenbar in meiner Vergangenheit etwas zu geben, was alle zu verschweigen versuchen. Vielleicht bin ich gar nicht scharf darauf, das herauszufinden.«

»Katharina! Das Eine ist deine fehlende Erinnerung an deine Kindheit, das Andere, das Jetzt …«

Sie sah ihn streng an. »Nenn mich nicht Katharina, ich bitte dich.«

Nachsichtig nickte er. Es half nichts, ein Besuch bei Dr. Dolores war wohl unumgänglich, nicht nur wegen der Hypnose.

»Wohin fahren wir?«, wunderte sich Katharina, als Markus am nächsten Morgen die Straße in Richtung Celle nahm.

»Nach Hannover.«

»Wieso jetzt Hannover? Wir wollten doch nach Bremen.«

Markus zögerte einen Moment. Er hatte ihr noch nicht gesagt, dass er am Vorabend Dr. Dolores auf seiner Privatnummer erreicht und ihn um einen raschen Termin gebeten hatte.

»Ich möchte, dass du dich mit Dr. Dolores unterhältst. Er ist ein Freund vom Professor und …«

Katharina unterbrach ihn barsch. »…sicher auch Arzt!«

»Dr. Dolores ist Psychoanalytiker.«

Katharina riss den Kopf herum. »Nein, Markus. Nein, auf keinen Fall.«

Markus blieb ganz ruhig. »Warum lehnst du alles ab, was dir helfen könnte?«

»Weil ich weiß, dass es mir nicht hilft!«, antwortete sie trotzig.

Markus gab sich Mühe, ruhig zu bleiben. »Deine Erinnerung ist gelöscht, Katharina. Ich habe keine Ahnung, was sich medizinisch in unserem Gehirn abspielt, aber wenn so etwas wie Gehirnwäsche funktioniert, kannst du doch bei dem, was dir passiert ist, keine Wunder erwarten.«

»Genau das meine ich!«, pflichtete Katharina ihm bei, aber ihre Haltung war eindeutig eine andere. »Vielleicht sollte ich mich einfach damit abfinden, wie es ist.«

Markus spürte, dass er kurz davor war, die Nerven zu verlieren. »Du solltest ärztliche Hilfe ...« Weiter kam er nicht, denn Katharina fuhr ihm mitten ins Wort. »Ich war bei genug Ärzten, ich kann weiße Kittel nicht mehr sehen, verstehst du?«

Markus warf ihr einen kurzen Blick zu und fuhr rechts ran. Er wollte beherrscht klingen, aber es gelang ihm nicht.

»Jetzt mach mal 'nen Punkt«, brüllte er plötzlich. »Es geht hier nicht immer nur um deinen Kopf, um deine Erinnerung und um dein Zurechtfinden in der jetzigen Situation. Ich bin auch noch da, verdammt! Ich muss genauso klarkommen. Für mich ist alles genauso neu! Weil du nicht mehr du bist! Stell dir vor, ich würde zu dir sagen, ich bin nicht Markus, ich bin Klaus und jetzt sage nicht immer Markus zu mir, sondern Klaus. Da würdest du doch genauso anfangen, an allem zu zweifeln!«

Eine Weile herrschte Schweigen, dann lenkte sie ein.

»Nun gut. Fahren wir zu diesem Psychofritzen, schaden kann es ja nicht!«

Katharina, die anfangs Dr. Dolores gegenüber durchaus freundlich und aufgeschlossen gewirkt hatte, wurde im Laufe des Gespräches zunehmend ablehnender. Inzwischen saß sie mit vor der Brust verschränkten Armen da und folgte missmutig den Ausführungen des Doktors. Plötzlich stand sie auf.

»Das bringt doch hier alles nichts. Wir reden von vollkommen verschiedenen Dingen. Hat Markus Ihnen denn nicht gesagt, dass mein Name Sarah lautet?«

Dr. Dolores lächelte. »Entschuldigen Sie, natürlich hat er es erwähnt.« Er machte eine kurze Pause. »Erzählen Sie mir, woran Sie sich erinnern können. Manchmal hilft das kleinste Detail, um eine ganze Kette von Erinnerungen auszulösen.«

Katharina sah ihn entgeistert an. »Hören Sie mir nicht zu? Ich erinnere mich an nichts. Nicht an meine Kindheit, nicht an ein traumatisches Ereignis, nicht an den Unfall und an nichts, was davor war. Deswegen sind wir doch hier!« Sie warf Markus einen wütenden Blick zu. »Ich warte dann draußen auf dich! Vielleicht findet ihr ja noch heraus, dass ich mal die Königin von Frankreich war!«

Sie drehte sich ruckartig um und ging kopfschüttelnd aus dem Zimmer.

»Die Reaktion Ihrer Frau ist vollkommen normal«, versuchte Dr. Dolores Markus zu beruhigen. »In ihrer Rolle als Sarah ist es ihr schlicht unmöglich, Zugriff auf die Gedanken, Gefühle oder gar Erinnerungen von Katharina zu haben. Ebenso umgekehrt. Es ist nur für uns verwirrend, für Katharina keineswegs, weil ihr dieser Rollenwechsel natürlich nicht bewusst ist. Ich glaube, dass ihre Erinnerungen die Phantasien eines Kindes sind, das einer vielleicht nicht allzu schönen Realität eines Kinderheimes zu entkommen versuchte. Also, Herr Franke, versuchen Sie, so viel wie möglich von der Kindheit Ihrer Frau zu erfahren. Ich bin mir inzwischen sicher, dass bei Katharina eine Identitätsstörung vorliegt.«

Markus stöhnte auf. Reichte denn der schlimme Unfall nicht, musste jetzt noch so etwas dazukommen. »Was muss ich über diese Krankheit wissen?«

»Viele der Betroffenen klagen etwa über Stimmungsschwankungen, Schlafstörungen und depressive Phasen, die wiederum von Phasen unterbrochen werden, in denen sie sich glücklich fühlen. Bezüglich der Amnesien ist zu sagen, dass oft eine Amnesie für die Amnesie vorliegen kann.«

Markus schüttelte verwirrt den Kopf. »Das heißt, dass sie nicht weiß, dass es diesen Zeitverlust überhaupt gibt?«

»Möglich.«

»Nein. Bei Katharina ist das nicht so. Sie redet von nichts anderem, als dass sie sich nicht erinnert, und sie hat Angst, für verrückt gehalten zu werden.«

Dr. Dolores nickte. »Ein ziemlich eindeutiges Symptom. Multiple können in diesem Bereich verschieden sein. Dennoch gibt es einige Gemeinsamkeiten, die auffällig sind. Multiple besitzen oft eine besondere Sensibilität in Beziehungen zu anderen Menschen. Die Angst, für verrückt gehalten zu werden, bewirkt, dass die Betroffenen ihr Innenleben vor anderen verbergen, eine wirkliche Beziehung damit kaum möglich ist und sie sich auch unter Menschen einsam fühlen.« Dolores sah Markus an. »Sie sind oft sehr einsam«, wiederholte er ein wenig privater.

Beziehungsunfähigkeit, Einsamkeit – Markus zuckte förmlich zusammen. Alles, was Dolores erzählte, passte auf Katharina. Sie war krank. Sie konnte also gar nicht anders handeln.

»Ganz wesentlich scheint die Angst vor Zurückweisung, Trennung und Ablehnung. Viele der Betroffenen wurden emotional vernachlässigt. Sie haben oft schon die Erfahrung gemacht, verlassen worden zu sein, und dadurch das Gefühl entwickelt, dass sie andere Menschen von sich wegtreiben und es ihnen nicht gelingt, zuverlässige Beziehungen aufzubauen.«

Markus wurde immer verwirrter. »Ist die Krankheit heilbar? Ich meine, wird sie irgendwann denn wieder wissen, dass sie Katharina ist?«

»Die Behandlung ist meist sehr langwierig. Das Ziel ist, die größtmögliche Stabilisierung des Betroffenen zu erreichen.« Dr. Dolores notierte sich etwas. »Wie schnell wechseln die unterschiedlichen Personen in ihr?«

Markus überlegte einen Augenblick, bevor er antwortete. »Eigentlich gar nicht. Seit sie mir gesagt hat, dass sie Sarah heißt, ist sie stur dabei geblieben.«

»Wann war das?«

»Vor zwei Tagen.«

»Das ist nicht ungewöhnlich. Wie gesagt, die Krankheit äußert sich und verläuft auch bei jedem Patienten meist vollkommen anders.«

»Es könnte also auch sein, dass sie für immer meint, Sarah zu sein, und dass Katharina nie wiederkommt.«

Er spürte, dass Dr. Dolores auf diese Frage keine beruhigende Antwort hatte, sondern eher auswich. »Ganz ehrlich? Ich weiß es nicht.« Er schien noch etwas hinzufügen zu wollen, zögerte jedoch.

Markus bemerkte es sofort. »Was verschweigen Sie mir?«

»Eine Sache erscheint mir merkwürdig. Es ist nicht wirklich beunruhigend, aber … wenn ein kleines Stück ihrer Ursprungspersönlichkeit vorhanden wäre, würde ich es eindeutig als posttraumatisches Syndrom diagnostizieren können.«

Hilfesuchend sah Markus den Psychiater an und hob die Schultern. »Was soll ich jetzt machen?«

»Üben Sie sich in Geduld, Herr Franke, und versuchen Sie, Katharina dazu zu bewegen, noch einmal herzukommen. Und nennen Sie Katharina ruhig Sarah. Alles andere würde sie nur gegen Sie aufbringen.«

Als Markus auf die Straße trat, stand Katharina wie erhofft am Auto. Wortlos stieg sie ein. Er wagte während der gesamten Fahrt nach Bremen nicht, sie anzusprechen, da er befürchtete, den Besuch im Haus Kleinschmidt damit zu gefährden. Erst als sie vor dem Haus einparkten, wandte er den Kopf zu ihr. »Du musst nicht mitkommen, wenn du nicht willst!«

Katharina reagierte unerwartet sanft. »Es ist alles in Ordnung, Markus! Ich möchte diese Frau sehen.«

Die Wärme, mit der Frau Lagenbeck Katharina begrüßte, kam wahrhaft von Herzen. Immer wieder sah sie kopfschüttelnd zu ihr und strahlte dann über das ganze Gesicht. Erst als sie die Stufen ins obere Stockwerk hinaufstiegen, wurde sie ernster und trauriger. Tröstend tätschelte sie dabei fortwährend

Katharinas Hand. »Ich habe dich, als das mit Margarethe passierte, sofort auf dem Handy angerufen, aber du bist nicht rangegangen.« Mit einem entschuldigenden Blick zu Markus fügte sie hinzu. »Ich hatte ja Ihre Telefonnummer von zu Hause nicht, sonst hätte ich ganz gewiss ...«

»Ist schon gut«, erklärte Markus, der Katharina keine Sekunde aus den Augen ließ.

Bevor Frau Lagenbeck die Tür zu Katharinas Kinderzimmer öffnete, hielt sie inne und drehte sich zu ihnen um. »Ich hoffe, du denkst nicht, ich hätte etwas mit der Testamentsänderung zu tun!«

Katharina schüttelte abwesend den Kopf, während sie wie hypnotisiert auf die Tür sah.

»Ich weiß nicht, warum Margarethe das getan hat«, entschuldigte sich Frau Lagenbeck weiter, bis Katharina sie mit ruhiger Stimme unterbrach.

»Es ist alles in Ordnung so, Frau Lagenbeck.«

Die alte Dame nickte beruhigt, sah aber gleich darauf irritiert zu Markus und trat näher an ihn heran. Katharina hatte inzwischen ihre Hand auf der Klinke, zögerte allerdings, sie herunterzudrücken.

»Wieso nennt sie mich nicht Hilde, so wie früher?«, flüsterte Frau Lagenbeck.

Markus war zu nervös, um auf ihre Frage einzugehen, und so nickte er ihr nur kurz zu und trat dann hinter Katharina. »Wir lassen dich jetzt allein. Schau dir alles in Ruhe an. Vielleicht hilft es dir!«, flüsterte er ihr zu. Er sah, wie sich ihre Schultern anhoben, als sie tief Luft holte, dann öffnete sie langsam die Tür.

Markus atmete erleichtert auf und deutete Frau Lagenbeck an, ihm nach unten zu folgen. Sie hatten die Küche kaum betreten, da wiederholte Frau Lagenbeck ihre Frage. »Irgendetwas muss geschehen sein, dass Ihre Frau so abweisend ist. Sie nennt mich Frau Lagenbeck! Als wäre ich eine Fremde!«

»Es hat nichts mit ihnen zu tun«, versuchte Markus zu beruhigen. »Ich habe Ihnen doch von dem Unfall erzählt. Und seitdem kann sich Katharina an nichts erinnern.«

Frau Lagenbeck schlug entsetzt die Hände vor das Gesicht. »O mein Gott, das ist ja furchtbar!«

»Ja«, bestätigte Markus kurz, denn er hatte bereits eine ganz andere Frage auf den Lippen. »Sie sagten, Sie hätten Katharina auf dem Handy angerufen? Wann genau?«

»Am 6. Juli. Spät am Abend.«

»Und sie wäre nicht rangegangen. Sie haben also ein Freizeichen gehört?«

»So genau weiß ich das nicht mehr. Ich war ja so aufgeregt. Die Polizisten waren gerade gegangen.«

»Warum haben Sie die Polizei gerufen?«

»Ich wusste doch nicht, was genau passiert war. Die Beamten haben aber nichts feststellen können. Vielleicht ist Margarethe übel geworden, und sie hat das Gleichgewicht verloren. Schließlich war sie nicht mehr die Jüngste!« Frau Lagenbeck wollte sich bekreuzigen, aber laute Schritte auf der Treppe ließen sie in der Bewegung innehalten.

Sekunden später stand Katharina in der Küchentür. »Bitte lass uns gehen, Markus!« Ohne eine Antwort abzuwarten, reichte sie Frau Lagenbeck die Hand. »Haben Sie vielen Dank.«

Die alte Frau sah sie erstaunt an. »Ich dachte, du bleibst noch. Soll ich uns einen Tee machen? So wie früher, und ich erzähle dir …« Hilfesuchend sah sie zu Markus.

»Zeit für einen Tee haben wir doch!«, versuchte er die alte Dame zu unterstützen.

Katharina reagierte nicht. Es lag weder Ablehnung noch Widerwille in ihrem Blick, aber Markus wusste, dass kein weiterer Überredungsversuch einen Sinn hatte, da sie beharrlich schwieg. Also bemühte er sich, Frau Lagenbeck zu trösten. »Vielleicht ein anderes Mal!«, sagte er freundlich, während er ihr die Hand schüttelte.

»Ach!«, sagte Frau Lagenbeck »Fast hätte ich es vergessen!« Sie zog Markus mit ins Wohnzimmer. Dort nahm sie ein dickes Fotoalbum vom Tisch und überreichte es ihm freudestrahlend. »Ich habe ein bisschen gestöbert und das hier gefunden! Wer weiß, vielleicht hilft es Ihrer Frau, und wenn nicht, dann bewahren Sie es als schöne Erinnerung auf.«

Mit zitternden Händen nahm Markus das Album und presste es wie einen kostbaren Schatz an seine Brust. »Sie haben keine Ahnung, was dieses Buch für mich bedeutet. Ich bin Ihnen so dankbar!« Er machte kehrt und lief in den Flur zurück, wo Katharina regungslos auf ihn wartete. Frau Lagenbeck verabschiedete Katharina genauso herzlich, wie sie sie empfangen hatte, aber Katharina wirkte völlig abwesend.

Markus hatte es nun eilig. Er überholte Katharina, öffnete ihr die Wagentür und ließ sie einsteigen.

Bevor er die Tür zuschlug, beugte er sich zu ihr hinunter. »Jetzt wird sich einiges klären«, sagte er. Zuversichtlich klopfte er auf das Fotoalbum. »Ich bin mir sicher!« Katharina blieb ausgesprochen distanziert.

»Alles in Ordnung?«, fragte Markus.

Sie reagierte noch immer nicht.

Bevor er den Motor startete, legte er Katharina das Fotoalbum in den Schoß und knipste das Leselicht über ihr an. »Sieh dir die Fotos an! Vielleicht erkennst du irgendetwas darauf!«

Wortlos und fast widerwillig blätterte sie Seite für Seite um. In ihren Augen war keinerlei Wiedererkennen abzulesen.

»Ich habe mir die Fotos schon an der Zimmerwand angesehen. Das bin ich nicht!«, sagte sie nach einer Weile.

Markus zog gereizt die Augenbrauen nach oben. »Woher weißt du das?«

Sie zuckte mit den Schultern. »Weil das Katharina sein muss. Und ich bin Sarah!«

Markus entgegnete nichts darauf, und so verbrachten sie die gesamte Heimfahrt schweigend. Erst wenige hundert Meter vor ihrem Haus begann Katharina vollkommen unvermittelt, ihre Gedanken laut auszusprechen.

»El capitan! Sagt dir das was?«

»Nein.«

»To-to-kon oo-lah.«

»Was soll das bedeuten?«

»Ich glaube, es ist indianisch.« Katharina wurde zunehmend unruhiger. »Jamie wollte da hin.«

»Wer ist Jamie?«

Sie sah kurz zu Markus hinüber, schaute dann aber wieder geradeaus. »Mein Freund.«

Markus sah sie an und bemerkte bei ihr einen Blick, den er nicht kannte. Das schwache Licht der Straßenlaternen, das in gleichmäßigen Abständen auf Katharina fiel, ermöglichte ihm, die Wandlungen in ihrem Gesicht zu beobachten.

»Jamie, Rich und Malcolm«, sinnierte sie leise weiter. »Man muss mindestens zu zweit sein, um den El capitan zu bezwingen.« Sie schlug die Hände vor das Gesicht und verharrte ein paar Momente lang so.

Mein Gott, wovon redete sie bloß? Markus war es inzwischen fast unmöglich, auf den Verkehr zu achten. Irgendetwas passierte mit ihr. War es möglich, dass sie sich alles nur ausdachte, weil sie es nicht mehr ertrug, ein Niemand zu sein? Verschaffte sie sich dadurch einfach eine neue Identität? Katharina schlug das Album in ihrem Schoß wieder auf und begann, hastig die Seiten zu durchblättern.

»Wir sind mit dem Auto gefahren!«, stieß sie hervor.

»Wer wir?«

»Katharina und ich! Ich war nicht allein im Auto, das weiß ich jetzt ganz sicher!«, sagte sie entschlossen.

Er spürte, wie ihm fast schlagartig die Knie anfingen zu zittern. Gleichermaßen schockiert und aufs Äußerste angespannt, beobachtete er sie aus den Augenwinkeln. Sie sprach von Katharina! War das jetzt wirklich Erinnerung? Er war stehengeblieben, um sie anzusehen, und beobachtete, wie sich ihr Gesicht mit einem Mal veränderte. Ihre Augen! Markus gefror fast das Blut in den Adern.

»Mein Gott!«, presste sie plötzlich hervor und begann laut ein und aus zu atmen. »Katharina war nicht im Auto, als der Unfall passierte.«

Sie schaute ihn entsetzt an und sprach so schnell, als hätte sie Angst, ihre Erinnerung könnte jeden Moment wieder im Nichts verschwinden. Plötzlich fing sie an, in fließendem Englisch zu sprechen, offenbar akzentfrei und wild gestikulierend, und obwohl er kein Wort von dem verstand, was sie aufgebracht erzählte, war ihm augenblicklich klar, dass sie in der Realität angekommen waren. Diese Frau konnte unmöglich Katharina sein!

Sie war inzwischen kreidebleich geworden und hielt sich mit beiden Händen den Mund zu. Markus' Gedanken überschlugen sich. Keine Identitätsstörung, kein traumatisches Kindheitserlebnis, keine falschen Erinnerungen, keine unheilbare Krankheit.

Sie sah jetzt ruhig auf das Album in ihrem Schoß und schob es wortlos zu ihm hinüber. Als ihre Hand das Foto freigab, sah er sie!

Ein Sommertag im Park, im Hintergrund das Kinderheim und auf einer Bank unter einer großen Linde zwei kleine Mädchen, die einander wie ein Ei dem anderen glichen. Markus atmete nicht, als das Buch von seinen Knien rutschte und auf den Boden fiel. Für einen Augenblick herrschte gespenstische Ruhe.

»Du bist Sarah«, stammelte er leise.

16.

Es war kalt. Ein leichter Schneeregen ging über der Landstraße nieder. Nachdem er Sarah vor dem Haus abgesetzt hatte, gab es für ihn nur ein Ziel. Markus konnte die Stelle im Wald nicht verfehlen, da die Angehörigen der drei Verunglückten am Straßenrand ein hölzernes Kreuz aufgestellt hatten. Er fuhr rechts ran und stieg aus. Dann sah er sich um. Keine fünfzehn Meter hinter ihm war die Kurve, die das Unglück begünstigt hatte. Plötzlich wurde ihm bewusst, wo er seinen Wagen abgestellt hatte. Fast panisch stieg er wieder ins Auto, fuhr los und bog fünfzig Meter weiter in einen kleinen Waldweg ab. Tief atmend blieb er stehen und schaltete den Motor aus. Es war totenstill. Sosehr er auch versuchte, sich zu konzentrieren, es gelang ihm nicht, auch nur einen einzigen klaren Gedanken zu fassen.

Lange saß er im Auto und blickte starr geradeaus.

Es war fast Mitternacht, als er endlich aus seiner Starre erwachte. Er holte die Stablampe aus dem Handschuhfach, stieg aus und lief in den Wald.

Er wusste nicht, wonach er suchte oder was er zu finden hoffte, aber die Hoffnung auf einen Hinweis, dass Katharina noch lebte, trieb ihn an. Er war schon fast zweihundert Meter von der Straße entfernt, als er eine Spur fand.

Vollkommen durchweicht und mit Laub bedeckt, lag Katharinas Handtasche halb geöffnet an einem verrotteten Baumstamm. Er hob sie auf und leuchtete hinein. Zerknüllte Taschentücher, ihre Schminksachen und ein Feuerzeug. Kein Zweifel, die Handtasche gehörte Katharina!

Markus sank auf den feuchten Waldboden und presste die Tasche gegen seine Brust. Er hatte plötzlich das Gefühl, zu ersticken. Hektisch riss er an seinem Hemdskragen und atmete dann tief die kalte nächtliche Waldluft ein, bis der Druck auf seiner Kehle nachließ. Sarah hatte die Wahrheit gesagt. Katharina war nicht im Auto gewesen, als der Unfall passiert war. Aber wo war sie dann, und wie kam ihre Handtasche in den Wald? Was war an jenem Abend wirklich geschehen?

Der Regen wurde stärker. In dem Bewusstsein, auf etwas Furchtbares gestoßen zu sein, stolperte Markus zurück zu seinem Auto. Als er einstieg und die Handtasche auf den Beifahrersitz ablegte, bemerkte er seine blutverschmierten Hände. Erschrocken sah er an sich hinunter. Nein, er blutete nicht. Dann fiel sein Blick erneut auf die Tasche. Auch da war kein Blut. Er öffnete sie wieder und griff hinein. Erst jetzt, im Licht der Autobeleuchtung registrierte er die blutverkrusteten Taschentücher, die vom Regen aufgeweicht waren. Wessen Blut war das? War es möglich, dass die Frau, die zu Hause auf ihn wartete, Katharinas Mörderin war?

Er sah Sarah erst, als er das Küchenlicht einschaltete. Sie saß am Tisch, hatte den Kopf auf den ausgestreckten rechten Arm gelegt und schlief. Als er sich räusperte, schreckte sie hoch und schaute zur Uhr.

»Wo warst du?«

»Das ist nicht wichtig. Ich muss mit dir reden.«

Sarah stand auf, lief zur Spüle und ließ heißes Wasser in den Teekessel laufen. »Ich mache uns einen Tee.«

Verunsichert drehte sie sich zu Markus um, der noch immer in der Tür stand und sie ernst betrachtete.

»Ich glaube dir jetzt«, sagte er tonlos.

Als sie sich wieder dem Schrank zuwendete, lief Markus zum Tisch und legte die Plastiktüte, die er die ganze Zeit hinter seinem Rücken gehalten hatte, schnell auf einen der Stühle und setzte sich.

»Sag mir, an was du dich an dem Unfall erinnerst!«

Sarah schenkte ihm über die Schulter hinweg ein zaghaftes Lächeln. Sekundenlang sah sie auf den Teekessel in ihrer Hand, stellte ihn dann auf dem Herd ab und setzte sich an den Tisch zurück. Jetzt sah er auch, was an ihr plötzlich anders war. Ihr Blick hatte sich verändert! Es war, als wäre ein Schleier von ihren Augen genommen, als hätte sich ein dunkler Vorhang gehoben.

»Wo war Katharina, als der Unfall passierte?«

»Sie war vorher ausgestiegen.«

»Und du bist allein weitergefahren?«

»Nein. Ich bin da stehengeblieben.«

»Und dann?«

Sarah schüttelte den Kopf. »Dann weiß ich nichts mehr.«

Wenn alles stimmte, was sie erzählte, wenn Katharina also nicht im Auto gesessen hatte, als der Unfall passierte, wo, um alles in der Welt, war sie dann?

»Sarah, wo hast du Katharina das letzte Mal gesehen?«

»Irgendwo im Wald. Ich weiß nicht genau, wo.«

»Dann fang noch mal von vorn an. Bitte, versuch es! Erzähl alles der Reihe nach!«

Sarah presste beide Hände gegen ihre Schläfen und heftete ihren Blick starr auf die Tischplatte. »Alles ist noch verschwommen. Es sind Bruchstücke, die irgendwie noch keinen Sinn ergeben. Ich bin von Amerika …« Sie stutzte kurz, redete dann aber schnell weiter. »… nach Deutschland geflogen. Ich wusste eure Adresse. Ich habe geklingelt. Katharina öffnete.«

»Wusste Katharina, dass du kommst?«

»Nein. Sie hatte keine Ahnung. Ich wollte nicht anrufen und sagen: ›Hallo, wusstest du eigentlich, dass du eine Schwester hast?‹ Ich wollte ihr alles persönlich erzählen.«

»Und wie hat sie dich empfangen?«

»Wie würdest du reagieren, wenn es an der Tür klingelt, du aufmachst und vor dir dein Ebenbild steht? Sie hat sich zu

Tode erschrocken. Sie war kreidebleich und hat minutenlang nicht einen Ton rausgekriegt. Wir haben dann geredet und Wein getrunken. Später sind wir mit dem Auto irgendwohin gefahren. Nach Celle, glaube ich. Ja, Katharina wollte plötzlich dahin.«

»Ihr hattet getrunken und seid trotzdem gefahren?«

Sarah nickte. »Sie ist gefahren.«

Markus versuchte, seine Ungeduld im Zaum zu halten, aber es gelang ihm nicht. Das alles ergab keinen Sinn. Wenn Katharina gefahren wäre, dann hätte man Sarah auf dem Beifahrersitz finden müssen. Sie saß aber am Steuer, als der Unfall passierte.

»Also, du standest am Freitagabend vor unserer Tür. Ihr habt Wein getrunken und geredet. Die Weinflasche, die auf dem Tisch stand, war leer, als ich kam. Katharina schlug wahrscheinlich vor, in irgendeine Bar nach Celle zu fahren. Ihr habt ihr Auto genommen ... Warum hast du hinter dem Lenkrad gesessen?«

Sarah nickte, schüttelte einen Moment später jedoch den Kopf. »Erst wollte sie ... Katharina hatte zu viel getrunken und wollte, kurz nachdem wir losgefahren sind, mit mir wechseln. Sie bat mich anzuhalten. Dann ist sie ausgestiegen.« Sarah kaute vor Anstrengung auf der Unterlippe herum. »Wir hielten kurz nach einer Kurve. Rechts und links war Wald. Ich habe zu ihr gesagt, dass es zu gefährlich sei, an dieser Stelle zu halten, aber sie sagte, sie halte es nicht mehr aus, sie müsse unbedingt pinkeln ...« Sie tippte nervös immer wieder mit dem Zeigefinger gegen ihren Mund.

Markus zwang sich, ihr die Zeit zum Nachdenken zu lassen.

»Dann bin ich aufgewacht, und du warst da und hast gesagt, du seiest mein Mann.«

Markus ertrug die Anspannung kaum mehr. Wenn das alles stimmte, was Sarah ihm erzählte, warum kam sie nicht selbst auf die alles entscheidende Frage? Wusste sie wirklich nicht, worauf er hinauswollte, oder spielte sie, was diese Stelle der Geschichte betraf, weiter den totalen Gedächtnisverlust vor.

Er packte Sarah mit beiden Händen an den Schultern, ignorierte ihren verwunderten Blick, zog sie heran und sah ihr lauernd in die Augen. »Wo ist Katharina?«

Sie verharrte in seiner Umarmung und schien nicht einmal mehr zu atmen. »Du denkst doch nicht etwa?«

Markus beobachtete wachsam, wie sich ihre Miene immer mehr verfinsterte. Empört riss sie sich los, sprang auf, durchquerte mit ausholenden Schritten die Küche und blieb dann wieder vor Markus stehen.

»Du denkst, ich hätte etwas mit dem Verschwinden von Katharina zu tun! Du denkst, ich verschweige dir etwas! Du hältst mich für die Mörderin meiner eigenen Schwester? Warum sollte ich sie umgebracht haben? Ich war doch diejenige, die bei dem Aufprall im Auto saß. Sollte ich danach noch mal aussteigen und sie im Wald erschlagen?«

»Du hättest es vorher tun können!«, entgegnete Markus.

Sarahs Empörung wurde immer größer, als ihr klar wurde, dass er sie eines Mordes verdächtigte.

»Wie vorher?«, schrie sie ihn an.

»Nehmen wir an, du bist Katharina in den Wald gefolgt. Es kommt zum Streit, weswegen auch immer, sie gibt dir eine Ohrfeige, du stößt sie zurück, sie fällt unglücklich, mit dem Kopf auf einen Stein, du bekommst es mit der Angst zu tun, rennst zum Auto, steigst ein, und erst dann passiert der Unfall.«

Sarah verzog gequält das Gesicht und setzte sich langsam auf den Stuhl zurück. »Was für einen Grund sollte ich gehabt haben, mit Katharina zu streiten?« Verstört schüttelte sie den Kopf. »Das ist absurd!« Sie sprang wieder auf. »Wie kommst du überhaupt darauf, dass sie tot ist?«

Markus zog die Handtasche aus dem Beutel und legte sie auf den Küchentisch. »Deswegen.«

Sarah starrte die Tasche an. »Woher …?«

»Ich habe die Tasche im Wald gefunden. Weit weg von der Straße, auf der der Unfall passierte. Katharina ist tot. Es kann nicht anders sein.«

Sarah schüttelte abwehrend den Kopf. »Und warum wurde dann keine Leiche gefunden?«

Markus' Augen weiteten sich vor Entsetzen, als ihm bewusst wurde, was die einzige Antwort darauf war. »Weil wir nach keiner gesucht haben.«

Eine Stunde später – es war fast zwei Uhr nachts – standen sie am Tresen des Polizeireviers in Hannover und fragten nach Leonard Martens.

»Herr Martens? Um diese Uhrzeit? Nein, da ist er nicht in seinem Büro. Aber vielleicht kann ich Ihnen ja helfen. Worum geht es denn?«

Markus taxierte den verschlafen wirkenden Beamten mit einem misstrauischen Blick und zog Sarah ein Stück weg. »Was machen wir? Wollen wir hier warten oder morgen noch mal wiederkommen?«

Sarah sah unschlüssig auf die Uhr.

»Verdammt«, knurrte Markus und zog Sarah auf den Gang hinaus. »Ich habe keine Lust, irgendeinem wildfremden Beamten die ganze Geschichte von vorne erzählen zu müssen. Leonard Martens ist der Einzige, der uns glauben würde.«

Als er Sarahs gequälten Blick sah, fasste er sie behutsam an beide Schultern. »Lass uns auf ihn warten, ja? Es kann sich doch höchstens um fünf Stunden handeln, bis sein Dienst beginnt. Bitte, Sarah, ich bekomme eh kein Auge zu.« Er ließ sich auf das Ledersofa neben dem Wasserspender fallen und presste den Plastikbeutel mit Katharinas Handtasche in seinen Schoß. Sarah setzte sich zu ihm, und beide starrten auf die gegenüberliegende Wand. Jeder war jetzt in seiner eigenen Welt. Sie sprachen nicht mehr in dieser Nacht. Ab und zu stand Sarah auf und schritt langsam den Gang ab.

»Herr Franke?« Markus schreckte auf, als er vorsichtig an der Schulter berührt wurde, und schaute auf die Uhr. Es war sieben Uhr morgens.

Vor ihm stand Camerons Freund, Leonard Martens.

»Man sagte mir, dass Sie auf mich warten. Seit gestern Abend?«

Markus stutzte, als er bemerkte, dass der Platz neben ihm leer war, aber im nächsten Augenblick sah er Sarah am Ende des Ganges aus einer Tür treten.

Leonard grinste ihn an. »Muss ja wirklich wichtig sein, wenn Sie die Nacht hier verbringen. Na kommen Sie! Gehen wir in mein Büro. Möchten Sie einen Kaffee?«

Sarah hatte sie inzwischen eingeholt und nickte dankbar, Markus lehnte ab. Leonard verschwand kurz in der Kaffeeküche. Sekunden später kam er mit zwei Tassen zurück, reichte eine davon Sarah und schloss dann die Tür seines Büros auf. Er ließ sich hinter dem Schreibtisch nieder und schlürfte laut den heißen Kaffee.

»Schön, Sie kennenzulernen, Frau Franke. Cameron hat mir viel von Ihnen erzählt!«

Bevor sie etwas sagen konnte, schaltete sich Markus ein. »Das ist nicht meine Frau!«

»Wie meinen Sie das?«, fragte Leonard erstaunt.

»Meine Frau Katharina ist vor Monaten spurlos verschwunden. Sarah ist ihre Zwillingsschwester. Ich habe an ihrem Bett gesessen, nicht an Katharinas.«

Als hätte er einen Faustschlag ins Gesicht bekommen, schnellte Leonard in seinem Stuhl zurück und schaute verdattert zwischen den beiden hin und her.

Markus sah ihn herausfordernd an. »Dass meine Frau verschwunden ist, habe ich der Polizei schon einmal mitgeteilt.

Heute sitze ich wieder hier. Vielleicht unternehmt ihr ja diesmal etwas!«

Leonard hatte sich inzwischen gefangen. »Sorry, Herr Franke! Nun mal langsam! Bis vor fünf Minuten wusste ich noch gar nicht, dass Sie Ihre Frau vermissen!«

»Ich habe sie in der Nacht vom 4. zum 5. Juli als vermisst gemeldet! Aber dieser blöde Beamte hat mich abgewimmelt und mir eingeredet, sie hätte eine Auszeit genommen und so einen Schwachsinn.«

Leonard grinste etwas verlegen. »Der Beamte hat seine Pflicht erfüllt. Ihm kann man keinen Vorwurf machen. Aber dass die Angelegenheit schon so lange her ist, macht die Suche nach Ihrer Frau ein wenig komplizierter. Was wissen Sie inzwischen?«

Markus warf einen kurzen Blick zu Sarah. Sie nickte.

»Meine Frau und Sarah sind am 4. Juli abends gegen elf nach Celle gefahren. Auf der 244 passierte dann der Unfall. Man hat nur Sarah gefunden, die sich inzwischen daran erinnert, zum Zeitpunkt des Unfalles allein im Auto gewesen zu sein. Katharina muss also kurz zuvor ausgestiegen und in den Wald gelaufen sein. Seitdem ist sie nicht mehr aufgetaucht. Ich bin gestern noch mal zu der Stelle gefahren und habe das hier gefunden.«

Markus holte Katharinas Handtasche aus der Plastiktüte und schob sie Leonard über den Schreibtisch. »Es sind blutverschmierte Taschentücher darin!«

Leonard hatte ihn schon die ganze Zeit über merkwürdig angeschaut, jetzt sprang er plötzlich auf und verschwand mit den Worten »Entschuldigen Sie mich bitte einen Augenblick« durch die Tür.

Sarah und Markus saßen regungslos nebeneinander.

»Es tut mir leid«, sagte er und griff nach ihrer Hand.

»Was tut dir leid?«, fragte sie und sah ihn dabei an, als würde sie ihm schon jetzt verzeihen.

»Ich habe gestern die Nerven verloren, als ich dir vorgeworfen habe, du hättest etwas mit dem Verschwinden von Katharina …«

Weiter kam er nicht, denn Leonard kehrte zurück und legte eine durchsichtige Plastiktüte auf den Tisch, in der sich ein rotes Lederportemonnaie befand. »Gehört das Ihrer Frau?«

Mit zitternden Händen nahm Markus das Portemonnaie aus der Tüte, klappte es kurz auf und legte es auf den Tisch zurück.

Leonard nahm es und betrachtete nachdenklich Markus' Passfoto, das hinter einer Klarsichtfolie steckte. »Sie haben wenig Ähnlichkeit mit diesem Foto, deshalb habe ich Sie wohl im Krankenhaus nicht erkannt, als wir uns zum ersten Mal begegnet sind.«

»In diesem Portemonnaie waren 40 000 Euro. Woher haben sie es?«, fragte Markus fast tonlos.

»Jemand hatte es bei sich.« Leonard zögerte. »Es kann sich auch um einen dummen Zufall handeln, vielleicht hat es derjenige auch nur gefunden«, erklärte er ausweichend und legte das Portemonnaie zur Seite.

Markus schaute den Polizisten angespannt an. »Verdammt, bei wem haben Sie dieses Portemonnaie gefunden?«

»Bei einem Mann, den wir am 6. Juli festgenommen haben«, erklärte Leonard ruhig. »Es handelt sich bei dem Mann um einen mutmaßlichen Mörder. Wir konnten ihm bis zum heutigen Tag die Ermordung von drei Frauen nachweisen, deren Leichen wir gefunden haben. Wir konnten sie alle einwandfrei identifizieren.

Aber dieser Typ versucht, mit uns zu spielen. Zum Teil gibt er Geständnisse ab, die auf mindestens fünf Frauen hinweisen, dann widerruft er alles wieder. Wir nahmen an, dass diese Geldbörse einer der gefundenen drei Frauen gehörte, da sich weder Geld noch ein Ausweis darin befand, der auf jemand anderes hätte deuten können.« Leonard schüttelte verständnislos den Kopf. »Tut mir leid. Ich habe Sie auf dem Foto einfach nicht erkannt.«

Markus schien kaum noch zu atmen.

»Die Fundorte der drei Leichen befinden sich in einem Umkreis von etwa zehn Kilometern von der Unfallstelle Ihrer Frau. Es ist also durchaus auch möglich, dass er es nur gefunden hat.«

»Weil es meine Frau einfach so, als sie verschwand, im Wald weggeworfen hat?«, entgegnete Markus gereizt. »Samt 40 000 Euro und ihrer blutverschmierten Handtasche?«

Um ihn zu beruhigen, ergriff Sarah seine Hand.

»Ich bin sicher, Herr Franke, wir werden schnell herausfinden, wessen Blut das ist«, sagte Leonard.

»Katharina ist am 4. Juli verschwunden, und zwei Tage später nehmen Sie einen Mörder fest, der ihr Portemonnaie bei sich trägt. Suchen Sie nach der Leiche meiner Frau, verdammt!«

Markus sprang auf. Sein Blick war starr auf Leonard gerichtet, und seine Lippen fingen an zu zittern. Einen Augenblick lang stand er vollkommen regungslos, dann drehte er sich um und verließ den Raum.

Sarah blieb einen Moment lang noch unschlüssig sitzen, bevor sie aufstand. »Entschuldigen Sie! Es ist einfach zu viel für ihn.«

Leonard nickte verständnisvoll, während er sie zur Tür begleitete. »Ich melde mich, sobald wir etwas herausgefunden haben.«

Während der gesamten Fahrt sah Markus starr geradeaus. Sarah wagte nicht, ihn anzusprechen, denn an seinem Gesicht konnte sie ablesen, dass er Furchtbares durchmachte. Die Schrecken der letzten Monate mussten ihm plötzlich sinnlos erscheinen. Die entsetzliche Nachricht des Unfalls, das wochenlange Ausharren an ihrem Bett, die Angst, dass sie nie wieder gesund werden würde – und jetzt Katharinas Tod? Wie konnte ein Mensch so viel Leid ertragen?

Plötzlich kam sie sich schuldig vor. Schuld daran, die Kette verhängnisvoller Umstände überhaupt erst ausgelöst zu haben. Aber Trost, ausgerechnet von ihr, würde er im Moment ganz sicher nicht annehmen. Also saß sie still neben ihm. Nur einmal legte sie ihre Hand kurz auf seine. Er reagierte nicht darauf. Er setzte sie zu Hause ab und fuhr ohne ein weiteres Wort davon.

17.

Cameron strahlte über das ganze Gesicht, als sie Markus die Tür öffnete. »Na, das nenne ich eine Überraschung. Komm rein! Wie geht es Katharina?«

Markus zuckte zusammen und starrte Cameron an, als wäre sie ein Gespenst.

»Sie ist vermutlich tot«, brachte er noch heraus, dann sackte er auf einem Stuhl zusammen und begann zu schluchzen. Unter Tränen begann er zu erzählen. Als er geendet hatte, schaute er hilfesuchend zu Cameron.

»Wo ist Sarah jetzt?«, fragte sie.

»Zu Hause.«

»Liebst du sie?«

»Wie kann ich denn? Sie ist nicht Katharina!«

»Aber du liebst sie trotzdem.«

»Soll ich ehrlich sein? Ich weiß es nicht.«

Cameron streichelte liebevoll seinen Arm.

»Was soll ich jetzt machen?«, fragte Markus. »Soll ich sie wegschicken? Sie ist nicht meine Frau, und ich kann doch nicht ... mit der Zwillingsschwester?«

»Und wo soll sie hingehen?«

»Na, zu sich nach Hause, dorthin, wo sie hergekommen ist!«

»Dorthin, wo sie hergekommen ist!«, wiederholte Cameron leise. »Aber sie hat gerade ihre Schwester verloren ...«

»Sie hat Katharina doch gar nicht gekannt!«, unterbrach Markus. »Warum sollte sie plötzlich Schwestergefühle entwickeln! Ist doch alles Unsinn!«

Cameron schien mit einem Mal missgestimmt. »Das ist

überhaupt kein Unsinn. Außerdem hast du doch selber gerade gesagt, dass du sie liebst!«

»Ich habe gesagt, ich weiß es nicht. Außerdem dachte ich ja, sie sei Katharina!«

»Nein, als ich dich fragte, dachtest du das schon nicht mehr!«, erwiderte sie in einem barschen Ton und sah ihn dabei ernst an. »Und jetzt willst du sie alleinlassen. Das ist nicht fair, Markus. Sie kann für gar nichts. Und meinst du nicht, dass es ihr inzwischen genauso ging wie dir? Muss sie dich nicht auch ein bisschen geliebt haben, wenn sie dir so bedingungslos folgt?«

»Nein, das glaube ich nicht.«

»Woher willst du das wissen?«

»Sie hat es nie gesagt.«

»Entscheidend ist nicht, was jemand sagt, sondern was er fühlt«, sagte Cameron im tiefsten Brustton der Überzeugung.

Markus ertappte sich dabei, wie er jeden ihrer Sätze mit einem Nicken bestätigte. Trotzdem kam es ihm unrecht vor. Er hatte eben erfahren, dass seine Frau tot war, und er überlegte, wie sehr er Sarah liebte?

»Versetz dich bitte in Sarahs Lage«, fuhr Cameron fort. »Du wachst eines Tages auf, und jemand sagt dir, du heißt Soundso und ich bin der Mann, den du liebst. Wir haben doch keinen blassen Schimmer davon, was sie durchgemacht hat. Und jetzt stellst du dich hin und sagst: Bis eben habe ich dich noch geliebt, aber jetzt, wo du einen anderen Namen trägst, liebe ich dich nicht mehr? Du hast doch die letzten Monate nicht den Namen geliebt!«

Insgeheim musste Markus Cameron recht geben.

»Aber vielleicht ist sie ja auch gar nicht mehr da, wenn du nach Hause kommst!«, schloss sie ihre Überlegungen.

Entsetzt sprang Markus auf. Er drückte der verdutzten Cameron einen Kuss auf die Wange und stürmte aus ihrer Wohnung.

»Zigarette?« Es war das Erste, was der Gefangene forderte, als Leonard den Verhörraum betrat. Stefan Kranitz, ein Mann Mitte dreißig, saß zusammengesunken am Verhörtisch und beobachtete mit zusammengekniffenen Augen sein Gegenüber.

»Sie sind ein Neuer, was?«, fragte er mit einem verunsicherten Blick auf Leonard.

»Halten Sie den Mund, und reden Sie überhaupt nur, wenn ich Sie frage!«, zischte Leonard.

Nach zwanzig Minuten, in denen nichts geschah, begann der Gefangene, unruhig zu werden. »Scheiße, was soll das? Wollen Sie mich nichts fragen!«

»Ich habe Zeit«, murmelte Leonard.

Er holte Katharinas Portemonnaie aus der Hosentasche und schob es über den Tisch. »Wo ist das Geld?«

»Welches Geld? Wovon reden sie überhaupt?«

»In dieser Geldbörse waren 40 000 Euro!«

Kranitz kniff die Augen zusammen und musterte Leonard argwöhnisch. »Das ist ein Trick, was?«

Leonard schüttelte langsam den Kopf.

»Schön wär's gewesen«, entgegnete Kranitz nach kurzer Pause mit Bedauern, »da war nicht ein einziger Cent drin!«

»Erzählen Sie keinen Unsinn. Warum hätten Sie es sonst mitgenommen?«

»Ich hab's gefunden!«

»Ein leeres Portemonnaie.«

Der Gefangene nickte nachdrücklich.

»Und die Tote verscharrt!«, fügte Leonard hinzu.

Stefan Kranitz holte tief Luft. »Zu dem Portemonnaie gehörte keine Tote.« Der Gefangene sah Leonard mit einem verächtlichen Lächeln an.

Leonard stand auf und verließ den Raum.

Sein Kollege Florian Kaminski zog den Kopf ein, als Leonard in das Büro stürmte. »In einer Stunde will ich alles über Katharina Franke haben. Hier auf meinem Tisch!«

Florian tippte auf den Computer. »Alles schon drin, Chef! Und jetzt halt dich fest. Sie wuchs im selben Kinderheim wie Kranitz und die drei ersten Opfer auf. Zwar ein paar Jahre später, aber sie müssen sich noch gekannt haben. Ich habe die Heimleiterin Frau Weihmann schon angerufen. Sie hat es bestätigt, aber ansonsten ist sie nicht sehr kooperativ.«

Leonard rieb sich nachdenklich das Kinn. »Sollte es wirklich simple Rache gewesen sein? Das einzige Motiv, das man nachvollziehen könnte. Aber nach fünfundzwanzig Jahren! Späte Rache an seinen Demütigern? Warum jetzt? Was war der Auslöser?«

Florian unterbrach ihn. »Katharina war zu diesem Zeitpunkt gerade mal elf. Was sollte sie damit zu tun haben? Die anderen Mädchen waren allesamt älter.«

»Kranitz könnte sie verwechselt haben. Dem widerspricht allerdings, dass er alles zu genau geplant hatte. Es gibt noch einen Unterschied. Er hat ihr nicht zu Hause aufgelauert!«

»Weil sie kein Single war, so wie die ersten drei! Er hätte auf ihren Mann treffen können, und das war ihm zu riskant.«

Leonard nickte. »Ja, aber Markus Franke war oft tagelang unterwegs. Sie war also häufig längere Zeit allein.«

»Vielleicht war Kranitz an diesem Abend im Begriff, sie zu Hause zu besuchen, hat sie wegfahren sehen und ist ihr gefolgt?«

Leonard nickte wieder. »Das wäre die einzige Erklärung, warum er sie im Wald erwischt hat! Er ist ihnen nachgefahren und war genau hinter ihnen, als sie ausstieg.«

Florian schien sich die Abfolge der Ereignisse vorzustellen. »Nehmen wir also mal an, so war es. Sarah hält am Straßenrand, Katharina steigt aus und läuft in den Wald. Kranitz überholt das Auto und biegt am nächsten Waldweg ab. Wie wir wissen, muss Sekunden später der Unfall passiert sein. Katharina war also noch im Wald. Sie kommt zurückgelaufen, schreit um Hilfe und versucht vielleicht noch, der

Schwester zu helfen. Irgendwann gerät sie in Panik und rennt weg. Sie steht unter Schock und irrt in der Gegend rum. Das ist der Moment, auf den Kranitz gewartet hat. Der Zufall ist ihm zu Hilfe gekommen.«

Leonard überlegte einen Moment. »Das sind mir zu viele Zufälle!« Florian zog eine Grimasse und wendete sich wieder seinen Unterlagen zu.

»Und ihr Ehemann hat jetzt die Handtasche gefunden!«, begann er nach einer Weile übergangslos. »Kommt dir das nicht merkwürdig vor? Wieso geht der nach vier Monaten in den Wald und findet dort zufällig die Tasche seiner Frau?«

»Weil er seine Frau jetzt erst vermisst«, erklärte Leonard. »Er hat sich mit solch einer Fürsorge monatelang um seine Frau gekümmert, und eines Tages sagt sie plötzlich, dass sie es nicht ist. Ich meine, ich würde doch durchdrehen!«

Leonard erhob sich, nahm sich im Vorbeigehen einen Keks von Florians Schreibtisch und ging zu Kranitz in den Verhörraum zurück. Kauend ließ er sich auf den Stuhl fallen.

Stefan Kranitz wirkte immer noch verunsichert.

»Also, was wollen Sie wissen?«, begann er kleinlaut.

»Wo die letzten beiden Frauen sind. Es waren doch fünf, laut Ihrer ersten Aussage.«

»Schon möglich!« Stefan Kranitz setzte ein perfides Grinsen auf.

»Was wollen Sie?«, zischte Leonard gereizt.

»Eine Einzelzelle!«

Leonard musterte ihn abwägend. »Wenn Sie mir helfen, das zu kriegen, was ich will, kriegen Sie auch, was Sie wollen. So ist das Spiel!« Wieder stand er auf und ging aus dem Zimmer. Er kam mit einem Becher Wasser zurück und stellte ihn vor sich auf den Tisch.

Kranitz lächelte. »Um die Frauen heult doch ohnehin keiner!«

Leonard sagte nichts.

»Sie hätten sich entschuldigen können, allesamt. Damals! Aber ich war es ihnen nicht wert. Ausgleichende Gerechtigkeit nennt man das!«

Leonard spürte, wie langsam Wut in ihm hochstieg. »Gerechtigkeit? Was ist das für eine Gerechtigkeit, bei der fünf Frauen auf bestialischste Weise umgebracht werden? Ist das Ihre Gerechtigkeit?«

Stefan Kranitz grinste böse. »Sie wollen mir am liebsten an den Kragen, nicht wahr? Weil Sie nichts verstehen! Weil Sie nicht wissen, wie Sie an mich rankommen. Sie sind hilflos, und das macht Sie wütend!« Er beugte sich nach vorn und zischte. »Habe ich recht?«

Leonard riss sich zusammen. Natürlich hatte Kranitz recht, dachte er, es war absolut unprofessionell, wie er vorging.

Kranitz lehnte sich wieder zurück. »Kann ich auch ein Glas Wasser haben?«

Leonard schob ihm den Becher hin und verschwand aus der Tür.

Sichtlich verstimmt kam Leonard ins Büro zurück, ließ sich auf seinen Stuhl fallen und rollte zum Computer. Unwirsch schlug er mit der flachen Hand auf die obere Ecke und starrte missmutig auf den Bildschirm.

»Ich habe es vermasselt«, brummte er. »Kranitz spielt mit uns.«

Florian sah von seinen Unterlagen auf. »Wieso wurde die Handtasche eigentlich nicht damals schon gefunden?«, fragte er vorsichtig.

»Wir haben nicht danach gesucht. Die Unfallopfer sind sofort identifiziert worden. Es lag ja auch keine Straftat vor. Warum sollte es dann also auf unserem Tisch landen?«

Florian suchte inzwischen nervös mit den Augen seinen Schreibtisch ab. »Du hast doch meine Zigaretten zum Verhör mitgenommen!«

Leonard griff in seine Hosentasche. »Hab ihm aber keine gegeben.«

Schon im Gehen fing Florian gekonnt die Zigarettenschachtel, drehte sich an der Tür aber noch mal um. »Ich frage mich, ob man das nicht merkt, wenn die falsche Frau neben einem liegt.«

Leonard schüttelte den Kopf. »Bei eineiigen Zwillingen? Außerdem wusste er gar nicht, dass seine Frau eine Schwester hat.«

Florian war nicht zufrieden. »Trotzdem merkwürdig. Wenn die Schwester aus Amerika kommt – warum spricht sie so gut Deutsch?«

»Weil sie Deutsche ist und weil ihre Adoptiveltern mit ihr Deutsch gesprochen haben!«

18.

Markus sah schon von weitem, dass die Wohnung dunkel war. Gehetzt von dem Gedanken, Sarah könnte einfach gegangen sein, parkte er mitten auf der Straße und wählte aufgeregt Janetts Nummer. »Hier ist Markus. Ist Sarah bei dir?«

»Wer soll bei mir sein?«

Markus schluckte. Natürlich, außer Cameron wusste niemand von den Ereignissen der vergangenen Nacht.

»Ich meine Katharina.«

»Nein. Ist was passiert?«

»Nein, Janett, alles in Ordnung. Ich rufe dich morgen an.«

Er beendete schnell die Verbindung und wählte neu. Er hörte, wie oben in der Wohnung das Telefon klingelte. Aber es nahm niemand ab. Lange hielt er das Handy an sein Ohr, bis die Verbindung von selbst abbrach. Plötzlich wurde ihm bewusst, wie sehr er sich vor dem Moment fürchtete, an dem Sarah aus seinem Leben verschwunden sein würde. Und wenn er kündigte und mit ihr ginge? Irgendetwas würde sich finden, Hauptsache, er war bei ihr. Und vielleicht war es die einzige Möglichkeit, alles zu vergessen.

Cameron hatte recht, er liebte Sarah. Er warf das Handy auf den Beifahrersitz und fuhr los. Er bog eine Straße zu früh ab und landete in einer Sackgasse. Als er den Rückwärtsgang einlegen wollte, sah er sie.

Sarah saß am Fenster des kleinen Cafés auf dem Marktplatz, hielt mit beiden Händen die große Kaffeetasse umfasst und starrte in die Dunkelheit. Markus zerriss es bei ihrem Anblick fast das Herz. Selbst aus der Entfernung meinte er den Schmerz in ihren Augen zu erkennen. Sie wirkte verloren und einsam. Markus parkte und ging langsam auf das Café zu. Er betrat es, gab der Kellnerin ein Zeichen, dass er keine Bestellung wünschte, und setzte sich wortlos an ihren Tisch. Eine Ewigkeit lang saßen sie sich schweigend gegenüber und sahen einander an. Dann schenkte sie ihm ein liebevolles Lächeln, während sie langsam ihre Hand über den Tisch schob und mit den Fingerspitzen sanft über die seinen strich. Eine Sekunde lang schien er diese Berührung zu genießen, dann zog er erschreckt seine Hand zurück und ließ sie unter dem Tisch verschwinden.

»Wovor hast du Angst? Dass du mich lieben könntest, obwohl ich nicht Katharina bin?«, flüsterte sie.

Er wich ihrem Blick aus und starrte auf die Faust in seinem Schoß. »Lass uns nach Hause fahren!«

Markus saß mit seiner Bettdecke und einem Kopfkissen unter dem Arm auf der Bettkante und wartete. Nachdem er das Badezimmer freigegeben hatte, war Sarah darin verschwunden und hatte die Tür hinter sich verriegelt. Markus wurde schlagartig bewusst, dass alles anders geworden war. Es war mehr als beunruhigend, dass nicht Katharinas Tod seine Gedanken beherrschten, sondern dass er einzig über seine Gefühle zu Sarah nachdachte.

Die letzten Monate hatten sie einander nähergebracht, Vertrauen war entstanden und langsam auch das Gefühl von Nähe. Nun war alles anders. Es war, als wäre plötzlich eine unsichtbare Mauer zwischen ihnen.

Als sich die Badezimmertür öffnete, sprang er erschrocken vom Bett auf.

»Ich werde im Wohnzimmer schlafen«, rief er aus und tat ein paar Schritte in Richtung Tür.

Sarah sah ihn erstaunt an.

»Ist kein Problem. Ist gar nicht so unbequem, wie es aussieht.«

Sie fing ihn kopfschüttelnd ab, nahm ihm Decke und Kissen aus dem Arm und legte sie wieder auf das Bett zurück. »Ich verstehe ja, wenn du nach all dem, was du jetzt weißt, nicht mehr neben mir liegen willst. Aber meinetwegen musst du nicht aus deinem eigenen Bett ausziehen. Ich bin der Gast und werde da drüben schlafen. In Ordnung?«

Energisch schüttelte Markus den Kopf. »Kommt nicht in Frage«, sagte er und griff erneut nach dem Bettzeug.

Sarah musste plötzlich lachen. »Wollen wir eine Münze werfen?«

Markus verzog das Gesicht, lachte aber nicht.

»Markus, wir haben Mann und Frau gespielt, weil wir dachten, es zu sein.«

Sarah nahm auf der Bettkante Platz, umschlang das Kissen mit den Armen und starrte vor sich auf den Boden. »Ich habe den ganzen Nachmittag darüber nachgedacht.« Sie machte eine lange Pause. »Ich habe mich gefragt, ob ich anfing, dich zu lieben, weil ich meinte, es als deine Frau zu müssen ... oder habe ich mich unabhängig von alledem in dich verliebt?«

Markus stand noch immer wie angewurzelt neben dem Bett. Jetzt setzte er sich zu ihr. »Kennst du die Antwort?«, fragte er.

Sarah sah ihn lange an. »Es ist zu früh, um darüber zu reden«, sagte sie schließlich. Dann stand sie auf, nahm ihre Decke und ging damit ins Wohnzimmer.

Irgendwann in dieser Nacht hörte er, wie sie leise die Tür öffnete und sich neben ihm ins Bett legte.

»Meine Eltern sind tot.«

Ihre Stimme ließ Markus aufschrecken. Er knipste das Licht der Nachttischlampe an. Sarah saß aufrecht im Bett und sah ihn an.

»Was hast du gesagt?«

»Am 13. Juni starb meine Mutter. Ich hatte es vergessen.«

Sie stand auf und lief ein paar Schritte vom Bett weg. Als sie sich umdrehte, sah er, dass sie weiß wie eine Wand war, dann knickten ihr die Knie ein, und sie fiel zu Boden.

Markus hatte keine Chance, sie aufzufangen, so unvermittelt war sie ohnmächtig geworden. Zu Tode erschrocken sprang er aus dem Bett, kniete sich neben sie und hob ihren Kopf in seinen Schoß. Vorsichtig schlug er ihr gegen die Wange.

Sarah machte die Augen auf. »Erst Dad, dann meine Mutter und jetzt …«, flüsterte sie, während ihr die Tränen über das Gesicht liefen. Sie weinte leise, fast stumm.

Markus hatte das Bedürfnis, sie in die Arme zu nehmen, aber er sah sie nur an.

»Es ist alles wieder da, Markus. Ich erinnere mich an mein ganzes Leben!«

Er half ihr aufzustehen. Sie war zwar noch bleich, und am liebsten wäre ihm gewesen, sie hätte sich hingelegt, aber Sarah war viel zu aufgewühlt. Sie behielt seine Hand fest in der ihren und zog ihn in die Küche. Dann begann sie zu erzählen.

»Meine Mutter hatte nach Aussage ihres Arztes nur noch wenige Stunden. Ich war schon tagelang keine Sekunde mehr von ihrer Seite gewichen. Wir hatten alles besprochen, aber ich spürte, dass es noch etwas gab, was ihr schwer auf der Seele lastete. Dann erzählte sie mir von Katharina. Unsere leibliche Mutter war bei unserer Geburt gestorben. Wer unser Vater war, wusste niemand. Mit ungefähr acht Wochen kamen wir in ein Kinderheim, und im Alter von zwei Jahren wurde ich dann adoptiert. Nur wenige Wochen später sind meine neuen Eltern mit mir nach Amerika gegangen. Diesen Teil meiner Geschichte kannte ich allerdings schon. Ich wusste aber nicht, dass ich eine Zwillingsschwester hatte. Eine Woche nach der Beerdigung meiner Mutter bin ich Hals über Kopf nach Deutschland geflogen. Ich wollte nur eines: nicht ganz allein auf dieser Welt sein! Das war ich ja auch nicht. Es gab Katharina! Es wunderte mich allerdings, dass es nicht wenigstens eine schwache Erinnerung an sie gab, aber wahrscheinlich waren wir noch zu klein, als man uns trennte. Meine Mutter hat mir leider die genauen Umstände verschwiegen, und ich habe es auch nicht über mich gebracht, sie zu fragen, warum sie uns nicht beide genommen hat. Der Flug nach Deutschland kam mir wie eine Ewigkeit vor. Ich habe kein Auge zugemacht vor Ungeduld und Aufregung und sicher alle halbe Stunde auf die Uhr gesehen. Dreißig Jahre waren vergangen! Und jetzt, da es nur noch Stunden waren, bis ich meine Zwillingsschwester sah, konnte ich es nicht erwarten. Wie wird sie sein? Werden wir die gleichen Vorlieben haben? Wie ähnlich werden wir uns sein?«

Sarah stockte plötzlich.

»Was ist?«, fragte Markus.

»Ich musste an den Unfall denken.«

Er bemerkte, wie angestrengt sie war. »Soll ich uns Frühstück machen, oder willst du wieder ins Bett gehen?«

Sarah schaute kurz zur Küchenuhr und zuckte mit den Schultern.

Während Markus Brot aufschnitt und zwischen Tisch und Kühlschrank hin- und herlief, schaute er immer wieder verstohlen zu Sarah, die am Tisch sitzen geblieben war und aus dem Fenster in die Dunkelheit schaute.

»Wirst du wieder nach Amerika gehen?«, fragte er. Da Sarah nicht sofort antwortete, genoss Markus einen Augenblick lang die Vorstellung, die Antwort wäre ein Nein.

Ihre Stimme wirkte verzagt, als sie endlich antwortete. »Jetzt, da ich weiß, wo mein Zuhause ist? Ja, ich werde wohl zurückgehen.«

Markus nickte stumm.

»Aber ich werde dich fragen, ob du mich begleitest, wenn es so weit ist.«

Sie lächelte ihn an.

Ja, er liebte diese Frau. Nur jetzt, nach dieser Nacht, war nichts wie früher. Minutenlang hatte er am Abend zuvor im Bad vor dem Spiegel gestanden und wie ein Teenager seinen Körper betrachtet. Fand Sarah ihn attraktiv? Wie stand er im Vergleich zu den Männern, mit denen sie sonst ihre Nächte verbrachte?

Markus war auf halbem Weg zum Tisch stehengeblieben. In der linken die Kaffeekanne, die Butterdose in der rechten Hand, schien er alles um sich herum vergessen zu haben.

Sarah betrachtete ihn. »Was denkst du?«

Markus starrte Sarah entgeistert an und schüttelte den Kopf. »Das kann ich dir unmöglich sagen.« Er zögerte. Ob es richtig war, die Frage, die ihn schon auf dem Nachhauseweg von Cameron keine Ruhe gelassen hatte, jetzt einfach zu stellen? »Gibt es jemanden in deinem Leben?« Sarah war zweiunddreißig, da musste es jemanden geben. »Sorry, ist eine saudumme Frage!«

Mit zwei Schritten war er am Tisch, stellte Butter und Kaffee ab und wollte zum Kühlschrank zurück. Aber Sarah war flinker. Blitzschnell hatte sie nach seiner Hand gegriffen und drehte ihn wieder zu sich herum. »Es gab jemanden, bis vor einem halben Jahr. Jamie! Ich habe mich von ihm getrennt.«

»Warum?« Markus bereute seine Frage, kaum dass er sie ausgesprochen hatte. »Entschuldige, das geht mich überhaupt nichts an«, fügte er schnell hinzu und setzte sich zu ihr an den Tisch.

»Ist schon in Ordnung«, beschwichtigte Sarah. »Es lag nicht an ihm. Er ist ein guter Mensch. Nein, der eigentliche Auslöser war der Tod meiner Mutter. Noch am selben Tag, als sie starb, bin ich zu ihm gefahren und habe ihm gesagt, dass es vorbei ist. Irgendwie tut er mir jetzt noch leid. Ich habe ihm keine Erklärung geben können und nur gesagt, dass es nicht seine Schuld sei.«

Er spürte eine ungeheure Erleichterung. Sie gehörte keinem anderen! Er erschrak, als er sich erneut bei dem Gedanken ertappte, sich eine Zukunft mit Sarah vorzustellen.

»Hilf mir, Sarah!«, flüsterte er plötzlich und schlug die Hände vor das Gesicht. Er spürte ihre Hand, wie sie sanft über seine Schläfe fuhr.

»Du denkst an Katharina.«

Langsam ließ er die Hände sinken und sah sie an.

»Es kommt mir so unrecht vor, dass wir hier sitzen und darüber nachdenken, was morgen ist. Und manchmal denke ich, die Tür geht auf, Katharina tritt herein und sieht uns. Ich komme mir schlecht dabei vor. Verstehst du?«

Sarahs Gesichtsausdruck war schwer zu deuten. Verständnis für ihn lag darin, aber auch Trauer und Hoffnung.

»Wir wissen doch nicht einmal, ob sie wirklich tot ist«, sagte er mit unüberhörbarer Skepsis.

Sarah schüttelte den Kopf. »Wenn sie noch lebte, wäre sie zurückgekommen.«

Sie hatte recht. Trotzdem war er noch nicht bereit, sich mit dem Gedanken an Katharinas Tod abzufinden.

»Ich habe gestern Abend mit deiner Mutter geredet und ihr alles erzählt«, sagte Sarah.

Markus wirkte erschöpft und müde, als er den Kopf hob. »Wie hat sie reagiert?«

»Merkwürdig. Mir schien, dass Katharinas Verschwinden irgendwie zweitrangig war. Die ganze Situation war irrational. Ich meine, sie erfährt, dass ihre Schwiegertochter wahrscheinlich tot ist, aber sie reagiert nur auf mich. Als hätte sie gar nicht wirklich begriffen, was ich gesagt habe.«

»So ist meine Mutter. Wenn etwas zu Furchtbares passiert, kann sie nicht sofort reagieren. Sie blockt ab, schiebt es irgendwo hin, und erst, wenn sie ganz allein ist, bricht sie zusammen. Ich habe es erlebt, als meine Großmutter gestorben ist, und weiß noch, wie entsetzt ich im ersten Moment darüber war, dass meine Mutter nicht weinte. Und ich war erst versöhnt, als mein Vater es mir erklärte.«

»Mochte sie Katharina nicht?«, fragte Sarah vorsichtig.

»Das kann man so nicht sagen. Sie hat sie akzeptiert.«

Sarah zog die Brauen nach oben. »Zwischen mögen und akzeptieren ist aber ein verdammt großer Unterschied!«

»Ich glaube, meine Mutter wollte immer gern noch eine Tochter haben, aber irgendwie hat es nicht mehr geklappt mit einem zweiten Kind. Katharina war also, wenn man es so sehen will, wie eine Ersatztochter. Aber sie sind sehr zum Leidwesen meiner Mutter beide nie so richtig warm miteinander geworden.«

Sarah sah ihn über den Rand der Kaffeetasse hinweg an. »Meinst du, sie sieht lieber mich an deiner Seite? Ungeachtet von Moral oder Trauschein?«

»Ja, das ist durchaus möglich!«

Sarah atmete tief durch. »Ich geh noch mal ins Bett. Lass uns später weiterreden!«

Im Aufstehen strich sie ihm über den Haarschopf, er küsste dann ihren Zeigefinger und legte ihn auf seine Lippen.

Gegen sieben Uhr morgens klingelte das Telefon. Markus warf einen kurzen Blick auf Sarah, die fest zu schlafen schien, und schlich aus dem Zimmer. »Leonard Martens«, meldete sich eine Männerstimme. »Ich weiß, es ist verdammt früh, aber Sie müssen mir helfen. Wir haben die Analyse von den Taschentüchern. Jetzt brauchen wir dringend irgendetwas von Katharina, vielleicht Haare von ihrer Bürste.«

»Kein Problem. Ich kann sie Ihnen heute noch vorbeibringen.«

»Wäre sehr hilfreich, dann kämen wir ein ganzes Stück weiter.«

»Sind Sie mit Ihren Ermittlungen weitergekommen?«

»Der Verdächtige hat noch nicht gestanden, aber alles weist

im Moment darauf hin, dass Ihre Vermutungen richtig waren.«

Ohne weitere Erklärungen legte Leonard auf.

Markus überlegte einen Moment lang, ob er Sarah wecken sollte, aber da die Nacht verdammt kurz war, ließ er sie weiterschlafen.

Der Kaffee in der Thermoskanne war noch warm. Markus tat drei Stück Zucker in seine Tasse und wartete am Fenster sitzend darauf, dass der süße Kaffee seine Lebensgeister wieder in Schwung brachte. Er dachte an Katharina. Was war mit ihr passiert? Eine schicksalhafte Begegnung mit einem Mörder? Was hatten sie alle übersehen? Wenn Katharina nur ausgestiegen war, weil sie sich dringend erleichtern musste, wie Sarah behauptete, würde sie ihre Handtasche doch nicht mitnehmen! Wenn aber doch, aus welchem Grund? Warum nehmen Frauen ihre Handtaschen mit auf die Toilette? Meistens doch, um sich zu schminken. In diesem Fall ergab das zwar keinen Sinn, aber Markus fiel auch keine andere Erklärung ein. Angenommen, sie kommt zurück zum Auto und bevor sie es erreicht, passiert der Unfall. Was macht dann ihre Handtasche noch im Wald? Gut, sie könnte sie vor Schreck fallen gelassen haben, aber die Tasche lag viel zu weit weg von der Straße. Wo lag der Fehler in ihren Überlegungen? In Sarahs Version? Er erinnerte sich an einen Satz, den sein Vater einmal gesagt hatte, als das selbstgebaute Modellflugzeug sich nicht in die Lüfte erheben wollte. Markus war gerade zehn und beschwor seinen Vater auf das eindringlichste, beim Bau alles richtig gemacht zu haben. »Wenn du genau hinsiehst, hat alles irgendwo eine Schwachstelle! Du musst sie nur finden!«

Katharina wird Zeugin des Unfalls, in Panik läuft sie in den Wald und trifft dort auf ihren Mörder? Sollte es möglich sein, dass zwei so furchtbare Ereignisse genau zur selben Zeit passieren? Der Autocrash und ein Überfall im Wald? Sehr unwahrscheinlich, dass der Mörder zufällig an derselben Stelle gewesen sein könnte.

Plötzlich stand Sarah, ihre Bettdecke eng um die Schultern geschlungen, in der Küchentür. Sie erinnerte ihn an ein kleines Mädchen, das des Nachts, von bösen Träumen aufgewacht, bei ihren Eltern vor dem Bett stand und Schutz vor den Gespenstern suchte.

Sarah nahm eine Tasse aus dem Schrank und schenkte sich Kaffee ein. Beim ersten Schluck verzog sie das Gesicht. »Ich mache uns frischen.«

Markus hielt sie am Arm fest. »Nein, bleib noch einen Moment sitzen. Sarah, du musst mir helfen. Du musst jetzt versuchen, dich zu erinnern. Ich zermartere mir seit gestern den Kopf, wie Katharinas Handtasche in den Wald gekommen ist, und kann es mir beim besten Willen nicht erklären. Sie lag einfach viel zu weit weg von der Straße! Es ist absolut unmöglich, dass sie so weit in den Wald gelaufen ist. Es war doch Nacht! Wie lange war sie weg? Hast du denn nicht irgendetwas gehört, vielleicht Hilfeschreie?«

Sosehr sich Sarah auch zu konzentrieren versuchte, der Unfall schien wirklich komplett in ihrem Kopf gelöscht zu sein.

»Es tut mir leid«, sagte sie nach einer Weile.

Markus stöhnte laut auf. »Ich verstehe das nicht! Menschen verschwinden doch nicht einfach!«

19.

Verstohlen schaute Florian auf die Oliven, die Leonard sorgfältig auf dem Tellerrand platziert hatte.

»Brauchst überhaupt nicht erst darüber nachdenken«, nuschelte Leonard kauend, »die esse ich ganz zum Schluss! Bestell dir selber welche!«

Florian winkte nach der Kellnerin.

Fünf Minuten später stand eine Überportion schwarzer Oliven auf dem Tisch, die Florian nach einem misstrauischen Blick auf Leonards leeren Teller sogleich an sich heranzog. Er schob sich genüsslich eine Olive in den Mund.

»Irgendwas an der ganzen Geschichte stinkt. Ich habe lange darüber nachgedacht. Könnte es nicht sein, dass dieser Markus den trauernden Ehemann einfach nur perfekt spielt?«

»Worauf willst du hinaus?«

»Nehmen wir doch mal an, Markus Franke kannte die Zwillingsschwester seiner Frau. Er verliebt sich in sie, weiß aber, dass er sie unter normalen Umständen nicht bekommen kann. Also schmiedet er einen teuflischen Plan. Den perfekten Mord! Katharina soll sterben und Sarah an ihre Stelle treten. Bei eineiigen Zwillingen kein Problem. Und wenn irgendwann Gras über die Sache gewachsen ist, setzt sich der Mann in Amerika ins gemachte Nest.«

Florian machte ein bedeutungsvolles Gesicht und wartete gespannt auf die Reaktion seines Chefs. »Hattest du nicht auch das Gefühl, dass die beiden sich ziemlich nahegekommen sind?«

Leonard hatte das zwar ebenfalls bemerkt, aber diese Mutmaßung ging ihm eindeutig zu weit. »Erstens wussten die beiden, als sie bei uns auftauchten, erst seit ein paar Stunden, dass sie kein Ehepaar sind, und zweitens, meinst du, die nehmen dafür drei Wochen Koma in Kauf? Höchst unwahrscheinlich!«

Florian schüttelte energisch den Kopf. »Lass es uns durchspielen! Alles ist genau geplant. Und er ist wirklich gut darin, weil fast alles stimmt, was er uns jetzt erzählt. Bis auf eine Kleinigkeit. Es waren nicht zwei in diesem Auto, sondern drei. Markus war auch dabei. Er liest von den Frauenmorden in der Zeitung und beschließt, genau in dieser Gegend seine Frau umzubringen. Er fährt mit den beiden los und lässt Sarah, die am Steuer sitzt, anhalten, weil er mal pinkeln muss. Er geht ein paar Meter in den Wald hinein und ruft dann plötzlich nach Katharina. Die steigt aus und läuft ihm hinterher. Es ist stockdunkel. Er lauert ihr auf und bringt sie um. Als er dann zum Wagen zurückläuft, passiert der Unfall. Das ist die Stelle, die nicht geplant war. In Panik macht er sich aus dem Staub und geht am nächsten Morgen zur Polizei, um seine Frau als vermisst zu melden. Dann wacht er wochenlang am Bett seiner Schwägerin und spielt den fürsorglichen Ehemann. Monate später werden die Freunde doch misstrauisch, und die ganze Sache droht aufzufliegen. Aber da gibt es ja noch diese Frauenmorde! Er präsentiert uns die Handtasche mit den blutigen Taschentüchern, und Kranitz wird zum perfekten Sündenbock. Der hat das Portemonnaie vielleicht wirklich nur gefunden.«

Florian zog eine Zigarette aus der Schachtel und spielte damit herum.

»Markus Franke hat ein Alibi«, sagte Leonard nach kurzer Pause.

Florian schüttelte den Kopf. »Er war auf dem Nachhauseweg von einer Dienstreise und allein im Auto.«

Leonard nickte geistesabwesend. Florian hatte inzwischen die Zigarette zum wiederholten Mal zwischen die Lippen und wieder weggenommen.

»Dieses Rauchverbot bringt mich noch um«, fluchte er leise.

Leonard warf ihm einen spöttischen Blick zu. »Ganz sicher nicht das Verbot!«

»Ist doch scheißegal, woran man stirbt. Meine Oma hat vierzig Jahre lang jeden Tag eine Schachtel geraucht und ist mit fünfundneunzig nach einem Oberschenkelhalsbruch im Krankenhaus gestorben.«

Damit erhob er sich und strebte mit der Zigarette im Mund dem Ausgang entgegen. Auf halber Strecke blieb er plötzlich wie angewurzelt stehen. Dann machte er kehrt und kam mit großen Schritten zum Tisch zurück.

»Markus Franke hat gesagt, dass er noch mal zu der Stelle im Wald gefahren ist. Wieso hat der ›noch mal‹ gesagt?«

Leonard wirkte inzwischen genervt. »Was weiß ich denn, wieso er das gesagt hat. Es ist auch vollkommen unwichtig. Markus Franke hat seine Frau nicht umgebracht. Er ist überhaupt nicht der Mensch dazu.«

»Du trägst noch immer Katharinas Sachen«, stellte Markus fest, als er sie fertig angezogen im Türrahmen stehen sah.

Sarah blickte an sich hinunter. »Ja. Tut mir leid.«

»So meine ich das nicht«, beschwichtigte Markus sofort.

Sarah kam ins Wohnzimmer und setzte ihm sich gegenüber auf die Couch. Es war ihr anzusehen, dass es um mehr ging als um Katharinas Bekleidung.

»Es ist aufregend und schön, jemanden neu kennenzulernen, aber es ist furchtbar, gesagt zu bekommen, dass man den anderen schon einmal kannte und sich nur nicht daran erinnern kann. Es sind die gemeinsamen Erinnerungen und Erlebnisse, die Menschen miteinander verbinden.«

Markus rührte sich nicht. Die letzten Tage mussten bedrückend für sie gewesen sein. Sarah war ihm aus dem Weg gegangen und hatte wenig gesprochen.

»Was uns anging, war es sicherlich die Hölle für dich!«, sagte sie leise. »Und ich hatte oft das Gefühl, dich trösten zu müssen. Als du mir im Krankenhaus von unserer Hochzeit erzähltest, hat es mich zu Tränen gerührt, und ich hätte in diesem Moment viel darum gegeben, diese Erinnerung als meine eigene sehen zu können, vor allem aber, sie mit dir zu teilen. Ich spürte doch, wie wichtig sie für dich war. Aber es war nur wie ein schöner Film, den ich mir ansah. Nichts davon hatte mit mir zu tun. Es gab Augenblicke, da hatte ich das Gefühl, in einem Körper gefangen zu sein, der nicht der eigene war. Dieser Körper wurde von euch Katharina genannt. Irgendetwas tief in mir drin sagte mir jedoch, dass das nicht stimmt. Schon in der Reha gab es winzige Lichtblicke, aber ich habe diesem Bewusstsein nicht getraut. Und ich wagte zu diesem Zeitpunkt auch nicht, dir davon zu erzählen. Manchmal dachte ich durchzudrehen. Also vertraute ich eurem gesunden Verstand, und der sagte, dass ich Katharina bin. Vielleicht wäre meine Erinnerung schneller zurückgekehrt, wenn man mir Dinge aus meinem wirklichen Leben erzählt hätte.« Sarah überlegte einen Moment. »Ich habe dir vertraut, weil ich spürte, wie sehr du mich liebst. Es konnte nur richtig sein, was du mir über uns erzählt hast. Ich sammelte also Erinnerungen, solche, die ich selbst gar nicht erlebt hatte, und am Abend eines jeden Tages mit dir neue.«

Markus hatte plötzlich das Gefühl, keine Luft mehr zu bekommen. Er wollte jetzt das Richtige sagen. »Ich hätte dir so gern geholfen.«

»Das hast du.« Sarah lächelte. »Schließlich hast du es geschafft, dass ich mich Hals über Kopf in einen fremden Mann verliebt habe. Noch dazu in einen, den ich mir nicht selbst ausgesucht habe!« Sie stand auf, kam zu ihm und zog ihn vom Sessel hoch. »Lass uns jetzt losfahren. Du gehst bei Leonard vorbei, und ich kaufe mir was Neues zum Anziehen!«

»Ich habe ihr Alibi überprüft, Herr Franke. Um ganz sicherzugehen«, erklärte Florian.

»Mein Alibi?«, fragte Markus überrascht und sah dabei irritiert zu Leonard. »Ich wusste gar nicht, dass ich eins brauchte!«

»Bei Mord braucht jeder ein Alibi«, sagte Florian trocken. »Ihre Tankquittung aus Hannover macht die Sache wasserdicht. Glücklicherweise tankten sie zur selben Uhrzeit, als der Unfall passierte. Ihr Chef hat sie uns geliefert.«

»Sie wollen mir jetzt nicht erzählen, dass Sie ernsthaft geglaubt haben, ich hätte etwas mit dem Tod meiner Frau zu tun!«

Florian nickte. »Ehepartner sind per se als Erste verdächtig.«

Leonard deutete auf die Plastiktüte, die Markus wie eine Kostbarkeit vor sich hertrug.

»Katharinas Haarbürste – die wollten Sie doch haben!«, sagte Markus.

»Ja, richtig. Die DNA-Analyse.« Leonard nahm die Tüte an sich und legte sie mit einem mahnenden Blick zu Florian auf dessen Schreibtisch. »Kümmerst du dich darum? Jetzt gleich?«

Florian nickte verdrossen und verließ mit der Plastiktüte das Zimmer.

»Setzen Sie sich doch, Herr Franke.«

Ein wenig unentschlossen nahm Markus Platz. Eigentlich hatte er nicht vorgehabt, sich länger als nötig hier aufzuhalten, aber vielleicht hatte Leonard inzwischen Antworten auf all die Fragen, die Markus schlaflose Nächte bescherten.

»Sagen Sie mir bitte die Wahrheit! Hat der Mann gestanden, ich meine, dass er Katharina …«

Leonard stand auf, legte Markus im Vorbeigehen kurz die Hand auf die Schulter und verschwand dann durch die Tür. Kurze Zeit später kehrte er mit zwei dampfenden Kaffeetassen zurück. Markus saß zusammengesunken auf seinem Stuhl und hob nicht einmal den Kopf, als ihm Leonard die Tasse in die Hand schob.

»Die Wahrheit zu kennen macht alles manchmal noch viel schlimmer«, begann Leonard leise. »Es gibt Momente, in denen ich froh wäre, nicht jede einzelne Minute eines Verbrechens erzählt zu bekommen. Aber es ist mein Job, mir die düstersten und abartigsten Phantasien von Menschen vorzustellen. Perversion, Sadismus, Rachegelüste oder krankhafte Neigungen. Ich würde es nicht aushalten, wenn ich nicht wüsste, dass es letztendlich dazu beiträgt, einen Mörder zur Strecke zu bringen.«

Florian kehrte ins Zimmer zurück und setzte sich stumm wieder hinter seinen Schreibtisch. »Verraten Sie mir eines, Markus«, fragte Leonard. »Wieso sind Sie in den Wald gefahren? Was haben Sie da gesucht?«

Markus hob die Schultern. »Es war so ein Gefühl. Ich kann nicht sagen, ob ich was gesucht habe, ich wollte einfach nur an dem Ort sein, an dem Katharina zuletzt gesehen worden war.«

Leonard nickte. »Sie sagten, Sie haben die Handtasche ziemlich tief im Wald gefunden. Wie weit weg von der Straße?«

»Etwa einhundertfünfzig bis zweihundert Meter«, antwortete Markus.

Leonard schüttelte den Kopf. »Das ergibt keinen Sinn! Es sei denn … der Verdächtige hat die Tasche im Laufen durchsucht, das Portemonnaie eingesteckt und sie dann weggeworfen. Aber der behauptet hartnäckig, nur die Geldbörse gefunden zu haben. Ich glaube ihm zwar kein Wort, aber wir können ihm auch nicht das Gegenteil beweisen.«

»Und das Geld? Hatte er es bei sich?«, fragte Markus.

»Nein. Er behauptet, es wäre kein Geld in der Börse gewesen«, antwortete Leonard.

Einen Moment lang herrschte Schweigen.

»Wie sind Sie eigentlich darauf gekommen, dass Katharina einen Zwilling hatte?«, wollte Leonard dann wissen.

»Ich habe ihre ehemalige Erzieherin ausfindig gemacht. Das heißt, eigentlich nur noch ihre Mitbewohnerin. Frau Kleinschmidt ist am 5. Juli gestorben. Sie muss so unglücklich die Treppe hinuntergestürzt sein, dass sie an den Verletzungen starb. Frau Lagenbeck, ihre Freundin, war so freundlich, mir trotzdem die Wohnung zu zeigen. Dort bin ich auf das Foto von den Zwillingen gestoßen. Sarahs Erinnerungsvermögen setzte fast zeitgleich ein oder wurde dadurch ausgelöst. Ich kann es nicht genau sagen.«

Markus schlug die Hände vor das Gesicht und stöhnte laut auf.

Während ihn Leonard fast mitleidig betrachtete, war Florian aufgestanden und hockte nun auf der Kante des Schreibtisches. Misstrauisch sah er auf Markus herab.

»Am 5. Juli, sagten Sie? Katharinas Erzieherin aus dem Kinderheim?«

Markus nickte.

»Die Treppe hinuntergestürzt!«, wiederholte Florian in leicht sarkastischem Ton und sah stirnrunzelnd zu Leonard hinüber.

»Was hat Ihnen Frau Lagenbeck noch erzählt?«, fragte Leonard.

»Nicht viel. Sie war in Trauer um ihre Freundin, und ich wollte sie nicht weiter ausfragen.«

Florian erhob sich von der Tischkante und lief zurück zu seinem Schreibtisch. »Wissen Sie den Vornamen von Frau Kleinschmidt?«

»Margarethe«, antwortete Markus.

»Und wann gedachten Sie, uns davon zu erzählen?«, fragte ihn Florian unwirsch und verschwand hinter seinem Computer.

»Ich erzähle es doch gerade!«, verteidigte sich Markus und

beobachtete Leonard, der inzwischen unruhig auf und ab lief. Irritiert sah er zwischen den beiden Kriminalbeamten hin und her.

Florian schickte seinem Chef über den Computer hinweg einen mahnenden Blick. Leonard winkte jedoch ab.

»Alle Kranitz-Opfer sind ehemalige Mädchen aus dem Kinderheim Ihrer Frau, und nun steht zu befürchten, dass der Tod der alten Dame auch auf sein Konto geht.«

»Sie meinen, am 4. Juli Katharina, am 5. Frau Kleinschmidt ...«

»Und am 6. haben wir ihn gefasst. Er hat buchstäblich eine Liste abgearbeitet und sich dann schnappen lassen«, warf Leonard ein.

»Was für eine Liste?«, fragte Markus.

»Es gab eine Namensliste. Katharina stand als Letzte darauf. Was Kranitz erzählt, ist bei den ersten drei gefundenen Frauen im Einklang mit der Spurenlage. Über Ihre Frau schweigt er allerdings weiterhin.«

»Und seit wann wissen Sie von dieser Liste?«

»Seit gestern. Ich habe es Ihnen verschwiegen, weil es keine Rolle mehr spielt.«

Markus spürte, wie ihm schwindlig wurde.

»Das heißt, ich muss mich an den Gedanken gewöhnen, Witwer zu sein.«

Minutenlang saß Markus regungslos im Auto. Er war unfähig, sich gegen die Gedanken, die ein einziges Wort in ihm ausgelöst hatten, zu wehren. Jetzt überrannten seine Gedanken ihn, wie ein böses Tier, das in einer dunklen Ecke seines Kopfes auf ihn gelauert hatte. Witwer! Witwer waren Achtzigjährige, die auf ein langes Leben an der Seite ihrer geliebten Frau zurückblickten, die nach langer schwerer Krankheit schließlich vor ihnen gegangen war.

Er ließ den Motor an, fuhr jedoch nicht los. Was hatte Leonard gesagt? Alle Opfer waren ehemalige Zöglinge von Margarethe Kleinschmidt? Welches Geheimnis hatte die alte Frau vielleicht über Jahre gehütet? Und warum hatten alle, die er nach der Vergangenheit des Kinderheimes gefragt hatte, so merkwürdig reagiert?

20.

»Sie können es mir geben!«, sagte Markus zu dem Postboten, der soeben seinen Klingelknopf traktierte.

Der Mann erschrak und drehte sich um. »Markus Franke? Können Sie sich ausweisen?«

Markus stutzte. »Wieso muss ich mich jetzt bei einem Brief ausweisen?«

»Kann ich Ihnen sagen. Weil gestern an der gleichen Stelle ein junger Mann stand und ihre Post entgegennehmen wollte. Einschreiben vor der Haustür kann ich nur gegen einen Ausweis aushändigen.«

Markus sah sich plötzlich nach allen Seiten um. »Können Sie mir sagen, wie dieser Mann aussah?«

Der Postbote legte die Stirn in Falten und musterte Markus. »Er sagte, er wäre ihr Bruder und das ginge schon in Ordnung. Und wenn ich Sie mir so ansehe, sah er ihnen tatsächlich ein bisschen ähnlich.«

Markus zückte seinen Ausweis. »Ich habe keinen Bruder.«

Der Bote nickte vollkommen desinteressiert, ließ sich das Einschreiben des Polizeipräsidenten quittieren und drückte Markus einen Stapel Briefe in die Hand.

Markus blieb noch einen Moment im Hauseingang stehen und suchte mit den Augen die Umgebung ab. Was ging hier vor sich? Wozu sollte jemand seine Post abfangen? Jemand, der ihm ähnlich sah. Der Fahrer des schwarzen Golfs vielleicht? Das Auto war zwar nicht wieder aufgetaucht, aber das hieß ja nicht, dass Sarah sich getäuscht haben musste.

Während er die Treppen hochstieg, blätterte er den Poststapel durch. Werbung, Rechnungen, dann ein Brief an Katharina Franke mit dem Vermerk »Dringend».

Markus drehte den Brief hin und her. Auf dem zweiten Treppenabsatz blieb er stehen und öffnete ihn. Es war ein Brief von ihrer Frauenärztin. Schnell überflog er den formalen Briefkopf, dann setzte er sich auf die Stufen.

»Sehr geehrte Frau Franke, leider haben Sie wiederholt Ihre Termine zur Schwangerschaftsuntersuchung verstreichen lassen, desto dringender ist es jetzt, eine weitere Ultraschalluntersuchung und den noch ausstehenden Blutbefund bezüglich Toxoplasmose vornehmen zu lassen …«

Minutenlang schaffte er es nicht, sich zu erheben. Er saß da und starrte auf das Blatt Papier in seinen Händen. Das war es, was sie ihm damals sagen wollte. Sie würden ein Kind bekommen!

Es zerriss ihm förmlich das Herz, als er sich vorstellte, wie er an jenem Abend nach Hause gekommen wäre. Katharina hätte eine teure Flasche Wein gekauft und Kerzen angezündet. Sie hätten angestoßen, Katharina hätte ihm glücklich in die Augen gesehen und geflüstert: Markus, hab ich dir heute schon gesagt, dass ich dich liebe? Nein, hätte er geantwortet. Sie hätte tief eingeatmet und dann gesagt: Ich liebe dich, und ich bin schwanger …

»Markus?« Sarah stand auf dem obersten Treppenabsatz und lehnte sich über das Geländer. »Warum sitzt du da im Treppenhaus?«

»Ich komme gleich!«, rief er und erhob sich mühsam.

Er ließ den Brief in seiner Gesäßtasche verschwinden und stieg langsam die Treppen hinauf. Die Gedanken in seinem Kopf überschlugen sich.

Sarah empfing ihn vor der Wohnungstür. »Was ist denn? Bist du krank? Du bist kreidebleich.«

»Nein. Mir ist nur nicht gut.« Er wollte an ihr vorbei in die Wohnung laufen, aber Sarah ließ nicht locker. Sie hielt ihn am Arm fest und drehte ihn wieder zu sich herum. Besorgt sah sie ihm in die Augen. »Komm, irgendetwas hast du doch!«

»Ich habe mich bloß über den Brief vom Polizeipräsidenten geärgert.« Er lächelte gezwungen. »Warum bist du schon zu Hause? Wolltest du dir nicht was zum Anziehen kaufen?«, fragte er betont locker.

Sarah zog ihn in die Küche und zwang ihn, sich an den Tisch zu setzen. »Ja, aber die Anzahl der Läden in Wittingen ist wirklich überschaubar.« Sie stützte ihr Kinn auf beide Hände. »Ich kenne dich schon gut genug, um zu sehen, dass dir irgendetwas auf der Seele liegt. Willst du es mir nicht sagen?«

Markus zog den Brief heraus und legte ihn vor Sarah auf den Tisch. »Ich glaube, dass Katharina an jenem Abend mit mir darüber reden wollte!«

Sie nahm das Schreiben, studierte den Absender und begann zu lesen. Es war nicht Verwunderung, was er in ihrem Gesicht sah, sondern blankes Entsetzen.

Als sie eine halbe Stunde später das Wartezimmer der Frauenarztpraxis betraten, kam ihnen Frau Dr. Schilfert schon entgegen und musterte dabei ungläubig Sarah.

»Frau Franke, was ... Entschuldigen Sie, kommen Sie doch erst einmal mit herein!«

Die Ärztin gab beiden die Hand und deutete dann auf die Tür des Sprechzimmers. Markus und Sarah folgten ihr.

Aufgeregt blätterte Frau Dr. Schilfert in der Patientenakte, dann schüttelte sie verständnislos den Kopf und sah zu Sarah. »Vielleicht lass ich Sie erst einmal reden.«

Markus holte mit zitternden Händen den Brief hervor und schob ihn über den Schreibtisch. »Was genau hat es mit diesem Brief auf sich?«

Misstrauisch sah die Ärztin zwischen beiden hin und her und wandte sich dann Markus zu. »Ihre Frau wäre jetzt eigentlich im sechsten Monat schwanger, aber wie ich sehe ... Was ist mit Ihnen passiert, Frau Franke!«

Markus schaute kurz zu Sarah, die wie versteinert auf ihrem Stuhl saß. »Im sechsten Monat?«, fragte er ungläubig. »Mein

Gott, dann wäre sie ja im dritten Monat gewesen, als …« Er stockte und tastete nach Sarahs Hand. »Vielleicht muss ich doch erst mal eine Sache erklären. Meine Frau Katharina wird seit dem 4. Juli vermisst. Das ist Sarah, ihre Zwillingsschwester. Ich wusste nichts von einer Schwangerschaft und nehme an, dass meine Frau es mir an jenem Tag sagen wollte, aber sie kam nicht mehr dazu.«

Das Mitleid im Blick der Ärztin war aufrichtig.

»Mein Gott, davon wusste ich nichts. Bitte verzeihen Sie!«

Während die Ärztin sichtlich bestürzt in den Unterlagen blätterte, stand Markus plötzlich auf und verließ mit Sarah grußlos das Sprechzimmer.

Da sie befürchtete, er würde auf offener Straße zusammenbrechen, führte Sarah ihn geradewegs in den kleinen Stadtpark auf eine Bank unter einer großen Kastanie. Markus war aschfahl, als er sich darauf fallen ließ. Eine lange Stunde saß er so da, schweigend und vollkommen regungslos. Sarahs Hand lag auf seinem rechten Knie. Mehr wagte sie im Moment nicht an körperlicher Nähe. Zu tief musste ihn die Nachricht der Schwangerschaft getroffen haben. Ein Satz aus einem ihrer Lieblingsfilme drängte sich plötzlich in Sarahs Kopf. »Du musst in die Haut eines anderen schlüpfen und eine Weile darin herumlaufen, erst dann wirst du ihn wirklich verstehen können.« Sie war in Katharinas Haut geschlüpft, zwar ohne sich darüber bewusst zu sein, aber sie hatte für kurze Zeit ihr Leben gelebt. Doch verstehen würde sie Katharina niemals. Für Sarah wäre es einfach unmöglich, es Markus auch nur einen Tag vorzuenthalten, dass sie das von ihm so sehnlich gewünschte Kind erwarteten.

»Lass mich bitte noch einen Moment allein«, hörte sie ihn plötzlich sagen. Liebevoll strich sie ihm über die Schulter und stand auf. Markus hob den Kopf und sah sie an. »Sei so lieb und warte zu Hause auf mich.«

21.

Krachend landete Leonards Faust auf dem Verhörtisch. Dann stützte er sich auf beide Hände und fixierte Kranitz mit stechendem Blick.

»Wo?«, zischte er und beobachtete dabei mit Genugtuung, wie Kranitz zusammenzuckte. Leonard hatte sich heute vorgenommen, die harte Tour zu fahren, da er mit der Psychologie, die er auf der Polizeischule gelernt hatte, nicht weiterkam. Schon beim Betreten des Raumes war ihm aufgefallen, dass irgendetwas an Kranitz anders war als an den vorangegangenen Tagen. Er wirkte eingeschüchtert und unsicher.

»Ich will jetzt wissen, wo sie sind?«, brüllte er ihn an.

Kranitz saß ruhig da. Die Ellenbogen auf seine Beine gestützt, vergrub er das Gesicht in beiden Handflächen.

»Es war ganz einfach, wissen Sie?«, begann er plötzlich leise, dann schwieg er wieder.

»Die Morde?«, fragte Leonard.

»Nein, sich vorzustellen, wie ich es mache.«

Leonard setzte sich, ohne den Blick von Kranitz abzuwenden.

»Eigentlich ist man in keinem Alter auf den Tod vorbereitet, aber eines Tages öffnest du die Tür, und er steht vor dir.« Kranitz kicherte vor sich hin. »Stellen Sie sich vor: Sie haben mich sogar reingebeten, obwohl sie keine Ahnung hatten, wen sie da vor sich haben. Ich habe ihnen gesagt, dass ich sie töten werde. Sie waren erstaunt … ja erstaunt. Es war keine Angst in ihren Augen, es war … Verwunderung.« Er hob den Kopf und lächelte fast kindlich. »So, als würden sie es nicht glauben.«

Kranitz machte eine kurze Pause und redete danach wie zu sich selbst. Seine Augen begannen zu leuchten. »Die Vorstellung ist es. Die Planung der Details. Du malst dir jedes Detail aus. Du weißt jeden Handgriff, wenn es so weit ist. Ich habe lange darauf gewartet. Ich habe dafür gelebt. Über zwanzig Jahre lang. Eines Tages war es so weit. Ich habe mir Zeit gelassen, vor allem bei der Letzten. Ich wusste, dass danach alles vorbei ist. Also habe ich es genossen.«

Er hielt inne, schaute merkwürdig versonnen auf seine Hände, die er geöffnet vor sich auf der Tischplatte gelegt hatte.

»Das Böse ist in jedem von uns. Aber wenn du Glück hast, kommt es nie zum Vorschein. Sie haben es hervorgelockt, als sie mich auslachten. Sie hatten es inzwischen vergessen! Sie wussten nicht mal, wofür ich sie bestrafte, sie waren ahnungslos, diese dummen Hühner. Aber ich habe sie aufgeklärt. Kurz vor ihrem Tod. Sie hätten ihre Augen sehen sollen, als die Klinge langsam über ihre nackten Brüste glitt. Der Unterschied zwischen Lust und Angst ist nicht groß, wussten Sie das? Ich habe verstanden, es auszukosten. Sie durften begreifen und miterleben, wie süß Rache ist! Manchmal habe ich es fast bedauert, dass sie damals nicht zu zehnt waren.«

Kranitz wimmerte plötzlich mit hoher Stimme. »Und wie sie gebettelt und um Mitleid gefleht haben! Bitte, bitte, ich tue alles, was du willst!«

Er grinste voller Genugtuung, verzog aber gleich darauf schmerzvoll das Gesicht. »Das habe ich damals auch. Es hat mir nichts genutzt. Sie waren erbarmungslos. Wissen Sie, dass ich nie eine Frau hatte?«

Leonard stöhnte innerlich auf. Er hörte das alles zum hundertsten Mal. Gleich würde die übliche Litanei über das verpfuschte Leben kommen, Schuld und Vergeltung, Befriedigung erduldeter Schmach und letztendlich die Rechtfertigung von Morden unter dem Motiv der Rache. Es widerte ihn an, wie Kranitz um Verständnis heischte.

»Eines hatten sie nicht, was sie mir hätten geben können … mein Leben. Ich habe nicht gelebt, ich habe gewartet. Der 5. April 1987. Ich hatte seit diesem Tag nichts anderes zu tun, als zu warten.«

Leonard zwang sich zur Ruhe.

»Mit sechzehn bin ich abgehauen, habe mich selbst entlassen aus diesem barbarischen Kinderheim. Ich stand auf der Straße. Ich hatte niemanden, und für ein Minimum an Zuwendung wäre ich mit jedem mitgegangen. Aber es kam niemand. Es kam überhaupt niemals jemand.« Kranitz blickte auf, ganz in seiner Opferrolle versunken. »Wissen Sie, was diese Mädchen damals in der Dusche mit mir gemacht haben? Ich war fünfzehn und noch Jungfrau! Ich habe mich nie wieder vor einer Frau ausgezogen! Ich habe überhaupt noch nie eine Frau gefickt! Verstehen Sie? Ich bin sechsunddreißig und weiß nicht, was ficken ist. Rache ist das einzige Gefühl, was ich kenne …«

Plötzlich hielt Leonard dieses Gejammer nicht mehr aus. Er sprang von seinem Stuhl hoch und lehnte sich weit über den Tisch.

»Sie meinen, es wäre nur gerecht, diese Frauen umzubringen, weil sie sich als Teenager über ihren zu kleinen Pimmel lustig gemacht haben? Sie sind ein Arschloch, Kranitz. Und was Ihr letztes Opfer angeht, eine gebrechliche alte Frau, die keine Chance gegen sie hatte … Verdammt, Kranitz, ich sorge höchstpersönlich dafür, dass Sie für immer in den Knast kommen.«

Voller Argwohn sah Kranitz ihn an. »Von welcher alten Frau sprechen Sie?«

»Margarethe Kleinschmidt, gestorben am 5. Juli durch ein gebrochenes Genick.« Leonard betonte jedes seiner Worte.

»Ich kenne keine Frau mit diesem Namen«, erwiderte Kranitz.

»Das ist eine jämmerliche Lüge. Margarethe Kleinschmidt

war Erzieherin in Ihrem Kinderheim! Sie müssen sie gekannt haben.«

Nach kurzer Überlegung schüttelte Kranitz den Kopf. »Sie stand nicht auf meiner Liste!«

Leonard holte tief Luft. »Wenn Sie nicht endlich die Wahrheit sagen ...«

»Dann? Rutscht Ihnen dann die Hand aus?«

Leonard grinste ihn an. »Den Gefallen werde ich Ihnen nicht tun.«

Er setzte sich wieder und besann sich auf das, was er gelernt hatte.

»Was Margarethe Kleinschmidt angeht, so gebe ich ihnen Zeit. Sie werden sich sicher irgendwann erinnern. Kommen wir wieder zu Katharina Franke! Sie haben sie so wie die anderen zu Hause besucht. Als Sie kamen, fuhr sie gerade weg, nicht wahr? Sie sind ihr gefolgt, und dann ist Ihnen ein Zufall zu Hilfe gekommen. Katharina ging in den Wald. Das war Ihre Chance! Da haben Sie zugeschlagen. Nicht ganz so ausgefeilt wie bei den anderen, nicht so romantisch, weniger verklärt. Der Genuss kam ein bisschen zu kurz, aber ansonsten durchaus befriedigend, nicht wahr?«

Kranitz verzog den Mund, als würde er gleich zu schluchzen beginnen. Doch dann glitt ein überlegenes Lächeln über sein Gesicht. »Das ist Ihre Version!«, sagte er mit fester Stimme. Er verschränkte die Arme und sah teilnahmslos in den Raum.

Leonard hatte das Gefühl, es verpatzt zu haben. Er hätte Kranitz reden lassen sollen. Irgendwann wäre es diesem Perversen ein Bedürfnis gewesen, jedes Detail zu erzählen. Er hätte mit seiner Raffiniertheit zu prahlen begonnen.

Leonard stand auf und lief zur Tür. Dort drehte er sich noch einmal um.

»Wollen Sie eine Zigarette?«, fragte er fast freundschaftlich.

»Ich rauche nicht mehr«, lautete Kranitz' Antwort, bevor er sich zur Seite drehte und aus dem Fenster schaute.

Als er im Begriff war, die Tür zu öffnen, hörte er, wie Kranitz flüsterte: »Machen Sie mir ein Angebot!«

Leonard schloss die Tür wieder, kam langsam zum Tisch zurück und setzte sich.

Kranitz verengte seine Augen zu Schlitzen. »Zwanzig Jahre. Bei guter Führung sind das zehn. Und ich sag Ihnen, wo sie sind.«

»Wieso sollte ich darauf eingehen?«, fragte Leonard.

»Sie wollen doch die letzten zwei Leichen!«

»Werde sehen, was ich tun kann«, begann Leonard das Pokerspiel.

Kranitz grinste. »Die Leichen sind im Wald. So wie die anderen.«

Leonard versuchte, ruhig zu bleiben. »Wo genau?«

»Nicht so eilig.«

Kranitz ließ sich Zeit. Mindestens fünf Minuten lang sagte er gar nichts. Er begann, mit dem Stuhl zu kippeln, während er sich mit einem Streichholz den Dreck unter den Fingernägeln hervorpulte. Dabei beobachtete er, zufrieden grinsend, wie Leonard immer nervöser wurde.

»In einem Kiefernwald«, flüsterte er fast tonlos.

Leonard begriff sofort, dass Kranitz nur mit ihm spielte. Wutentbrannt ging er auf Kranitz los, stoppte aber seine Faust zehn Zentimeter vor dessen Gesicht. Entsetzt sah er auf Kranitz, der ihn hämisch angrinste.

Zielstrebig steuerte Florian Leonards Tisch an und setzte sich grußlos.

»Ich komme nicht weiter«, stöhnte Leonard und starrte vor sich auf die Tischplatte. Die Kellnerin stellte eine Schüssel Oliven vor ihm ab, die er sofort in Florians Richtung schob. Dieser ignorierte sie jedoch und bestellte sich einen doppelten Espresso.

»Das musst du auch nicht mehr!«

»Wieso?«, fragte Leonard.

»Weil sie dir den Fall entzogen haben. Dir ist doch wohl klar, warum!« Irritiert sah Leonard ihn an. »Du hast ihm das Nasenbein gebrochen!«

Leonard riss die Augen auf. »Ich habe was?« Er fuhr sich mit beiden Händen über das Gesicht. »Dieser elende Mistkerl! Ich habe ihn nicht mal berührt!«

Florian lehnte sich zurück und betrachtete ihn skeptisch. »Das sah aber ganz anders aus, als sie ihn abgeholt haben.«

Leonard fluchte leise vor sich hin. »Er muss sich anschließend selbst … Ich hätte ihm tatsächlich das Maul stopfen sollen.« Plötzlich erhellte sich seine Miene. Er schob sich gelassen eine Olive in den Mund und grinste Florian an. »Zum Glück haben wir ja noch eine Videoüberwachung.«

Florian nahm sich jetzt auch eine Olive. »Die haben wir schon angesehen.«

»Ja und? Was habt ihr gesehen?«

»Dass du zugeschlagen hast!«

»Ich habe zwar ausgeholt, ihn aber überhaupt nicht berührt.«

»Das ist leider nicht zu erkennen!«

Leonard rieb sich das Kinn. »Ich bin sofort hierhergegangen. Ich habe mir die Hände nicht gewaschen. Es müsste also noch was dran sein, wenn ich den angefasst hätte. Los, komm!«

Er stand auf, winkte der Kellnerin und warf das Geld auf den Tisch.

Florian schaute einen Moment lang nachdenklich auf die Oliven, erhob sich dann aber ebenfalls.

»Du kannst nicht beweisen, dass du dir nicht die Hände gewaschen hast!«, keuchte er, als er Leonard endlich eingeholt hatte.

Mit schnellen Schritten lief Leonard dem Polizeipräsidium entgegen. »Ich muss es probieren. Ich lasse mir doch von dem nicht unterjubeln, die Dienstvorschrift verletzt zu haben.«

»Das Video zeigt etwas anderes«, sagte Florian.

»Man sieht, wie ich aushole. Gut, das habe ich auch. Aber zehn Zentimeter vor seinem Gesicht habe ich abgestoppt.« Plötzlich blieb er abrupt stehen. »Wer hat den Fall jetzt?«.

»Ich«, erwiderte Florian lächelnd.

22.

Schon während Markus die Wohnungstür aufschloss, hörte er Janetts Stimme.

»Ich weiß nicht, was ich sagen soll. Katharina war meine beste Freundin ... so wie du es in den letzten Monaten warst.«

Er schlich an der angelehnten Wohnzimmertür vorbei und ging in die Küche. Ihm war jetzt nicht danach, mit Janett über Katharinas Schwangerschaft zu reden oder die Zwillingsgeschichte wieder und wieder durchzukauen. Das Klingeln des Telefons unterbrach das Gespräch der beiden Frauen. Markus hörte, wie Sarah abhob und sich mit »McDonnan bei Franke« meldete. Sekunden später legte sie wieder auf.

»Keiner dran«, hörte er Sarah sagen.

Markus stutzte. In den letzten Tagen hatte sich diese Art von Anrufen gehäuft, und inzwischen war er fest davon überzeugt, dass es sich bei dem Anrufer nur um einen ehemaligen Liebhaber von Katharina handeln konnte, der nichts von ihrem Verschwinden wusste.

Geistesabwesend nahm Markus einen Briefumschlag vom Küchentisch und schaute hinein. »Sarah McDonnan, amerikanische Staatsbürgerin, geboren am 30. November 1977, wohnhaft in Watsonville, California.«

Sarah musste während seiner Abwesenheit auf dem Konsulat gewesen sein, um einen neuen Pass zu beantragen.

Markus ließ sich auf den Stuhl fallen und drehte die Papiere in seinen Händen. Es war also so weit. Sarah würde wieder nach Amerika gehen! Sie würde ihn verlassen!

Leonard war gerade dabei, Ordnung auf seinem Schreibtisch zu schaffen, als sein Kollege Florian am Morgen das Büro betrat.

»Wir sind kurz davor, dass Kranitz redet!«, sagte er statt eines Grußes.

Leonard hob erstaunt den Kopf und sah, wie Florians Aktentasche schwungvoll über den Schreibtisch rutschte, an dessen Ende aber hinunterfiel und im Papierkorb landete. Normalerweise hätte Florian an dieser Stelle laut geflucht, heute aber holte er sie ohne Kommentar wieder heraus.

»Ach ja!«, murmelte Leonard scheinbar uninteressiert

»Durch einen simplen Trick.« Florian schickte seinem Satz ein Grinsen hinterher, um ihn zu betonen. »Ach, die Labortante hat angerufen. An deinen Händen war wirklich nichts.«

Nun, da er die uneingeschränkte Aufmerksamkeit seines Chefs hatte, redete er schnell weiter. »Ganz einfach, Leo! Den Tod von Frau Kleinschmidt ließ er sich partout nicht anhängen. Aber da ich in dieser Sache nicht lockerließ, meinte er, dass er mir etwas gibt, wenn ich ihn mit der alten Frau zufriedenlasse. Hoffen wir, dass er endlich ein Geständnis ablegen will.«

Leonard winkte ab und wandte sich wieder seinen Aktenbergen zu. Eine Hoffnung? Mehr hatte Florian nicht?

»Wir müssen davon ausgehen, dass Frau Franke sein letztes Opfer war«, fuhr Florian fort. »Er trug bei seiner Verhaftung ihr Portemonnaie bei sich, sie ist zwei Tage vorher verschwunden, und die Blutspuren an seiner Kleidung stammen eindeutig von ihr. Natürlich erzählt er von blutigen Taschentüchern, in die er gegriffen hat, als er die Handtasche durchsuchte und dass er sich danach die Hände an seiner Hose abgewischt hätte, aber ich kaufe ihm das nicht ab.«

»Nimmt man die Geschichte von Markus Franke dazu, könnte es allerdings wahr sein«, murmelte Leonard vor sich hin. »Vielleicht sagt Kranitz ja in diesem einen Punkt die Wahrheit.«

Florian sah ihn ungläubig an. »He! Was soll das jetzt? Du selbst hast ihn doch ausgequetscht und jedes Mal festgestellt, dass er lügt, wenn er nur das Maul aufmacht!«

»Wir haben ihm nichts von den Taschentüchern erzählt!«, entgegnete Leonard.

»Das ist auch vollkommen egal, er hat sie umgebracht, das Portemonnaie aus der Handtasche genommen und ist abgehauen!«, widersprach Florian und setzte sich hinter seinen Schreibtisch. »In diesem Punkt sagt Kranitz die Wahrheit!«, wiederholte er nach kurzer Überlegung Leonards Worte. »Und das glaubst du, Leo? Einem fünffachen Mörder? Dann sollte ich ihm vielleicht auch glauben, dass du ihm das Nasenbein gebrochen hast!«

Für einen Augenblick herrschte Schweigen.

Leonard trommelte eine Weile mit den Fingern auf der Schreibtischplatte herum und ließ den Blick scheinbar ziellos durch das Zimmer wandern.

»Was, wenn er mit Katharinas Verschwinden wirklich nichts zu tun hat? Vielleicht hat er einfach nur die Situation ausgenutzt, dass wir so erpicht darauf waren, sie zu finden«, sagte er plötzlich und sah zu Florian hinüber.

»Was sollte ihm das bringen?«

»Hafterleichterung. Er zeigt sich kooperativ und hofft, damit besser davonzukommen.«

Kopfschüttelnd hielt Florian dagegen. »Schwachsinn! Sie stand auf seiner Liste, und die Beweislage ist einfach erdrückend.«

Leonard nickte geistesabwesend. »Gut«, sagte er nach einer Weile, »dann ruf du jetzt Markus Franke an und sag es ihm!«

Florian starrte abwechselnd das Telefon und Leonard an. »Ich warte das Geständnis ab«, murmelte er kleinlaut.

Leonards Miene war alles andere als freundlich, als er von seinem Glas Bier aufsah. »Woher wissen Sie, dass ich hier bin?«, knurrte er, nahm aber dann doch die Zeitung vom Nebenstuhl und nickte Markus zu.

»Von Cameron. Sorry, ich weiß, ist nicht gerade üblich. Ich habe im Krankenhaus angerufen und nach ihrer Handynummer gefragt. Cameron hat mir allerdings nur gesagt, dass ich Sie in den nächsten zwei Stunden hier antreffen würde. Also hab ich mich ins Auto gesetzt und bin hergefahren.«

Leonard nickte wieder und winkte nach der Kellnerin.

»Ich weiß nicht mehr, was ich denken soll«, sagte Markus.

»Dann sind wir schon zwei«, murmelte Leonard, »aber ich muss dir sagen, dass der Fall mir seit gestern nicht mehr gehört.«

In diesem Moment kam die Kellnerin an den Tisch und stellte sich, ungeduldig mit dem Kugelschreiber klickend, neben Leonard.

Markus schaute suchend auf den Tisch und dann zu ihr auf. »Was ist?«

»Ihre Bestellung!«, antwortete sie schnippisch.

»Da brauche ich eine Karte!«

Verdattert zog sie die Brauen in die Höhe, überflog mit den Augen in Sekundenschnelle die Nebentische und verschwand wieder. Leonard hatte ihn einfach geduzt. Vielleicht lag es daran, dass er nicht im Dienst war, vielleicht hatte er aber auch nur Camerons Gepflogenheit übernommen. Markus beschloss, es ihm gleichzutun. »Du musst mir sagen, wie er die Frauen umgebracht hat! Ich muss es wissen – auf der Stelle!«

Leonard sah entsetzt zu ihm auf. »Warum glaubst du, dass Wissen etwas ändert?«

»Doch, es ändert etwas, wenn ich mich allem stelle, was Katharina passiert ist. Ich werde mich zwingen, es mir vor Augen zu führen, weil … Wenn ich alles weiß, kann mir meine Phantasie nichts mehr anhaben. Verstehst du? Ich muss es einfach wissen!«

Genau vor Markus knallte plötzlich die Speisekarte auf den Tisch. Er zuckte kurz zusammen, dann schob er sie zur Seite.

Er hörte, wie die Kellnerin nach Luft schnappte und wieder kehrtmachte. Markus wandte sich erneut Leonard zu. »Also, sag es mir!«

Leonard schien lange abzuwägen, bevor er mit einem vorsichtigen Blick auf Markus begann.

»Er hat sich Zeit genommen … er hat ihnen mit einem Messer …« Leonard verzog das Gesicht und starrte dann widerstrebend Markus an. »Nein, Markus. Bleib bei deiner Phantasie!«

Markus drängte nicht weiter, denn schon bei Leonards erstem Satz hatte er seine Frage bereut. Nichts wollte er wissen. Nicht, wo, nicht, wann oder wie! Leonard hatte recht, es war besser, niemals wieder darüber nachzudenken.

»Wieso hat man dir den Fall entzogen?«

»Weil ich ihm angeblich das Nasenbein gebrochen habe.«

Markus stellte sich einen Augenblick lang schadenfroh die Szenerie vor. »Und was ist mit Frau Kleinschmidt? Ist das noch dein Fall?«, fragte er dann.

Leonard sah ziemlich teilnahmslos aus. »In dieser Sache stehen die Kollegen erst am Anfang. Die Obduktion damals hat keine Spuren von Gewalt feststellen können. Ein Telefonat, das noch geführt wurde, könnte, laut Aussage der Rechtsmediziner, fast zeitgleich mit dem Todeszeitpunkt stattgefunden haben. Es war eine Taxinummer. Da sich aber der Todeszeitpunkt nicht auf die Minute festlegen lässt, könnte es ebenso gut sein, dass der Anrufer kurz vor dem Treppensturz der alten Dame gegangen ist. Der Taxifahrer sagt, dass niemand da stand, als er kam, dass er dann mindestens zehn Minuten gewartet hat und auch auf sein Klingeln niemand reagierte. Er ist wieder abgefahren. Ich glaube, dass der Anrufer Kranitz war. Die ganze Geschichte stinkt zum Himmel, aber es wird uns wohl nichts weiter übrigbleiben, als sie ihm abzukaufen.« Leonard trank einen Schluck und stöhnte dann laut auf. »Es sei denn, es geschieht ein Wunder.«

»Und was für ein Wunder sollte das sein?«, fragte Markus.

Leonard ließ eine lange Pause, bevor er antwortete. »Katharina meldet sich«, sagte er schließlich.

Markus riss erschrocken die Augen auf. »Wie meinst du das?«

»Ich habe mittlerweile das Gefühl, dass sie ihm entkommen ist.« Er schob plötzlich auf dem Tisch alles von sich, so als wolle er Platz für seine Gedanken schaffen. »Nehmen wir mal an, Katharina kam lebend davon. Warum sie nicht zum Unfallort zurückgekehrt ist, kann man durchaus verstehen. Warum sie nicht zu dir zurückging, musst du mir sagen. Könnte es also nicht durchaus auch sein, dass sie zu Margarethe Kleinschmidt fuhr?« Markus nickte zögerlich, aber da er seine Frage nicht eindeutig beantwortete, sprach Leonard weiter. »Du sagtest, du wüsstest nichts von dem Kontakt zu ihrer alten Erzieherin. Kranitz vielleicht schon! Er hat alle seine Opfer über Jahre beobachtet. Kranitz taucht also bei Frau Kleinschmidt auf. Er zwingt die alte Frau dazu, ihm zu verraten, wo Katharina ist; sie hat Angst, weicht zurück und stürzt die Treppe hinunter. Und Katharina … lebt, weil wir einen Tag darauf Kranitz schnappen. Oder aber Frau Kleinschmidt war damals Zeugin bei dem Vorfall im Duschraum und fällt so in seinen Racheplan. Sie stand zwar nicht auf Kranitz' Liste, aber …«

Markus unterbrach ihn verstört. »Was für einen Vorfall im Duschraum?«

Leonard biss sich auf die Lippen. Er hatte im Eifer des Gefechts vollkommen außer Acht gelassen, wer vor ihm saß. Gerade erst einem Verfahren wegen unerlaubter Verhörmethoden entgangen, plauderte er nun munter über interne Informationen. »Vergiss einfach alles, was ich gesagt habe. Ich bin nicht im Dienst, und getrunken habe ich auch.« Demonstrativ leerte er das Glas in einem Zug.

»Da ist noch etwas«, begann Markus nach einem Moment des Schweigens. »Katharina war schwanger.«

Leonard schien wieder über seine Theorie nachzudenken, denn er reagierte nicht, sondern starrte geistesabwesend auf die Tischplatte vor sich. »Das tut mir leid«, sagte er.

Im nächsten Augenblick klingelte sein Handy. Er klappte es auf und meldete sich leise und in einem abweisenden Tonfall.

Markus konnte nicht verstehen, was am anderen Ende gesagt wurde, aber an Leonards Miene war eindeutig abzulesen, dass ihn eine Nachricht außerordentlich überraschte.

»Ist gut, gib mir eine halbe Stunde«, schloss er das Telefonat und steckte dann nachdenklich das Handy zurück in seine Jackentasche. Er blickte zu Markus auf. »Kranitz hat eben gestanden.«

Leise schloss Markus die Wohnungstür hinter sich und blieb mitten im Flur stehen. Er hörte, wie Sarah summend in der Küche hantierte und dabei hin und her lief. Plötzlich war es still. Sie musste ihn gehört haben und wartete darauf, dass er sie begrüßte. Er aber suchte noch immer nach einem geeigneten Anfang. In diesem Moment steckte Sarah den Kopf aus der Küche. »Da bist du ja! Ich habe Tee gemacht. Trinkst du einen mit?«

Ihre Unbekümmertheit tut so gut, dachte Markus und versuchte zugleich, die Gedanken an das bevorstehende Gespräch in die hinterste Ecke seines Kopfes zu schieben. Aber es war unmöglich. Katharinas Tod war jetzt eine Tatsache, der sie sich stellen mussten. Sarah war gerade dabei, den Tee in die Tassen zu gießen, als er die Küche betrat.

»Leonard sagte, wir sollen uns damit abfinden, dass Katharina tot ist«, platzte Markus heraus.

Einen Moment lang sah sie ihn an, dann zog sie ihn wortlos an den Tisch und setzte sich ihm gegenüber.

»Kannst du dich damit abfinden?«, fragte Sarah nach einer Weile.

Markus überlegte keine Sekunde. »Nein.«

Seine Stimme hatte hart geklungen, und er sah, wie sie schluckte. Er fasste nach ihrer Hand, zog sie näher zu sich heran und betrachtete sie lange. »Ich könnte mich von Katharina trennen, jetzt auf der Stelle, und es hätte den einen Grund, dass ich dich kennengelernt habe.« Markus suchte ihren Blick. »Aber sich damit abfinden, dass sie sterben musste? Es fühlt sich wie Verrat an. Ich habe dich gegen sie ausgetauscht!«

»Du gibst dir die Schuld? Nein, Markus, so darfst du einfach nicht denken!«

»Doch. Ich denke so. Vielleicht habe ich bei Katharina alles falsch gemacht!«

Sarah schwieg einen Moment. »Siehst du das wirklich so?«, fragte sie vorsichtig.

Markus antwortete nicht sofort. »Nein, aber das Schicksal scheint es so gewollt zu haben. Wäre Katharina nicht verschwunden, würde ich nicht dich lieben. Ich hätte dich nicht kennengelernt und mich nicht verliebt. Wir säßen jetzt überhaupt nicht hier! Verstehst du?«

Er sah sie erschrocken an. Es war nicht nur das erste Mal, dass er sich dieses Gefühl wahrhaft eingestand, es war auch das erste Mal, dass er es Sarah sagte. Aufmerksam beobachtete er ihr Gesicht. Früher, als sie noch Katharina war und er ihr immer wieder gesagt hatte, wie sehr er sie liebte, war darauf nie eine Reaktion gekommen. Jetzt aber war allein der Ausdruck ihrer Augen Antwort genug. »Wie geht es dir bei dem Ganzen?«

Es sah nicht so aus, als würde sie nach einer Antwort suchen, vielmehr, als hätte auch sie nur darauf gewartet, endlich darüber reden zu können. »So genau weiß ich das nicht.«

Sarah nippte an ihrem Tee und beobachtete ihn über den Tassenrand hinweg. »Könnte es sein, dass Katharina dich an jenem Abend verlassen wollte?«

»Wie kommst du darauf?«

»Es ist verrückt, ich kannte sie nicht, und ich kannte dich nicht, aber die wenigen Stunden, die ich mit ihr verbrachte, lassen diesen Schluss zu. Ich habe viele Menschen beobachtet, die meinten, den anderen zu lieben, aber oft stellte sich heraus, dass es nicht so war. Es fehlte mir immer irgendetwas in ihren Augen, wenn sie vom jeweils anderen sprachen. Sie konnten ihn dabei ›Schatz‹ und ›Darling‹ nennen, aber wenn man es nicht fühlt, sind es nur Worte! Und bei Katharina … Sie hat nicht viel über dich erzählt, zwei, drei Mal fiel dein Name, ansonsten ging es eigentlich nur um sie. Wenn ich ehrlich bin, klang es nicht so, als ob ihr sonderlich glücklich miteinander ward.«

Markus lehnte sich zurück, ohne ein Wort zu sagen.

»Hast du sie wirklich geliebt?«, fragte Sarah.

Er zögerte. »Ich hatte die Angewohnheit, meine Vorstellung von der perfekten Frau auf jede, die mir begegnete, zu projizieren. Ich wollte sie so sehen, wie ich sie mir vorstellte. Katharina passte eigentlich nicht in diese Schablone, aber ich hoffte, dass es sich irgendwie fügen würde.« Markus starrte auf einen imaginären Punkt an der Wand. »Ja. Irgendwann einmal habe ich sie geliebt. Aber zuletzt? Es gab zu viele Geheimnisse zwischen uns, von beiden Seiten. Und in letzter Zeit zu viel Misstrauen. So etwas macht Liebe unmöglich.« Plötzlich hielt er inne. »Cameron sagte mir, dass Menschen im Koma alles, was um sie herum passiert, mitbekommen. Man soll mit ihnen sprechen, weil sie angeblich alles verstehen? Ist das so?«

Sarah sah ihn verwundert an und zuckte dann mit den Schultern.

»Als du im Koma lagst, habe ich mit dir viel über meine Ehe gesprochen. Ich habe da Sachen gesagt, über die ich niemals mit Katharina hätte reden können.« Er sah sie neugierig an. »Könnte es sein, dass du irgendetwas mitbekommen hast?«

Sarah schien ernsthaft darüber nachzudenken, aber Markus hatte plötzlich das Interesse an der Antwort verloren.

»Ich weiß nicht, ob sie mich verlassen wollte. Vielleicht wollte sie an jenem Abend auch darüber mit mir reden.« Markus sah wieder an den Punkt an der Wand. »Oder aber … über unser Kind.«

Sarah bemerkte, wie er plötzlich einen gehetzten Ausdruck bekam.

»Bitte, Sarah, du musst mir jetzt eine Frage beantworten. Kann ein Kind, ich meine ein ungeborenes Kind … kann es Schmerz empfinden? Kann dieses Kind miterlebt haben, wie seine Mutter …?«

Sarah zuckte mit den Schultern. »Ich habe einmal etwas darüber gelesen. Es ist zwar nur eine Theorie, aber vielleicht hilft es dir. Sicher haben Föten ab einer bestimmten Entwicklungsstufe ein Bewusstsein, aber das haben auch Tiere. Ein Selbstbewusstsein im Sinne von Absichten und Wünschen hat ein Fötus aber wohl nicht.«

Markus nickte angespannt. Dann wischte er sich mit einer heftigen Handbewegung über das Gesicht. »Das ist ohnehin alles Vergangenheit.«

23.

Es war der 30. November. Sarahs dreiunddreißigster Geburtstag. Lange hatten Markus und sie darüber beraten, wie sie diesen Tag verbringen sollten. Letztendlich war es dann Sarahs Idee, Markus' Freunde und Eltern zu einem großen Truthahnessen einzuladen.

Thanksgiving war zwar schon zwei Tage vorbei, aber es sollte ihr Dankeschön an die Freunde sein. Tagelang war sie nach den passenden Zutaten für den Truthahn herumgelaufen und dafür sogar bis Hannover gefahren. Einzig was die Süßkartoffeln anging, war sie letztendlich einen Kompromiss eingegangen. Normale Kartoffeln würden es auch tun.

Als sie nun in der Küche stand, die Hand samt der Füllung im eiskalten Truthahn vergraben, stand Markus plötzlich neben ihr und musterte belustigt das Chaos um sie herum. »Der wievielte Truthahn in deinem Leben ist das?«

»Eigentlich der erste. Aber ich weiß genau, wie man's macht. Ich habe mindestens fünfzig Mal meiner Mutter dabei zugesehen!«

Markus runzelte die Stirn. »So, so! Wie oft im Jahr feiert man dieses Thanksgiving?«

Sarah überlegte kurz und gab ihm dann lachend mit der freien Hand einen Schubs in Richtung Küchentür.

Keine drei Minuten später sah er ihr schon wieder über die Schulter. »Wie lange brauchst du noch?«

»Fünf Stunden. Wieso? Für wann hast du denn eingeladen?«

»Gegen sieben, aber wie ich Janett kenne, steht sie doch schon um sechs im Türrahmen und fragt, ob sie noch was helfen kann.«

Sarah stopfte eilig den Rest der Füllung in das Innere des Truthahns, legte ihn vorsichtig auf das vorbereitete Backblech und schob es in den Ofen.

»Meinst du, wir schaffen es, Katharina aus all dem hier herauszuhalten?«, fragte Sarah.

Markus runzelte die Stirn. »Ich befürchte, es ist wirklich unmöglich. Und unter uns: Ich weiß nicht, ob es nicht doch besser gewesen wäre, Katharina auf irgendeine Weise zu verabschieden. Dann hätte alles einen Abschluss gefunden.«

In den nächsten Stunden hockte Sarah immer wieder vor dem Backofen und beobachtete argwöhnisch den Truthahn. Alles sollte perfekt sein, aber als es tatsächlich kurz nach sechs an der Tür klingelte, war nichts perfekt. Die Preiselbeeren befanden sich noch immer im Glas, der verflixte Vogel war zwar noch nicht in sich zusammengefallen, dafür aber blass wie ein Suppenhuhn und wahrscheinlich genauso zäh. Janett und ihr Mann Rainer kamen ihr nun gerade recht. Ohne »Hallo« zu sagen, drückte Sarah Janett die beiden Preiselbeergläser in die Hand. »Kannst du die aufmachen und in den Topf da schütten? Am besten rührst du die ganze Zeit!«

Janett folgte lächelnd den Ansagen, und als wenig später Markus' Eltern vor der Tür standen, war das Essen fast fertig.

Eine halbe Stunde später waren auch Leonard und Cameron eingetroffen. Leonard beschwor Markus schon beim Eintreten, ihn als Freund und nicht als Polizist zu sehen und keinesfalls auf seine Arbeit anzusprechen. Und Cameron flog Markus einfach um den Hals. Die verwunderten Blicke seinen Eltern ignorierend, küsste sie ihn stürmisch und ließ sich von ihm einmal im Kreis herumwirbeln. Als Markus sie wieder auf die Füße setzte, schaute sie lachend in die Runde und zuckte mit den Schultern. Markus' verlegenen Blick deutete Sarah so, dass er sich in Anwesenheit seiner Eltern höchstwahrscheinlich noch nie von dieser Seite gezeigt hatte.

Kaum hatten alle am Tisch Platz genommen, erhob sich Markus von seinem Stuhl und sah bedrückt in die Runde. Am Tisch wurde es augenblicklich still.

»Katharina wünschte sich nichts so sehr wie eine Familie. Ich … wir haben versucht, das für sie zu sein. Ob es uns gelungen ist? Katharina würde jetzt sicher lächeln, in die Runde sehen und sagen: ›Ihr seid alles, was ich habe, ihr seid meine Familie!‹ Aber es wäre gelogen. Und es wäre auch gelogen, wenn ich jetzt sagen würde, ich habe alles, was in meiner Macht stand, getan, dass sie sich nicht allein fühlte. Sie war allein. Ich war ihr keine Familie. Ich habe ihr meinen Namen gegeben und finanzielle Sicherheit, aber nicht die Geborgenheit und Wärme, nach der sie sich gesehnt hat. Ich weiß nicht einmal, ob wir uns wirklich geliebt haben. Ich weiß nicht, ob sie glücklich war.« Markus sah für einen Moment hilfesuchend zu Sarah. »Es ist ein schwacher Trost, zu wissen, dass sie kurz vor ihrem Tod ihre Schwester … Sarah kennenlernen durfte. Vielleicht hatte sie für diese wenigen Stunden das Gefühl, nicht allein auf dieser Welt zu sein.« Mit einer fahrigen Handbewegung wischte er sich über das Gesicht. »Verzeih mir, Katharina!«

Markus verließ mit schnellen Schritten den Raum. Sarah wollte ihm folgen, aber Markus' Mutter hielt sie zurück. »Lass es ihn allein beenden. Es ist besser so«, flüsterte sie ihr zu.

Sarah sah ihr einen Moment lang fast flehentlich in die Augen.

Schweigend begannen sie mit dem Essen, und irgendwann wich die Bedrückung einer wohltuenden Ruhe. Markus war inzwischen an den Tisch zurückgekehrt. Immer wieder schickte er Sarah ein liebevolles Lächeln. Mittendrin stand er auf und hob sein Glas. »Lasst uns auf Katharina anstoßen … und auf Sarah! Es ist ihr Geburtstag.«

Sarah erhob sich als Erste und streckte ihr Glas in die Mitte des Tisches. »Danke für alles! Es war eine aufregende Zeit, wollte ich eben sagen …« Sie lachte, während ihr die Tränen über die Wangen liefen. »Wenn ich euch nicht gehabt hätte!«

Die anderen erhoben sich nun ebenfalls, und für einen kurzen Augenblick war es fast feierlich, als die Gläser zusammenstießen. Sarah schniefte. »Sorry!«, entschuldigte sie sich und wischte sich mit der Serviette über das Gesicht. »Nun lasst diesen Puter nicht kalt werden! Er hat mich nämlich sechs Stunden Arbeit gekostet.«

Janett sah zu Sarah, die soeben nach der leeren Schüssel für das Preiselbeergelee griff. »Ist Thanksgiving das Gleiche wie bei uns Erntedank?«

»Kann ich die Frage an Cameron weitergeben?« Sarah nickte Cameron zu und nahm die Schüssel, um sie aufzufüllen. Insgeheim hoffte sie, Markus für eine Minute allein sprechen zu können. Unauffällig gab sie ihm ein Zeichen.

»Eigentlich ja«, sagte Cameron indes, »nur dass man ihn am vierten Donnerstag im November feiert. Dieser Tag spielt eine besondere Rolle in Amerika, weil man ihn bis in die Zeit der Pilgerväter zurückverfolgt. Ich glaube so um 1540 rum. Nach dem ersten harten Winter in der Neuen Welt, in dem etwa die Hälfte von ihnen starb, wandten sie sich hilfesuchend an die benachbarten Indianerstämme. Die zeigten ihnen, wie man Mais und andere einheimische Pflanzen anbaute. Die gute Ernte des nächsten Herbstes veranlasste die Pilgrims, ein Erntedankfest zu feiern. Und das wurde dann zu einer amerikanischen Tradition.«

»Und da sag noch einer, die Amis ernähren sich nur von Fastfood!«, murmelte Markus' Vater vor sich hin. »Ich habe noch nie so was Leckeres gegessen.«

Markus hatte sich unbemerkt vom Tisch geschlichen. Eng umschlungen standen er und Sarah in der Küche und flüsterten. »Alles in Ordnung mit dir?«, fragte Sarah.

Markus nickte, strich ihr eine Haarsträhne aus dem Gesicht

und sah ihr in die Augen. »Ja. Ich habe Katharina verabschiedet. Es geht mir gut.«

Einen Moment noch sahen sie einander an, dann kehrten sie zu den anderen zurück.

»He, Sarah!«, meldete sich wieder Janett, als beide das Zimmer betraten, »Ich hoffe, du bist Weihnachten noch da. Dann kannst du mal echte schwäbische Hausmannskost probieren. Ich habe nämlich von meiner Mutter das Megarezept für …«

»Ich fliege morgen zurück«, sagte Sarah, während sie das Gelee auf dem Tisch abstellte. »Ich wollte es euch eigentlich später mitteilen.«

Augenblicklich herrschte Stille. Sarah kam sich vor, als hätte sie eben verkündet, die Welt ginge jeden Moment unter. Hilfesuchend sah sie zu Markus.

»Ja«, sagte er ruhig. »Heute ist nicht nur Sarahs Geburtstag, es ist auch ihre Abschiedsfeier!«

Keiner der Anwesenden sagte ein Wort.

»Nun guckt nicht so! Was dachtet ihr denn?«, versuchte Markus, die gedrückte Stimmung aufzulockern. »Dass Sarah für immer bleibt? Sie ist in Amerika aufgewachsen – es ist ihre Heimat.«

»Und was ist mit dir?«, fragte Cameron erwartungsvoll.

»Ich werde in ein paar Wochen oder Monaten nachfliegen. So genau weiß ich das jetzt noch nicht.«

Rainer sah ihn eine Weile an und schüttelte dann irritiert den Kopf.

»Nachfliegen, um sie zu besuchen?«

Markus bemerkte, dass Sarah ihn aufmerksam beobachtete.

Bis jetzt hatten es sowohl Sarah als auch er vermieden, ihre Gefühle öffentlich zur Schau zu stellen. Keiner der Anwesenden wusste also, was sie wirklich füreinander empfanden.

»Bedeutet das jetzt … Verstehe ich das richtig, dass ihr zwei jetzt …«, stotterte Rainer.

»Was meinst du?«, unterbrach ihn Markus in leicht gereiztem Ton.

»Dass ich mich vielleicht in Sarah verliebt haben könnte! Dass man so was nicht macht, wo die eigene Frau verschwunden ist! Oder was?«

Rainer war es geradezu ins Gesicht geschrieben, wie unwohl er sich plötzlich fühlte. »Entschuldige, Markus, vielleicht geht es mich nichts an, ... aber ich finde es irgendwie ... unangebracht!«

Janett hielt ihren Mann am Arm fest, bevor er den Tisch verlassen konnte, und zischte ihm zu. »Spiel hier nicht den Moralapostel, oder ich erzähle vor versammelter Mannschaft mal, was wirklich unangebracht ist.«

Rainer warf seiner Frau einen bösen Blick zu.

Verunsichert sah Sarah wieder zu Markus, dem die Anspannung ins Gesicht geschrieben stand, aber nur sie ahnte, dass Markus nun nichts mehr hielt. Entschlossen erhob er sich. »Mir ist klar, dass euch mein Verhalten merkwürdig vorkommen muss. Aber ich bitte euch, einmal anders darüber nachzudenken. Katharina ist höchstwahrscheinlich tot. Mir blieb Sarah, und ich verliebte mich neu ... in eine Frau, die ich für meine hielt! Keiner von uns konnte ahnen, dass sie nicht Katharina ist. Aber hört Liebe auf, wenn sich der Name ändert?« Herausfordernd sah er von einem zum anderen. »Es ist mein Leben, versteht ihr? Ich habe Katharina verloren. Verlangt jetzt nicht von mir, auch noch Sarah zu verlieren!«

Für einen kurzen Moment hielt die plötzlich eingetretene Stille an, dann begann Markus' Mutter unruhig auf dem Tisch hin und her zu schauen. »Ich hole mal Nachschub. Der Wein ist wirklich ausgezeichnet.« Sie griff nach der leeren Flasche, lächelte verlegen und verschwand aus dem Zimmer. Markus folgte ihr.

»Warum hast du mir nicht gesagt, dass Sarah morgen schon fliegt?«, flüsterte sie, während sie ihn in die Küche zog.

»Mutter!«, begann er ruhig und ergriff ihre Hand. »Manchmal entscheidet man eben so, weil man meint, es ist besser …«

»Ja, aber wir hätten doch …«, unterbrach sie ihn, schon mit Tränen kämpfend. »Hättest du sie nicht halten können?«

Markus atmete tief ein. »Nein, das hätte ich nicht. Sarah gehört nicht hierher, und ich werde sie nicht festhalten, wenn sie gehen will.«

»Aber du liebst sie doch!«

»Und genau deswegen lasse ich sie gehen.«

Sie nahm sein Gesicht zwischen beide Hände und sah ihn eindringlich an. »Dann gehe mit ihr«, sagte sie entschlossen, so als müsste sie jetzt selbst diese Entscheidung treffen.

Langsam schüttelte Markus den Kopf. »So einfach ist das nicht.«

»Doch. So einfach ist das. Wir entscheiden nicht, wen wir lieben, Markus, wir tun es einfach. Also hör endlich auf, dich dagegen zu wehren.«

24.

»Hast du das gesehen?«

»Was?«

»Die hatten da Rentiere im Garten!«

»Ja.«

»Rentiere!«

»Ja, ist eine Weihnachtsdeko!«

Mehr noch als über die fast lebensgroßen Figuren war Markus erstaunt darüber, dass Sarah es vollkommen normal fand, dass man sich eine Herde Rentiere in den Vorgarten stellte. »Sarah! Wir haben den 1. Dezember!«

»Ja, aber manche sind hier so verrückt. Wenn du in drei Wochen hier langfährst, sieht es überall so aus. Das reinste Lichtermeer! Als Kind habe ich es geliebt!«

Markus drehte sich wieder in Fahrtrichtung und schüttelte belustigt den Kopf.

»Zwanzig Grad und Rentiere im Garten! Ich halt's nicht aus! Dass die Amis ein bisschen verrückt sind, wusste ich, aber so verrückt?«

Die letzten Häuser lagen schon mehrere hundert Meter hinter ihnen, und die eben noch glatte Asphaltstraße war zu einem gepflasterten Weg geworden, der geradewegs zu einem großen Haus führte.

»Wir sind da!«, sagte Sarah und lächelte ihn an.

Plötzlich hing sie fast auf dem Lenkrad und hielt den Kopf weit nach vorn gestreckt. »Was hat das denn zu bedeuten?«

Knapp fünfzig Meter vor dem Haus war ein weißes Schild am Wegrand aufgestellt worden, auf dem mit großen roten Buchstaben »For Sale« stand. Sie sprang aus dem Auto, riss es aus dem Boden und warf es kopfschüttelnd in die Büsche.

»Das wird er mir erklären müssen, dieser Mr. Cohn! Auf die Antwort bin ich gespannt.«

»Wer ist Mr. Cohn?«

»Keine Ahnung, aber sein Name stand auf dem Schild.«

In manchen Häusern fühlt man sich sofort wohl. Obwohl es beinahe palastähnliche Dimensionen hatte, ging es Markus in Sarahs Haus so. Es war es ausnehmend gemütlich und mit sehr viel Geschmack eingerichtet worden. Schon beim Eintreten in die hallenartige Diele, von der beidseitig frei schwebenden Treppen ins Obergeschoss führten, war ihm aufgefallen, dass das Haus durch die Farben eine besondere Atmosphäre erhielt.

Der Schein der untergehenden Sonne, der durch die großen Fenster über der Eingangstür fiel, tauchte die sandfarbenen Wände und den rötlichen Terrakottafußboden in ein warmes Licht, und obwohl er keinerlei Ahnung von Kunst hatte, meinte Markus doch, Bilder berühmter Maler an den Wänden zu erkennen.

Es war wunderschön hier: das Meer, der Garten, das Haus. Markus stellte sich vor, wie Sarah als kleines Mädchen mit ihren Freundinnen lachend die Treppen hinuntergelaufen und in den Pool auf der Terrasse gesprungen war.

Sie musste hier einfach eine wunderbare Kindheit erlebt haben!

»Markus?«, schallte es plötzlich durch das Haus. »Kommst du?«

»Wo bist du denn?«

»In der Küche. Gehe einfach geradeaus durch und dann nach rechts.«

Er folgte dem Geräusch klappernden Geschirrs, ging durch die geöffnete Schiebetür und betrat das Wohnzimmer. Der breite Gang zur rechten Seite schien direkt zur Küche zu führen, denn er konnte Sarah leise summen hören. Er lehnte sich gegen eine Säule und sah ihr zu, wie sie Kaffee zubereitete. Wieder einmal fiel ihm auf, wie sehr sie sich von Katharina unterschied: Ihre Bewegungen waren weiblicher, ihr Lächeln war wärmer, und jede ihrer Berührungen enthielt eine Zärtlichkeit, die Markus bisher nicht gekannt hatte. Er hatte längst aufgehört, sich gegen die Liebe zu dieser Frau zu wehren. Und jetzt, da er sie in ihrem Zuhause sah, erschien sie ihm noch schöner.

Sarah warf ihm einen aufmunternden Blick zu. »Schau dich ruhig um! Und wenn du das Bad suchst, die Treppe hoch und geradeaus den Flur entlang.«

Markus reagierte nicht, sondern stand weiterhin regungslos da, den Blick nicht von Sarah lassend.

»Markus, träumst du?«

»Ja.«

Er ging zu ihr, strich sanft die Haare aus ihrem Nacken und küsste sie auf den Hals. »Ich könnte dich stundenlang anschauen!«

Sarah drehte sich um und schlang die Arme um ihn. »Dazu hast du noch den ganzen Abend Zeit! Wenn du mir jetzt einen Gefallen tun willst, mach den Kamin im Wohnzimmer an. Ich muss diesen wahnsinnigen Makler anrufen.«

»Es sind fast zwanzig Grad draußen!«

»Ich weiß, aber ich liebe es, wenn es dunkel wird, vor dem Kamin zu sitzen und ins Feuer zu schauen.«

Markus salutierte lachend. »Dein Wunsch ist mir Befehl!« Schneidig machte er auf dem Absatz kehrt, stolperte gespielt über seine eigenen Füße und marschierte dann lachend um die Ecke. Merkwürdig, dachte er, ich komme mir nicht albern vor, wenn ich Grimassen schneide oder vor einer Flughafenangestellten auf die Knie falle. Solange er Sarah damit zum Lachen brachte, machte es ihm ungeheuren Spaß, das Erwachsensein zwischendurch einmal abzulegen. Kein Zweifel, Sarah hatte ihm neue Lebensfreude geschenkt.

Erneut beeindruckt von der Größe des Wohnzimmers, hielt Markus inne. Die überdimensionale weiße Couch mitten im Raum, die tropisch anmutenden Pflanzen vor der riesigen Fensterfront und selbst der für deutsche Verhältnisse viel zu große Marmorkamin wirkten überaus gemütlich. Die Wände waren voll von gerahmten Familienfotos, und auf jedem war Sarah zu sehen.

»Ich war der Stolz meiner Eltern. Ihr Ein und Alles sozusagen!« Sarah war hinter Markus getreten und hielt ihm nun eine der Tassen hin, aus denen es wunderbar nach heißem Kaffee duftete.

»Ja, das sieht man. In dieser Umgebung und bei diesen Menschen aufzuwachsen muss einfach wundervoll gewesen sein.«

Sarahs Blick wirkte ein wenig befremdlich, als sie antwortete.

»Diese Menschen sind meine Eltern! Ich habe sie nie anders gesehen. Auch nachdem ich an meinem dreizehnten Geburtstag erfahren habe, dass sie mich nur adoptiert hatten, änderte sich mein Gefühl für sie nicht. Es waren Mom und Dad, und ich liebte sie wahnsinnig!« Zärtlich strich Sarah mit den Fingerspitzen über das Abbild ihrer Eltern. »Es ist so unwirklich, dass sie nicht mehr da sind!«

Sie schwiegen einen Moment, dann ging Sarah in die Küche zurück. Während Markus weiter die Bilder betrachtete, hörte er sie telefonieren. Kurze Zeit später stand sie wieder neben ihm.

»Was hat der Makler gesagt?«

»Er war nicht zu erreichen. Nur irgendeine Angestellte, die von nichts eine Ahnung hatte. Ich probiere es später noch mal.«

Sie drehte sich um und stellte fest, dass im Kamin noch immer kein Feuer brannte. »He, was ist mit ›Dein Wunsch ist mir Befehl‹?«

Markus zog den Kopf ein und setzte den Dackelblick auf. »Können Sie mir noch einmal verzeihen, gnädige Frau. Ihr Palast hat mich in seinen Bann gezogen! Aber ich werde es sofort zu ihrer vollsten Zufriedenheit erledigen!«

Geradewegs begab er sich zum Kamin. Er stapelte Holzscheite übereinander und suchte dann nach einem Anzünder. Hilflos drehte er sich zu Sarah um.

»Der Knopf an der rechten Seite. Das Feuer geht automatisch an.«

Markus betätigte den Knopf, und unter dem Holz loderten sofort kleine Flammen. Binnen kurzer Zeit brannten die Scheite lichterloh.

Markus blieb auf dem Teppich vor dem Kamin sitzen. Sarah kam zu ihm. Lange saßen sie nebeneinander, sahen in das Feuer und schwiegen.

»Lass uns schlafen gehen, es ist zwar erst acht, aber ich bin todmüde.« Sarah machte Anstalten aufzustehen, doch Markus hielt sie an der Hand fest, ließ sich auf den Rücken fallen und zog sie zu sich. »Einen Moment noch, ja?«

Sie bettete ihren Kopf auf seine Brust und schloss die Augen.

»Ich kann dein Herz hören.«

»Und was sagt es?«

Leise trommelten ihre Fingerspitzen auf seinem Brustkorb. »Es schlägt im Gleichklang mit meinem!«

Markus nickte. »Erinnerst du dich, als du aus dem Krankenhaus kamst und ich dir sagte, du gehörst zu mir?«

»Ja, aber da war ich noch Katharina.«

Markus setzte sich auf. »Nein. Du warst der Mensch, den ich liebte.«

»Aber du wusstest nicht, wer ich bin.«

»Doch, ich meinte es zu wissen.«

»Deine Erinnerung galt Katharina, nicht mir!«

Fast unmerklich schüttelte er den Kopf. »Ist Liebe nicht immer ein Gefühl des Augenblicks?«

Sarah dachte einen Moment nach und nickte dann. Markus zog sie wieder zu sich hinunter und flüsterte ihr ins Ohr. »Dann ist es eigentlich gleichgültig, wer du damals warst.«

Seit einer halben Stunde stand Markus schon unter der Dusche. Nun zwang er sich, das Wasser endlich abzudrehen, trat auf die weiche Badematte und angelte sich eines der großen Frottiertücher vom Regal. Er schlang es sich um die Hüfte und trat vor den Spiegel. Sein Blick fiel auf die kleine Glasflasche, die auf dem Regal über dem Waschbecken stand. Er nahm sie und sah ungläubig auf den Schriftzug. Dann fiel ihm das Fläschchen plötzlich aus der Hand und zerbrach klirrend auf den Fliesen.

»Markus?«, hörte er Sarah rufen.

Er war unfähig, sich zu rühren, sondern starrte verstört auf die Scherben zu seinen Füßen. Sarah steckte den Kopf durch die Tür, entdeckte die zerbrochene Flasche und winkte ab. »Halb so schlimm! Lass es liegen! Ich kehre es gleich auf.«

Langsam hob Markus den Kopf und flüsterte fast tonlos: »Katharina war hier!«

Sarah erstarrte für einen Moment. »Mein Gott, wie kommst du auf solche …?«

»Es ist Katharinas Make-up!«, presste Markus hervor.

Sarah warf einen erneuten Blick auf die Scherben, dann schüttelte sie den Kopf, verschwand für einige Sekunden und kam mit einer Kehrschaufel und einem Handbesen zurück. Noch bevor sie etwas tun konnte, war Markus schon auf die Knie gesunken und versuchte fieberhaft, die Scherben mit den Händen zusammenzuschieben. Er schien nicht zu spüren, wie die scharfkantigen Bruchstücke seine Handflächen zerschnitten.

»Nicht!« Sarah ließ die Kehrschaufel fallen, ergriff seine Hände und hielt sie unter den laufenden Wasserhahn. Anschließend holte sie zwei Gästehandtücher aus dem Schrank und umwickelte sie damit vorsichtig. Er ließ sich ins Schlafzimmer ziehen, nahm auf der Bettkante Platz und betrachtete verstört die blutdurchtränkten Handtücher. Sarah hockte hinter ihm auf dem Bett und hielt ihn mit den Armen umschlungen. Als sie ihren Kopf auf seine nackte Schulter legte, spürte er, wie ihre Tränen langsam seine Haut benetzten.

25.

Das Klappern von Absätzen auf den Bodenfliesen der Diele ließ Sarah aufschrecken. Die Digitalanzeige der Nachttischuhr zeigte neun Uhr morgens.

Sie schlüpfte in den Morgenmantel ihres Vaters, den sie seit seinem Tod immer wieder trug, öffnete leise die Schlafzimmertür und lauschte. Von unten war eine Frauenstimme zu hören. Da es von ihrem Standpunkt aus unmöglich war, die Lobby zu überblicken, schlich sie barfüßig bis zum Galeriegeländer und lehnte sich vor. Die Frauenstimme drang nun aus der Küche, einzelne Worte konnte Sarah jedoch nicht verstehen. Da es um diese Uhrzeit höchst unwahrscheinlich war, dass es sich um Einbrecher handelte, beschloss sie, Markus schlafen zu lassen und der Sache allein auf den Grund zu gehen.

Sie war auf der Hälfte der Treppe angelangt, als die Eingangstür geöffnet wurde und ein älteres Paar eintrat.

Abrupt blieb Sarah stehen und schaute verdutzt auf die Leute, die geradewegs in Richtung Küche liefen. Was zum Teufel war hier los? Als sie Sekunden später die Küche betrat, sah sie, wie ein Mann kopfschüttelnd ihren Kühlschrank schloss und sich den anderen Personen, die in kleinen Gruppen um den Tresen herum standen, zuwandte.

»Darf ich fragen, was Sie hier machen?«, fragte Sarah empört und erstaunt zugleich.

Eine junge Frau mit einer Mappe unter dem Arm riss den Kopf herum und schaute sie an. »Großer Gott, wer sind Sie?«

Sarah, die plötzlich begriff, was das alles zu bedeuten hatte, verschränkte demonstrativ die Arme vor der Brust.

»Ich bin die Eigentümerin des Hauses. Und wer sind Sie, wenn ich fragen darf?«

Die junge Frau errötete vor Verlegenheit und begann hektisch in ihren Unterlagen zu blättern.

»Sind Sie Sarah McDonnan?«, fragte sie vorsichtig.

»Richtig!«

Beflissen ging sie mit ausgestreckter Hand auf Sarah zu. »Mein Name ist Shirley Hatson. Ich bin vom Büro ›Cohn & son‹. Es überrascht mich, dass Sie hier sind. Sie sagten am Telefon doch, Sie seien längere Zeit in Europa. Deutschland, wenn ich mich nicht irre?«

Sarah erbleichte. Sie hatte mit ihrer Annahme recht gehabt, dass sich ein Makler des Hauses bemächtigt hatte. Aber konnte sie tatsächlich den Auftrag gegeben haben? Und woher sollte die Frau wissen, dass sie sich in Deutschland aufgehalten hatte? Aber das würde sich schnell aufklären, wenn sie diesen ominösen Mr. Cohn endlich am Telefon hatte. Mit einem knappen »Sorry« verabschiedete sie sich und eilte im Morgenmantel ihres Vaters hinauf ins Ankleidezimmer.

Als sie wenig später erneut die Küche betrat, kamen die Stimmen aus einem der hinteren Zimmer. Sarah erstarrte, atmete tief durch und lief wutentbrannt den Flur entlang zur Bibliothek ihres Vaters. Dieser Raum war ihr immer heilig gewesen! Jetzt war er voller fremder Menschen, die sogar die Dreistigkeit besaßen, es sich in dem ledernen Ohrensessel ihres Vaters bequem zu machen. Wütend sprach Sarah eine ältere Dame an. »Was erlauben Sie sich!«

Erschrocken und äußerst schwerfällig erhob die Frau sich und gesellte sich zu ihrem Mann, der Sarah daraufhin entrüstet musterte. Sarah stellte sich schützend vor den Sessel und sprach absichtlich so laut, damit auch alle Umstehenden augenblicklich davon Kenntnis bekamen, dass sie keinerlei Verkaufsabsichten hegte.

»Miss Hatson, es kann sich nur um ein Missverständnis

handeln. Ich will nicht verkaufen und würde Sie bitten, mein Haus zu verlassen. Alles Weitere regele ich mit Mr. Cohn persönlich!«

Miss Hatson schnappte nach Luft und ließ beleidigt den Schlüssel in Sarahs geöffnete Hand fallen. Dann drehte sie sich um und gab den Anwesenden ein Zeichen, ihr zu folgen. Kopfschüttelnd und leise protestierend verließ einer nach dem anderen das Zimmer, nur eine junge Frau eilte verlegen lächelnd auf Sarah zu und flüsterte: »Können Sie mir noch das Badezimmer zeigen? Ich …« Sie verstummte abrupt, als sie Sarahs Gesichtsausdruck wahrnahm. »Entschuldigung«, stammelte sie. Sarah folgte ihr durch den Flur, hob im Vorbeigehen einen winzigen Babyschuh auf und tippte der jungen Frau auf die Schulter. »Hier! Den haben sie verloren.« Die Frau schüttelte, nach einem kurzen Blick auf den rosafarbenen Schuh, den Kopf. »Der gehört mir nicht.«

Im nächsten Moment kam Markus in Shorts und mit einer Jeans in seiner rechten Hand die Treppe hinunter und schaute verwundert auf die Gruppe Menschen, die Sarah wie eine Herde vor sich her in Richtung Ausgang trieb. Als der Letzte verschwunden war, schloss sie schnell die Tür und lehnte sich schnaufend mit dem Rücken dagegen.

»Was war das denn?«, fragte Markus verwundert. »Sind wir hier in einem Museum?«

»Nein, aber in einem Haus, was zum Verkauf steht. Ich habe nur noch keine logische Erklärung dafür.«

Markus hielt ihr plötzlich die Jeans direkt vor das Gesicht.

»Ist das deine?«, fragte er angespannt.

Sarah sah kurz auf die Hose. »Ja. Warum?«

»Katharina hat auch so eine.«

»Katharina ist tot«, erwiderte Sarah. Sie nahm ihm die Hose ab und ergriff seine Hand. »Hör auf, Gespenster zu sehen!« Dann zog sie ihn in Richtung Küche.

Für ein paar Minuten herrschte eine geradezu tödliche Stille.

»Sieh mich an!«, sagte Markus, als sie sich am Tisch gegenübersaßen, und nahm ihr Gesicht in beide Hände. Plötzlich verunsichert, wenn er vor sich hatte, musterte er sie aufmerksam.

»Was ist?«, fragte Sarah.

Markus' Blick wurde noch eindringlicher. »Katharina?«

Sarah antwortete nicht. Sie sah ihn lange an, stand dann auf und verließ die Küche. Markus nahm den Babyschuh, den Sarah auf dem Tisch liegengelassen hatte, zur Hand und betrachtete ihn nachdenklich.

»Entschuldige«, stieß Markus hervor, als Sarah kurze Zeit später wieder die Küche betrat. »Ich hatte plötzlich das Gefühl, das alles, was ich in den letzten Monaten erlebt habe, nur ein Traum sein könnte. Dass du nicht Sarah bist und dass Katharina ...« Weiter kam er nicht.

Sarah verschloss mit ihrer Hand seine Lippen und küsste ihn sanft auf den Kopf. »Vertrau mir, Markus.«

In aller Ruhe begann sie, den Frühstückstisch zu decken.

»Wir essen jetzt etwas und fahren dann zu Mr. Cohn. Einverstanden?«

Markus fuhr sich mit beiden Händen durch die Haare und lief dabei aufgebracht um den Tisch.

»Verstehe mich nicht falsch, Sarah, aber wir können doch nicht so tun, als gäbe es diese Flasche nicht. Katharina war hier, hier in deinem Haus!«

Sarah stoppte Markus, indem sie ihn an den Schultern festhielt. »Bitte hör auf damit!«

Wie ein gescholtenes Kind wich er ihrem Blick aus und senkte den Kopf.

Plötzlich tat er ihr leid. »Markus, was dieses Fläschchen angeht ... Es gibt Hunderte solcher Flaschen, und ich habe bestimmt einige davon. Katharina ist tot. Das musst du endlich begreifen.«

Energisch schüttelte Markus den Kopf. »Sie war hier! Ich spüre es.« Er machte plötzlich kehrt und lief mit großen Schritten in Richtung Flur. »Und ich kann es dir beweisen!«

Sarah setzte sich an den Tisch und ließ ihren Kopf auf die wohltuend kalte Marmorplatte sinken. Was, wenn Markus recht hatte und Katharina noch am Leben war? Was, wenn ihre Zwillingsschwester wirklich hier in Watsonville war? Aber was sollte sie hier wollen? Nein, es war einfach unmöglich!

In diesem Moment kehrte Markus mit einer Glasscherbe an den Tisch zurück und begann, mit einer Serviette die Make-up-Reste zu entfernen, bis man die weiße Aufschrift erkennen konnte. Dann legte er sie vor Sarah auf die Tischplatte.

»Hier! Lies! Ist es eine Marke, die du benutzt?«

Sarah schob die Scherbe von sich weg und schaute Markus in die Augen. »Ich weiß, dass es in dir noch immer einen winzigen Funken Hoffnung gibt, aber …«

»Nein, ich irre mich nicht!«, unterbrach Markus sie.

Sarah stand auf und deckte weiter den Frühstückstisch. In einem vermeintlich unbeobachteten Moment nahm sie die Scherbe vom Tisch und warf sie in den Mülleimer. Auf dem Rückweg stutzte sie plötzlich, lief zurück und zog erstaunt eine Zeitung aus dem Eimer. Ein rot eingerahmter Kreis im Anzeigenteil erregte ihre Aufmerksamkeit. »Villa direkt am Meer zu verkaufen … Immobilienbüro Cohn.«

Ungläubig starrte Sarah auf das Inserat, das jemand mit einem roten Marker hervorgehoben hatte. Sicher hatte einer der Interessenten die Zeitung nach Sarahs Auftritt wutentbrannt in den Mülleimer geworfen.

»Macht es dir was aus, Markus, wenn wir in der Stadt frühstücken? Ich habe keine Ruhe, bevor ich nicht endlich diesen Mr. Cohn gesprochen habe.«

Markus schüttelte schnell den Kopf. Sarah verschwand daraufhin im Bad, was ihm die Möglichkeit gab, die Scherbe wieder aus dem Eimer zu nehmen und in seiner Hosentasche verschwinden zu lassen.

Schon von weitem sahen sie die heruntergelassenen Jalousien hinter den großen Panoramascheiben des Immobilienbüros und das Schild »lunch break«. Trotzdem klopfte Sarah mit der Faust gegen die Glastür und versuchte, durch die Jalousien ins Innere zu sehen. »Hallo! I'm here! Sarah McDonnan!«

Drinnen rührte sich nichts. Enttäuscht drehte sich Sarah wieder um und schaute hilflos nach rechts und links, bis ihr Blick an »Copybean«, einem Café auf der gegenüberliegenden Straßenseite, hängenblieb. »Lass uns da drüben einen Kaffee trinken!«

Markus nickte. »Aber bitte keinen amerikanischen, wenn's geht!«

»Keine Sorge, der Kaffee wird deinen Ansprüchen genügen. Ich kenne den Laden. Außerdem machen sie die besten Pancakes weit und breit.«

Gedankenversunken rührte Sarah minutenlang in ihrem Kaffee herum und sah abwechselnd auf das Inserat und die noch immer geschlossenen Jalousien auf der anderen Straßenseite.

»Ich habe diesen verdammten und nicht zu erreichenden Mr. Cohn nicht angerufen und ihm mein Haus angeboten!«

Sie waren gerade im Begriff zu gehen, als zwei Männer mittleren Alters in ölverschmierten Overalls das Café betraten. Den intensiven Benzingeruch, den sie verströmten, kannte Sarah gut. Sie überlegte kurz und drückte dann Markus auf seinen Stuhl zurück.

»Einen Moment, Markus! Ich bin gleich wieder da!«, sagte sie und steuerte auf die beiden Männer zu, die inzwischen an einem der hinteren Tische Platz genommen hatten.

Sowie Robin, der jüngere der beiden Williams-Brüder, sie erblickt hatte, setzte er ein herablassendes Grinsen auf. »Kaum, dass du einen Mann an der Seite hast, kennst du uns nicht mehr, was?«, sagte er lautstark, quer durch den Raum. »Unsereins war dir ja nicht gut genug!«

Sarah kannte diese Anspielungen, seit sie Robin vor zwei Jahren abgewiesen hatte. Er würde nie Ruhe geben, aber momentan war ihr nicht danach zumute, darauf einzugehen. Sie ließ ihn einfach weiterreden.

»Deine Eltern würden sich im Grab umdrehen, wenn sie wüssten, dass du ihr Haus verkaufen willst. Was ist bloß aus dir geworden?«

Sarah unterbrach ihn abrupt. »Ich will mein Haus nicht verkaufen.«

»Aber warum steht es dann in allen Zeitungen?«, erwiderte Robin.

Beschwichtigend legte Sam die Hand auf den Unterarm seines Bruders und sah Sarah eindringlich an.

»Sarah, ich habe dich erst letzte Woche aus Mr. Cohns Büro kommen sehen! Ich habe dich noch gerufen, aber du hast überhaupt nicht reagiert.«

Sarah erstarrte förmlich. »Du bist dir sicher, dass du mich letzte Woche gesehen hast?«, fragte sie leise.

Sam nickte. Noch bevor Robin erneut etwas sagen konnte, drehte Sarah sich um, ging zu Markus zurück und zog ihn wortlos nach draußen.

»Du hast recht. Katharina war hier.«

Das Büro auf der gegenüberliegenden Straßenseite war jetzt zwar offen, aber außer einem Postboten, der ungeduldig von einem Bein auf das andere trat, war niemand zu sehen. Sarah klopfte lautstark an das Glas der Tür, während sie eintraten, es reagierte jedoch niemand darauf.

Entnervt ließ sie sich in einen Sessel fallen und betrachtete den Postjungen. »Haben Sie hier schon jemanden zu Gesicht bekommen?«, fragte sie.

Er nickte stumm und deutete auf einen der hinteren Räume. Dann sah er auf die Uhr, legte den Poststapel auf dem Empfangstresen ab und verschwand durch die Tür. Erst jetzt hörte Sarah die Stimme der Frau, die im Nebenzimmer telefonierte. Sie erkannte sie sofort. Es war Mrs. Hatson, die Angestellte von Mr. Cohn.

»Was hast du eben gesagt? Dass ich recht habe? Womit?«, fragte Markus.

»Dass Katharina nicht tot ist, sondern hier in Watsonville. Und sie ist es auch, die mein Haus verkaufen will.«

Als hätte Markus einen Schlag ins Gesicht bekommen, verzog er schmerzhaft den Mund und schloss die Augen. Einen langen Augenblick verharrte er so. Dann atmete er tief. »Und was tun wir jetzt?«

Sarah griff nach seiner Hand und zog ihn zu sich herum. »Ich kläre das mit dem Haus, und dann beginnen wir mit der Suche nach ihr.«

Sie stand auf und ging auf das Nebenzimmer zu, aus dem man noch immer das Telefonat hörte.

Da ihr Mrs. Hatson den Rücken zudrehte, gelangte Sarah unbemerkt bis zum Schreibtisch, beugte sich darüber und riss ihr entschlossen den Hörer aus der Hand. Die Maklerin war so überrascht, dass sie nicht protestierte, sondern Sarah mit offenem Mund anstarrte.

»Ich warte draußen auf sie!«, sagte Sarah knapp.

Noch bevor Mrs. Hatson ihren Mund wieder schließen konnte, machte Sarah kehrt und ging aus dem Zimmer.

Nur eine Minute später trat Mrs. Hatson mit hochrotem Gesicht aus der Tür und stellte sich hinter den Empfangstresen.

Für Sekunden herrschte Stille im Raum.

»Miss McDonnan, wie ich heute Morgen schon sagte, kann es sich nur um ein Missverständnis handeln. Mr. Cohn bat mich, während seiner Abwesenheit, diesen Besichtigungstermin zu übernehmen. Das habe ich getan. Mehr weiß ich leider nicht dazu zu sagen, weil …«

Sarah unterbrach sie. »Doch. Eines müssen Sie mir noch sagen. War ich letzte Woche hier und habe ihnen mein Haus angeboten?«

Mrs. Hatson wirkte verunsichert. »Das Haus wurde uns schon vor drei Monaten angeboten, und ob Sie kürzlich hier waren, weiß ich nicht.«

»Was heißt das?«

»Sie waren nicht während meiner Anwesenheit hier, ich meine …?«

»Hören Sie!«, unterbrach Sarah die Maklerin erneut. »Es tut mir leid, wenn ich Ihnen Unannehmlichkeiten bereitet habe. Rufen Sie Ihren Chef an und sagen sie ihm, dass ich nicht verkaufen will. Und die Sache ist erledigt. Auf Wiedersehen, Mrs. Hatson.«

Sarah drehte sich auf dem Absatz herum und gab Markus ein Zeichen, dass er ihr folgen sollte.

»Ich verstehe das nicht«, erklärte Sarah, während sie den Mülleimer durchsuchte, um ihn kurz darauf vor sich auf dem Küchenboden zu entleeren.

Markus beobachtete sie dabei interessiert. Dann griff er in seine Hosentasche, holte die Glasscherbe heraus und hielt sie Sarah hin.

»Suchst du das hier?«

Sarah nickte, stieg über den kleinen Müllberg und setzte sich zu ihm an den Tisch.

»Ich verstehe überhaupt nichts mehr. Wie ist Katharina hierhergekommen?«

»Mit dem Inhalt deiner Handtasche. Deinem Pass, deinen Hausschlüsseln …«

»Ja, aber wieso ist sie am Leben? Dieser Kranitz hat doch gestanden? Ich meine, warum gesteht er etwas, was er gar nicht getan hat?« Sarah nickte vor sich hin, während sie die Glasscherbe auf dem Tisch hin und her schob.

»Diese Frage sollten wir Leonard stellen«, sagte Markus.

Das schrille Läuten der Türglocke im Eingangsbereich riss beide aus ihren Überlegungen. Erschreckt sprang Sarah auf. Markus drückte sie sanft auf den Stuhl zurück. »Bleib hier! Ich gehe nachsehen.«

Sie konnte hören, wie er sich langsam der Tür näherte, einen Moment innehielt und dann öffnete. Den Wortwechsel, der folgte, konnte sie jedoch nicht verstehen.

Kurz darauf kehrte Markus mit einem Stapel Briefe zurück. Sarah warf einen kurzen Blick darauf und schob den Packen zur Seite.

»Ich brauche jetzt einen verdammt starken Kaffee!«, sagte Markus.

Sarah war so in Gedanken, dass sie nicht reagierte. Sie griff nach dem oben liegenden Brief mit deutschem Absender und öffnete ihn.

»2300 Euro? Das kann doch nicht wahr sein!«

Wütend zerknüllte sie den Briefbogen und warf ihn auf den Tisch, nahm ihn aber gleich darauf wieder zur Hand. »Ja, klar. Der Audi.« Mürrisch verzog sie das Gesicht. »Hatte ich komplett vergessen!«

Markus drehte erstaunt den Kopf. »Der Audi, der wochenlang vor unserem Haus stand, war deiner?«

»Ja. Ich hatte ihn am Flughafen für eine Woche gemietet. Keine Ahnung, wie er wieder zurückgefunden hat! Wahrscheinlich wurde er irgendwann abgeschleppt.«

Markus hatte sich am Tisch niedergelassen und starrte grübelnd in die Gegend. Es war ihm anzusehen, dass er schon längst nicht mehr an Kaffee dachte.

»Hast du irgendeine Idee, wo Katharina jetzt sein könnte?«

Sarah antwortete nicht.

»Sie kennt hier keinen einzigen Menschen. Es ist für mich

unvorstellbar, wie sie das alles angestellt haben soll! Katharina ist einfach nicht der Typ für solche Abenteuer.«

»Wenn du dich da mal nicht täuscht!«, begann Sarah nachdenklich. »In den wenigen Stunden, die wir miteinander verbracht haben, kam sie mir ziemlich tough vor, und irgendwie scheint sie ja doch alles auf die Reihe bekommen zu haben. Allein, mit einem fremden Pass hierherzufliegen und sich als mich auszugeben, dazu gehört schon einiges an Selbstbewusstsein oder sagen wir … Kaltschnäuzigkeit. Und meinen Freunden ist sie einfach aus dem Weg gegangen.«

Markus wurde zunehmend unruhiger. »Wenn sie wirklich hier ist, wo könnte sie dann sein?«

»In der Jagdhütte«, flüsterte Sarah nach kurzem Nachdenken. »Wir haben eine kleine Jagdhütte in den Bergen. Aber sollte sie tatsächlich … nein, eigentlich unmöglich.«

Markus wurde schlagartig nervös. »Sarah, wenn sie imstande war, dieses Haus zu verkaufen, dann weiß sie auch von der Hütte. Ich bin sicher, sie ist dort. Hier wäre es auf Dauer zu gefährlich geworden, Nachbarn, Freunde, sie konnte gar nicht hierbleiben. Sie ist dort. Ganz sicher. Komm, Sarah, lass uns schnell hinfahren!«

Verständnislos sah er Sarah an, die seine Aufregung nicht zu teilen schien, sondern ruhig sitzen blieb.

»Schnell hinfahren? Es sind vierhundert Meilen bis dahin, zum Teil unwegsames Gelände, das sind sieben Autostunden!«

Markus ließ nicht locker. »Egal. Sie muss dort sein!«

Sarah zog ihn auf den Stuhl zurück, während sie beruhigend auf ihn einredete. »Liebling, du hast ja keine Vorstellung. Es ist Winter, und auch wenn es hier warm ist, die Hütte befindet sich in knapp zweitausend Metern Höhe. Da liegen jetzt drei Meter Schnee! Kein Mensch verirrt sich zu der Jahreszeit in diese Gegend!«

»Du hast doch selbst gesagt, dass Katharina ziemlich tough ist«, widersprach Markus.

»Nein, es ist einfach unmöglich, dass ein Stadtmensch wie Katharina, ohne Erfahrung es allein bis dahin schafft, geschweige denn, überleben würde … Aber vielleicht hat sie Vaters Landrover genommen. Damit könnte sie es allerdings geschafft haben.«

Sarah sprang plötzlich auf und rannte nach draußen. Zur linken Seite des Hauses erstreckte sich ein verwilderter Teil des Gartens, in dessen äußersten Winkel sich ein schuppenähnliches Gebäude befand. Sie zerrte an dem alten Holztor, hob es dann ein wenig an und sperrte es auf. »Verdammt!«

Ungläubig schaute sie auf den leeren Stellplatz. »Wieso haben wir nicht schon längst nach dem Auto gesehen?«

Markus war Sarah gefolgt und stand neben ihr. »Bleibt nur noch die Frage, wie sie die Hütte gefunden hat.«

»Ganz einfach.«

Sie zog Markus ins Haus zurück und stellte ihn vor die Fotowand im Wohnzimmer. »Sieh her!« Sarah deutete mit der Hand auf ein Dutzend Fotos, das die Familie vor einem recht großzügig gebauten Blockhaus im Wald zeigte. »Man kann die Hütte relativ leicht finden. Außerdem ist sie im Navigationsgerät gespeichert.«

Obwohl Markus schon am Vorabend die Bilder studiert hatte, fiel ihm erst jetzt die Reihe von Fotos auf, auf denen ihr Vater zusammen mit Sarah oder ihrer Mutter abgebildet war. »War dein Vater Jäger?«

»Nein, wir haben einfach nur Jagdhütte dazu gesagt, weil der Vorbesitzer Ranger war. Mein Vater war Vulkanologe, und da sich in unmittelbarer Nähe der Inyo Crater und diverse andere vulkanische Felder befinden, hat er viel Zeit dort verbracht.«

Markus bemerkte die Tränen, die ihr übers Gesicht liefen, als sie sich abwandte.

Er griff nach ihrer Hand und führte sie von den Bildern weg. »Katharina muss jemanden in Deutschland haben, der sie über jeden unserer Schritte informiert hat. Sie weiß also, dass du nicht tot bist und dein Gedächtnis wieder funktioniert. Und sie weiß jetzt auch, dass wir hier sind. Was sie vielleicht noch nicht weiß, ist, dass wir nach ihr suchen. Das gibt uns einen gewissen Vorsprung.« Markus' Blick wurde plötzlich hellwach. »Und ich habe auch eine Ahnung, wer dieser Jemand sein könnte.«

Während er zum Telefon lief, fragte er: »Wie spät ist es jetzt in Deutschland?«

Sarah überlegte kurz. »Gegen Mitternacht.«

Sie bemerkte, wie der Hörer in seiner Hand zitterte, während er eilig eine Nummer eintippte. Markus wartete lange, bis sich jemand meldete.

»Barbara? Ich weiß, es ist spät, aber ich muss unbedingt Christoph sprechen. Gib ihn mir bitte!«

Sarah konnte zwar nicht verstehen, was am anderen Ende der Leitung gesagt wurde, aber mit einem Mal erbleichte Markus. Ohne ein weiteres Wort zu Barbara legte er auf und schaute minutenlang auf das Telefon.

»Sie kann mir Christoph nicht geben. Er hat sie verlassen. Jetzt ist mir alles klar! Er und Katharina!«

26.

Markus bewunderte Sarahs Fahrkünste. Sicher und routiniert steuerte sie den Wagen trotz des hohen Schnees den Berg hinauf. Trotzdem war er froh, als sie wohlbehalten vor der Hütte zum Stehen kamen. Der Wind hatte die schmale Zufahrtsstraße stark verweht, dennoch war zu erkennen, dass in den letzten Tagen kein Auto diesen Weg passiert hatte. Unmöglich, dass Katharina sich in der Hütte aufhielt.

»Du hattest recht«, stellte er einerseits enttäuscht, andererseits erleichtert fest, als er die unberührte Schneedecke vor dem Haus sah. »Sie war nicht hier. Außerdem ist es wirklich eine gottverlassene Gegend.«

Er atmete tief durch, sprang aus dem Wagen und schaute anerkennend nickend auf das Haus. Dann aber machte er auf dem Absatz kehrt und stapfte durch den kniehohen Schnee in Richtung Abhang. Jetzt, wo der Motorenlärm des Pick-up verstummt war, wurde ihm erst die unendliche Stille bewusst. Unwirtlich und dennoch schön war die Landschaft. Fasziniert starrte Markus auf die schneebedeckten Gipfel am Horizont, die sich majestätisch im goldenen Licht der untergehenden Wintersonne präsentierten. Er machte eine Handbewegung in Richtung der Berge. »Ich habe noch nie … so etwas … Gigantisches gesehen!«

Sarah, die inzwischen das Haus schon aufgeschlossen hatte, war die wenigen Meter, die die Blockhütte vom Abhang zum Tal trennte, zurückgelaufen und stand nun hinter ihm. »Ja, es ist immer wieder überwältigend.« Fröstelnd umschlang sie ihn mit den Armen und steckte ihre Hände in seine Jackentaschen.

»Merkwürdig«, flüsterte Markus. »Es ist wirklich totenstill. Irgendwie unheimlich.«

»Aber es gibt hier mehr Leben, als du denkst. Morgen früh ist der Schnee wieder voller Spuren.«

»Von wilden Tieren?«

»Von Hirschen, Graufüchsen, Pfeifhasen, was weiß ich ... Lass uns reingehen. Mir ist eiskalt.«

Es wurde schon dunkel, als sie auf das Haus zuliefen, denn die Sonne war fast schlagartig hinter den Bergen verschwunden. Da die Fenster durch stabile Läden gegen Sturm und Einbruch geschützt waren, herrschte im Haus absolute Finsternis. Sarah öffnete den Fensterladen neben der Eingangstür, aber das wenige Licht, das hereinfiel, reichte nicht aus, um sich zu orientieren. So ließ sie die Tür offen und ging in einen der hinteren Räume. Minutenlang suchte Sarah am Sicherungskasten den richtigen Schalter.

»Mist«, fluchte sie, »ich habe immer abgelehnt, es mir zeigen zu lassen!«

Kurzerhand legte sie alle Schalter um, und irgendwann war das Haus hell erleuchtet. Markus, der die ganze Zeit unsicher mitten im Raum gestanden hatte, schaute sich beeindruckt um. Eigentlich mochte er diese Landhausatmosphäre in Deutschland nicht, hier aber war alles echt und wirkte ungemein gemütlich. Neugierig durchschritt er den Raum und blieb vor einem Schrank mit Jagdgewehren stehen. Vorsichtig öffnete er die verglaste Tür, nahm eines der Gewehre heraus, wiegte es bewundernd in den Händen und knickte den Lauf ab.

»Es ist geladen!«, stellte er erstaunt fest. »Dabei hast du doch gesagt, dein Vater sei kein Jäger gewesen!«

Sarah kam ins Zimmer zurück. »Das stimmt, aber gejagt hat er schon! Und geladen ist das Gewehr immer.«

»Was kann man hier eigentlich jagen?«

»Viel Rotwild! Einmal, als ich noch ein Kind war, hat er sogar einen Luchs geschossen.«

»Luchse fehlten in deiner Aufzählung.«

Er legte das Gewehr an und zielte irgendwo an die Zimmerdecke. Dann drehte er sich um seine eigene Achse und zielte durch die offene Eingangstür ins Freie. Langsam ließ er das Gewehr sinken und sah mit Erstaunen auf die beiden Waschbären, die wie kleine Statuen bewegungslos direkt auf der Schwelle saßen. Als Sarah mit einer Hand auf den Boden klopfte, liefen die beiden Tiere geradewegs auf sie zu.

»Da seid ihr ja wieder? Ihr habt Hunger, was?« Sie stand auf und ging in die Küche. Die Bären folgten ihr wie selbstverständlich und nahmen vor dem Kühlschrank Platz. Sarah holte aus einem Schubfach eine Dose mit Gebäck und gab jedem Tier ein Stück daraus. Daraufhin machten die Waschbären kehrt und liefen wieder hinaus. Sarah folgte ihnen und schloss die Tür.

»Du kennst diese Tiere?«

Sarah nickte. »Ja, die sind immer hier.« Sie kniete sich vor den Kamin, stapelte Holzscheite übereinander und zündete sie an.

»Du hättest mich deinen Freunden wenigstens vorstellen können«, scherzte Markus. »Wie heißen sie denn?«

»Sie haben keine Namen!«

»Und wie hältst du sie auseinander?«

»Ich halte sie nicht auseinander!«, antwortete Sarah belustigt.

Markus, der sich gerade vorstellte, dass sie hier auf wesentlich gefährlichere Tiere treffen könnten, lehnte das Gewehr griffbereit an den Kamin. Obwohl es in Watsonville noch immer wie Herbst anmutete, erfüllte hier die eisige Luft jeden Winkel des Hauses, und erst als die brennenden Scheite die Umgebung in wohlige Wärme tauchten, war Sarah bereit, aus ihrer Jacke zu schlüpfen. Markus hatte sich auf dem riesigen Fell am Kamin niedergelassen und zog Sarah zu sich hinunter. Für eine Weile schienen beide ihren Gedanken nachzuhängen. Nur das Knacken der brennenden Holzscheite unterbrach ab und zu die Stille.

»Woran denkst du?«, fragte Sarah.

»Dass es so schön sein könnte, wenn ich nicht wüsste, warum wir eigentlich hier sind.«

Sarah betrachtete ihn nachdenklich. »Vielleicht ist es unmöglich, von dir zu verlangen, nicht darüber zu reden. Sie war nicht hier, aber lass uns eine Nacht lang nur wir zwei sein. Morgen früh fahren wir zurück und suchen weiter.«

Als hätte er ihr gar nicht zugehört, fuhr Markus fort. »Ich frage mich die ganze Zeit, was es eigentlich für mich bedeutet, wenn Katharina noch am Leben ist. Ich müsste doch irgendwie erleichtert sein, schließlich ist sie …« Er suchte nach den richtigen Worten. »Ich meine, sie ist ja eigentlich …«

»Deine Frau«, vollendete Sarah den Satz.

»Ja und nein. Das ist nicht wichtig. Mal abgesehen davon, was bei dem Unfall wirklich passierte oder warum Kranitz lügt, es muss ein Geheimnis geben, weshalb sie unter falschen Namen über den Atlantik abgehauen ist. Das ist einfach kriminell!« Markus bemerkte, wie sich Sarahs Gesichtsausdruck plötzlich veränderte. Eine gewisse Bitterkeit schwang in ihren Worten.

»Es gibt Augenblicke, in denen ich mich frage, ob ich wirklich will, dass wir sie finden. Es klingt furchtbar, aber ab irgendeinem Punkt ging es mir bei dem Gedanken besser, dass sie tot ist.« Sarah biss sich auf die Lippen. »Verzeih, ich wollte dir nicht wehtun!«

»Nein. Ich versteh das«, entgegnete Markus schnell. »Weißt du, als wir im Flugzeug saßen und du neben mir schliefst, habe ich dich lange beobachtet. Ich konnte nicht schlafen. Und ich wollte alles vergessen haben, wenn wir aussteigen, alles einfach hinter mir lassen. Es wäre mir fast gelungen … bis ich das Make-up-Fläschchen in der Hand hielt. Ich habe viel nachgedacht, seit wir hier sind.« Er küsste sie auf die Nasenspitze und lächelte sie an. »Ich weiß so vieles nicht, aber ich habe jetzt schon das Gefühl, dir näher zu sein, als es mit Katharina jemals möglich gewesen wäre. Glaubst du, dass es für jeden von uns den perfekten Partner gibt?«

»Ja. Aber keiner weiß, wo er sich auf dieser Welt befindet.«

»Außer ich«, erklärte er triumphierend. »Ich habe ihn gefunden.«

Sarah zog eine große Decke vom Sessel, legte sie Markus um die Schultern, schlüpfte mit darunter und schmiegte sich an ihn. Minutenlang saßen sie schweigend da und sahen sich an.

Der Widerschein des Feuers in ihren Augen ließ sein Herz mit einem Mal rasen, und er spürte plötzlich unbändiges Verlangen nach ihr. Ohne den Blick von ihren Augen zu lassen, begann er, sie langsam zu entkleiden, bis sie nackt im warmen Licht der Flammen vor ihm lag. Neugierig ergründete er küssend ihren Körper, bis die Begierde schließlich auch sie überwältigte.

Ein scharrendes Geräusch ließ Markus aufschrecken und nach dem Gewehr tasten. Sarah blinzelte verstohlen, aber als sie die Waffe in seiner Hand entdeckte, war sie hellwach.

»Da draußen ist irgendjemand!«, flüsterte Markus und erhob sich vorsichtig.

»Und den willst du jetzt erschießen?«

»Wenn's sein muss, ja«, entgegnete Markus. Er zog sich Jeans und Sweatshirt über und schlich barfüßig zur Eingangstür.

»Du beabsichtigst aber jetzt nicht, so da rauszugehen?«

Markus machte eine Handbewegung, die sie zum Schweigen aufforderte. Angestrengt lauschte er einen Moment, den Kopf seitlich gegen die dicken Holzbohlen gedrückt. Dann riss er plötzlich die Tür auf und hielt das Gewehr ins Freie. Als sich nichts rührte, traute er sich Schritt für Schritt in die Dunkelheit.

Sarah kuschelte sich wieder in die Decke und beobachtete die offene Eingangstür.

Ein, zwei Minuten vergingen.

Markus' unterdrückter Aufschrei ließ sie augenblicklich aufspringen und nach ihren Sachen suchen, aber bevor sie irgendetwas finden konnte, hörte sie ihn schon laut schreiend auf die Hütte zulaufen. Im selben Moment fiel ein Schuss, und der große Wandspiegel neben Sarah zerbarst mit lautem Knall. Sekunden später stürmte Markus herein, verriegelte hastig die Tür und lehnte sich dann laut atmend mit dem Rücken dagegen. Sein Gesicht war kreidebleich.

»Du hast mir nicht gesagt, dass es hier Bären gibt!«, stammelte er.

Sarah war nicht fähig, sich zu rühren. Wie hypnotisiert starrte sie auf den zersplitterten Spiegel. »Wieso hast du geschossen? Du hättest mich töten können. Wie konntest du nur schießen!«, schrie sie Markus an und brach weinend zusammen.

Markus sah auf das Gewehr in seiner Hand. »Ich habe nicht geschossen«, sagte er tonlos.

»Wer war es dann?«, wimmerte Sarah.

Markus drehte sich hektisch nach der Tür in seinem Rücken um. Sie war fest verriegelt. Er ging auf die Knie und riss Sarah in seine Arme. »Ich weiß es nicht, ich habe nicht einmal einen Schuss gehört.«

Sarah konnte sich nicht beruhigen. »Hätte ich einen halben Meter weiter rechts …!«

Markus presste plötzlich seine rechte Hand auf ihren Mund und legte den linken Zeigefinger über seine Lippen. Er kroch auf allen vieren zum Fenster und machte ihr dann Zeichen, das Licht zu löschen. Erst als es dunkel im Raum war, wagte er aufzustehen und aus dem Fenster zu sehen. »Ich glaube, das war ein Querschläger.«

Sarah war ihm vorsichtig gefolgt. »Unmöglich. Kein Jäger

würde in unmittelbarer Nähe eines bewohnten Hauses auf einen Bären schießen!«

Ein weiterer Schuss fiel, der sein Ziel jedoch verfehlte und das Holz unmittelbar neben dem Fenster zerfetzte. Zu Tode erschrocken warfen sie sich auf den Boden.

»Ich habe das Mündungsfeuer gesehen. Es war keine hundert Meter entfernt. Der Schütze ist ganz nah!«, flüsterte Sarah.

Wieder ein Knall, der diesmal aber aus dem hinteren Teil des Hauses zu kommen schien.

»Gibt es hier einen zweiten Eingang?«, fragte Markus leise.

Sarah schüttelte den Kopf. »Wir sitzen in der Falle!«

»Oder sind gerade hier in Sicherheit!«, entgegnete Markus. Er wartete einen Moment, dann kroch er am Boden entlang zu seinem Gewehr. Er knickte den Lauf ab und kontrollierte beide Patronen. »Rühr dich nicht von der Stelle. Ich gehe nachsehen.«

Er langte nach der Klinke und stieß die Tür zum Nebenzimmer auf. Ein frostiger Luftzug schlug ihm entgegen. Plötzlich wurde er unsicher. »Was ist das für ein Zimmer?«

»Das Schlafzimmer meiner Eltern. Links von dir steht das Bett, an der Wand zur Rechten eine große Truhe.«

Aus einer Ecke des Raumes drang ein schwacher Lichtschimmer. Da musste ein Fenster sein, mutmaßte Markus und bewegte sich kriechend auf dieses Ziel zu. Er spürte, wie sich seine Muskeln anspannten, und zwang sich mit weit aufgerissenen Augen den Weg fortzusetzen. Sein rechter Arm verlor plötzlich den Halt, und er fiel zu Boden.

»Markus?«, hörte er Sarah ängstlich rufen.

»Alles in Ordnung. Hier liegt irgendwas auf dem Fußboden.« Er tastete um sich und griff geradewegs in das Maul eines großen Tieres.

»O Gott, das Bärenfell! Tut mir leid, ich hätte es dir sagen müssen«, rief Sarah.

Markus sah in die Richtung, aus der der Lichtschein gekommen war. Im nächsten Moment schlug der schwere Fensterladen erneut mit einem Krachen von außen gegen den Rahmen. Erleichtert, die Ursache gefunden zu haben, rappelte sich Markus auf und ging langsam auf das Fenster zu. Er öffnete es lautlos, schob seinen Kopf zentimeterweise nach draußen und spähte in die Dunkelheit. Das Pfeifen des Windes überdeckte jedes andere Geräusch, und um ihn herum war nichts als Finsternis. Markus verriegelte die Läden, schloss das Fenster und tastete sich zur Tür zurück.

Sarah hockte noch immer im Dunkeln, als er das Zimmer betrat. »Seltsam« sagte sie, vollkommen in Gedanken. »Ich bin mir sicher, dass ich bei meiner Abfahrt vor ein paar Monaten alle Fensterläden kontrolliert habe.«

Markus setzte sich zu ihr auf den Boden und legte das Gewehr neben sich ab.

»Ich will hier weg«, flüsterte Sarah. Aus ihrem Gesicht sprach pure Angst.

Energisch schüttelte Markus den Kopf. »Es ist zu gefährlich. Vielleicht will der Schütze da draußen genau das. Dass wir den Schutz des Hauses verlassen und uns in die freie Schussbahn begeben. Nein, Sarah, wir müssen den Morgen abwarten.«

»Und wenn er dann immer noch da ist?«

Markus hob hilflos die Schultern. Er musste zugeben, dass er mit der Situation vollkommen überfordert war. Dass jemand auf ihn schießen könnte, war so absurd, dass die Gefahr, in der sie schwebten, einfach nicht real zu sein schien.

Sarah tastete mit den Händen am Kaminsims nach Streichhölzern und zündete eine Kerze auf dem Beistelltisch an. Ganz plötzlich wirkte sie ruhig und entschlossen. Sie nahm ihre Jacke und verdunkelte damit das kleine Fenster neben der Eingangstür. Dann ging sie geradewegs zum Telefon, steckte den Telefonstecker in den Anschluss und wählte eine Nummer. Sekunden später legte sie auf und ließ sich entmutigt in den Sessel fallen.

»Die Leitung ist tot.«

»Wo ist dein Handy?«

»Im Auto, aber das hilft uns nicht. Es gibt hier oben kein Netz.«

Markus sah ein, dass reines Ausharren sie in dieser Situation nicht weiterbringen würde. »Also gut. Wir warten wenigstens eine Stunde, und wenn sich bis dahin nichts mehr gerührt hat, renne ich zum Auto und fahre es genau vor die Tür. Du springst rein, und wir fahren los. Einverstanden?«

Sarahs Miene verfinsterte sich plötzlich. »Sie hat also jemanden hierhergeschickt, um …« Sie verstummte und biss sich auf die Lippen. »Kannst du dir vorstellen, dass Katharina …?« Die Möglichkeit, Katharina könnte jemanden damit beauftragt haben, sie aus dem Weg zu räumen, schien so ungeheuerlich, dass sie es nicht auszusprechen wagte. »Nein, warum sollte sie so etwas tun?«, beantwortete sie ihre eigene Frage. »Amerika ist groß. Warum verschwindet sie nicht einfach und lebt irgendwo ihr Leben?«

»Das ist unmöglich, weil wir hier sind«, stellte Markus nach kurzer Überlegung fest. »In der Annahme, dass du dich nie wieder erinnern wirst, ist sie unvorsichtig geworden und hat nun deutliche Spuren hinterlassen. Was hat Mrs. Hatson gesagt? Das Haus wäre ihnen schon vor drei Monaten angeboten worden?«

Sarah nickte kurz und dachte nach. Katharina musste demzufolge schon kurz nach dem Unfall nach Amerika geflogen sein. Ob sie in Sarahs Elternhaus gewohnt hatte, war nicht sicher. Außer dem Make-up, das Markus zu erkennen glaubte, wies nichts darauf hin. Was aber hatte Katharina dazu veranlasst, zwei Monate später das Haus einem Makler anzubieten? Sarahs Erinnerung war zu diesem Zeitpunkt noch nicht zurückgekehrt. Es bestand also keine Gefahr für Katharina, entdeckt zu werden.

»Dann kann Christoph nicht ihre Kontaktperson sein«,

sagte Sarah nach einer Weile. »Als ich ihn in der Galerie traf, dachte er doch, ich wäre Katharina.«

»Bist du dir da sicher?«, fragte Markus. »Könnte es nicht auch sein, dass er in Katharinas Auftrag prüfen sollte, ob du dich inzwischen erinnerst?«

Sarah musste zugeben, dass diese Möglichkeit durchaus bestand. Aber letztendlich war alles, worüber sie nachdachte, reine Spekulation. Es konnte ebenso gut der Mann im schwarzen Golf oder der unbekannte Anrufer sein.

Voller Unruhe sah Sarah immer wieder zur Uhr. Seit dem letzten Schuss war eine halbe Stunde vergangen. Wenn man bedachte, wie eisig die Nacht war, musste sich der Schütze gut vorbereitet haben, um längere Zeit in seiner Deckung ausharren zu können. Es war unmöglich, das es sich dabei um einen Amateur handelte. Zwar hatte Sarah hin und wieder von dubiosen Auftragskillern gehört, aber ihre Vorstellungskraft reichte nicht aus, sich dieses Szenario auszumalen.

»Hast du schon mal übers Sterben nachgedacht?«, fragte Markus unvermittelt.

»Mehr als einmal«, antwortete Sarah.

»Und hast du Angst davor?«

»So wie jeder Mensch.«

Markus nickte nachdenklich. »Warum ist das so? Ich meine, wenn der Tod schmerzlos ist, warum haben wir dann Angst?«

»Vielleicht spricht nur unser Selbsterhaltungstrieb dagegen! Vielleicht, weil wir nicht wissen, was mit uns passiert und was danach kommt. Das ist das Einzige, worum ich Christen beneide! Die meinen, zu wissen, wie das Leben nach dem Tod aussieht. Allerdings habe ich noch keinen jüngeren von ihnen getroffen, der nicht trotzdem Angst davor hatte. Scheint also, was das betrifft, nicht weit her zu sein mit dem Glauben.«

»Glaubst du an Gott?«, fragte Markus weiter.

»Nein.«

Eine Weile schwiegen sie. Der Wind hatte sich inzwischen gelegt, die Stille, die sie jetzt umgab, war beängstigend.

»Mein Vater«, begann Markus nachdenklich, »er hat mich mal gefragt, was ich mitnehmen würde, wenn ich nur fünf Minuten Zeit hätte und dann unser Haus in Schutt und Asche fiele. Wenn du Mut hast, sagte er, lässt du alles zurück. Ich habe oft darüber nachgedacht, was er damit meinte.« Markus atmete tief ein. »Als ich dich aus dem Krankenhaus abholte, habe ich begriffen, wie viel Mut dazu gehört.«

Ein dumpfer Aufschlag direkt vor dem Haus ließ sie aufschrecken.

»Was war das?«, fragte Markus und wollte aufspringen.

Sarah hielt ihn zurück. »Ich kenne das Geräusch. Es ist nur Schnee, der vom Dach rutscht!« Sie reckte kurz den Hals und schmiegte sich wieder an ihn. »Erzähl mir von deinen Eltern!«, sagte Markus plötzlich leise.

Sarah brauchte lange, bis sie begann.

»Eines Nachmittags stand ein Mann vor unserer Tür und sagte, dass mein Vater tot sei. Ich kam gerade die Treppe runter und konnte den Satz hören. Meine Mutter ließ ihn wortlos eintreten und setzte sich auf den Stuhl in der Diele. Der Mann erzählte alle Einzelheiten des Absturzes. Die kleine Propellermaschine war über den Bergen plötzlich in ein schweres Gewitter geraten, und obwohl mein Vater ein erfahrener Pilot war, hatte er die Kontrolle verloren und war unweit von Carson City in Nevada abgestürzt. Er lebte noch, als sie ihn fanden, und starb erst wenige Stunden später im Krankenhaus. Sie hatten bei uns angerufen, aber es war niemand zu Hause. Meine Mutter hatte das blinkende rote Lämpchen des Anrufbeantworters übersehen, als sie kam. Nachdem der Mann wieder gegangen war, saßen wir beide noch stundenlang wortlos in der Diele, ich auf der Treppe und meine Mutter auf dem Stuhl. Als es dunkel wurde, hörte ich meine Mutter plötzlich schluchzen. Wochen später erzählte sie mir, dass sie kurz vor

Dads Abflug eine heftige Auseinandersetzung wegen seiner Fliegerei hatten und im Streit auseinandergegangen waren. Sie hat sich nicht mehr davon erholt und ist ein knappes Jahr danach gestorben.

Die beiden Menschen, die ich am meisten liebte, waren tot, und für mein Gefühl war ich nun ganz allein auf der Welt. Hätte meine Mutter mir nichts von Katharina erzählt, wäre ich nie nach Deutschland geflogen, Katharina und ich hätten nie voneinander erfahren. Warum meine Mutter dreißig Jahre geschwiegen hatte, weiß ich nicht. Auf dem Sterbebett hat das auch keine Rolle mehr gespielt. Ich habe ihr noch im selben Moment verziehen, dass sie mir meine Schwester vorenthalten hatte. Aber in diesem Moment gab es nur eines für mich: Ich musste Katharina treffen.«

Markus zog sie enger an sich und streichelte ihr sanft den Kopf. Irgendwann schlief Sarah in seinen Armen ein. Vorsichtig zog er die Decke bis an ihre Nasenspitze.

Er schloss die Augen. Seine Gedanken eilten voraus. Morgen würden sie in Watsonville als Erstes zur Polizei gehen. Vielleicht wusste der Officer inzwischen etwas über den Diebstahl des Landrovers, und wenn sie Glück hatten, hatte er sogar Katharinas Aufenthaltsort ausfindig gemacht.

Markus erschrak bei dem Gedanken, möglicherweise in ein paar Stunden Katharina gegenüberzustehen. Ginge es nach seinen Gefühlen, wäre er unfähig, auch nur ein Wort mit ihr zu wechseln. Die Schüsse galten Sarah und ihm, daran gab es keinen Zweifel, und er war sich plötzlich sicher, dass nur Katharina dahinterstecken konnte. Gleich morgen würde er Leonard anrufen, um ihn über die neuen Tatsachen zu informieren. Vielleicht konnte er von Deutschland aus eine Fahndung nach Katharina einleiten.

Markus meinte, das Aufheulen eines Motors zu hören. Behutsam bettete er Sarahs Kopf auf eines der Kissen, stand auf und ging ans Fenster.

»Was ist?«, hörte er Sarah leise fragen.

Markus schob die Jacke, die das Fenster verdunkelte, vorsichtig zur Seite und spähte hinaus. »Ich dachte, ich hätte ein Auto gehört, aber wahrscheinlich habe ich mich getäuscht.«

Sarah war sofort auf den Beinen. »Vielleicht hat der Schütze aufgegeben und fährt weg? Kannst du irgendetwas sehen?«

Markus schüttelte den Kopf und wandte sich Sarah zu. »Ich denke, wir können es wagen. Ich fahre jetzt das Auto an die Tür, du schließt das Haus ab und springst rein.«

Er zog sich Jacke und Stiefel an, nahm das Gewehr vom Boden und öffnete langsam die Tür. Es war totenstill, der Schnee reflektierte das wenige Licht und erhellte die Nacht. Anfangs nutzte Markus die Deckung des Hauses, dann rannte er, so schnell es der hohe Schnee erlaubte, zum Auto. Als er die Wagentür geschlossen hatte, verschnaufte er kurz, steckte den Schlüssel ins Schloss und drehte ihn herum. Nichts geschah. Das Auto gab kein Geräusch von sich. Markus kontrollierte nervös die Automatikeinstellung und versuchte erneut, den Motor zu starten, aber er sprang nicht an. Die Batterie schien vollkommen leer zu sein. Er spürte, wie ihm der Schweiß auf die Stirn trat, und zwang sich zur Ruhe. Eine leere Batterie war unmöglich, die Scheinwerfer waren ausgeschaltet gewesen, als sie den Wagen abstellten. Was aber war es dann? Er verstand zu wenig von Autos, so dass es keinen Sinn habe würde, den Motorraum zu öffnen, um nach der Ursache zu suchen. Außerdem war er sich nicht einmal sicher, ob der Schütze tatsächlich verschwunden war.

Markus nahm das Handy aus der Ablage und klappte es auf. Sarah hatte recht, es gab keinen Empfang hier oben. Bei einem Blick in den Rückspiegel sah er Sarah plötzlich auf sich zurennen, Sekunden später sprang sie ins Auto.

»Was ist los?«, fragte sie außer Atem.

»Der Wagen lässt sich nicht starten.« Zur Demonstration drehte er energisch den Schlüssel um, aber es blieb dabei, das

Auto gab keinen Mucks von sich. »Unser Unbekannter muss es manipuliert haben, anders kann ich es mir nicht erklären. Erst ist das Telefon tot, jetzt das Auto.«

Sarah sah auf ihre Uhr. »Wenn wir eine halbe Stunde laufen, kommen wir an eine Stelle, an der es einen schwachen Handyempfang gibt. Es ist zu gefährlich, bei Nacht diesen Weg zu gehen, aber in fünf, sechs Stunden wird es hell.«

Markus griff nach dem Gewehr, das er auf der Rückbank abgelegt hatte, öffnete, ohne nachzudenken, die Tür und stieg aus. »Es reicht!«, sagte er im Brustton der Überzeugung. »Wir laufen jetzt zurück ins Haus, essen etwas, und wenn es hell wird, gehen wir dahin, wo wir anrufen können.« Markus eilte um den Wagen herum, öffnete die Beifahrertür und half Sarah heraus. Dann griff er nach der Einkaufstüte auf dem Rücksitz und lief damit zum Haus. Sarah folgte ihm, sich ängstlich nach allen Seiten umsehend.

Allmählich setzte die Dämmerung ein. Sie hatten die letzten Stunden ein wenig geschlafen, Sarah eng an Markus geschmiegt und er das Gewehr griffbereit in seiner rechten Hand.

Markus erwachte von entferntem Motorengeräusch. Er meinte den Motor einer schweren Maschine zu erkennen, die sich den Berg hinaufkämpfte. Vorsichtig rüttelte er an Sarahs Arm. »Da kommt jemand.«

Sarah war augenblicklich wach. Mit einem Mal erhellte sich ihr Gesicht. Sie sprang hoch und riss die Tür auf. »Bob! Bob Gordon! Es ist tatsächlich Bob!«, rief sie vollkommen aufgelöst.

In diesem Moment kam das Ungetüm eines Schneefahrzeuges vor dem Haus zum Stehen.

Ein stämmiger Mann, Mitte fünfzig, die Pelzmütze tief im Gesicht und angezogen wie ein Michelinmännchen, kletterte umständlich aus der Fahrerkabine. Sarah lief geradewegs in seine Arme.

»Ist ja gut, Mädchen«, brummte Bob und befreite sich verlegen aus Sarahs Armen. Sein Lächeln wirkte ein wenig abstoßend auf Markus, denn Bob fehlten mindestens drei Zähne in der oberen Reihe, aber seine Augen waren warmherzig und ehrlich. Markus schlug gegen die entgegengehaltene riesige Faust und lächelte zurück.

»Markus Franke aus Deutschland!«, stellte er sich vor. Erst als er Bobs fragenden Blick sah, fiel ihm auf, dass er Deutsch gesprochen hatte. »Sorry, I'm Markus from Germany«, wiederholte er.

Bobs breites Grinsen legte nun auch noch die unteren Zahnlücken frei. Voller Ungeduld hatte Sarah die Begrüßung abgewartet, jetzt war sie nicht mehr zu bremsen.

»Du bist unser Retter«, redete sie drauflos. »Gestern Abend ist auf uns geschossen worden.«

»Ja?«, unterbrach Bob Gordon sie mit erhobenen Brauen. »Wer hat auf euch geschossen?«

»Wir wissen es nicht!«, erwiderte Markus mit fester Stimme.

Bob schüttelte den Kopf. »Ich habe die Schüsse gehört. Knapp eine Stunde nachdem ich euch habe hochfahren sehen.«

»Hast du auch gesehen, ob uns jemand folgte?«, fragte Sarah. »Es war noch jemand hier, und dieser Jemand machte Jagd auf uns.« Zum Beweis tippte Sarah auf das zersplitterte Holz des Fensterrahmens. »Hier ist eine Kugel eingeschlagen!«

Bobs skeptischer Blick traf Markus, der daraufhin nachdrücklich nickte.

»Ich bin niemandem begegnet«, brummte Bob Gordon und schickte sich an, wieder in sein Schneemobil zu klettern. »Wie lange wollt ihr noch hier oben bleiben?«

»Eigentlich wären wir längst weg, aber unser Auto ist kaputt«, sagte Sarah.

»Und wir konnten auch niemanden anrufen, weil das Telefon tot ist«, knurrte Markus und stapfte etwas verstimmt zum Auto. Er öffnete die Kofferraumklappe und warf Bob das Abschleppseil zu.

Nachdem Bob sie vor der Mietwagenstation abgesetzt hatte und das Auto mit einigen Schwierigkeiten gegen einen intakten Wagen getauscht wurde, fuhren Sarah und Markus auf direktem Weg zur Polizeistation von Watsonville.

Die letzten Stunden hatten sie ausschließlich damit verbracht, jede Besonderheit seit ihrer Ankunft in Amerika zu durchleuchten, die auf die Anwesenheit Katharinas hinwies. Aber beweisbar war nichts von alledem. Es blieb ihnen also nur eines: Katharina zu finden.

Sarah war mittlerweile hochgradig nervös und stürmte geradezu das Office. Zielstrebig marschierte sie auf den erstbesten Polizeibeamten zu.

»Mein Name ist Sarah McDonnan. Ich hatte gestern angerufen und einen Wagen als gestohlen gemeldet. Haben Sie inzwischen etwas in Erfahrung bringen können?«

Der Officer sah sie misstrauisch an und zog ein Schriftstück unter dem Tresen hervor. »Ach, der schwarze Landrover. Merkwürdige Geschichte! Können Sie sich ausweisen?«

Sarah schob ihren provisorischen Pass in seine Richtung. Der Mann studierte ihn kurz, sah mehrmals zwischen Sarah und dem Passbild hin und her und gab ihn ihr schließlich zurück.

»Ich will Ihnen nichts unterstellen, Mrs. McDonnan, aber Sie sagten am Telefon, dass der Wagen direkt aus der Garage Ihres Vaters, Holiday Drive 254 gestohlen wurde?« Sarah nickte nachdrücklich, woraufhin sie der Officer noch eingehender musterte. »Sie selbst haben ihn aber vor ein paar Wochen umgemeldet.«

Er legte ein Blatt Papier vor ihr ab und tippte mit dem Zeigefinger auf die Adresse.

»Umgemeldet?«, fragte Sarah betont locker und tat, als ob sie sich plötzlich erinnerte. »Ach, ja und wohin habe ich …?«

»Auf die Lake Ave 467«, unterbrach sie der Officer und warf nun auch Markus argwöhnische Blicke zu. »Zeigen Sie mir doch bitte noch einmal Ihren …« Bevor er ausreden konnte, mischte sich nun freundlich lächelnd Markus ein. »Entschuldigen Sie, aber meine Frau hatte einen schweren Verkehrsunfall und kann sich an nichts erinnern. Haben Sie vielen Dank.« Noch während seines letzten Satzes hakte er Sarah unter und zog sie aus dem Büro.

»Vielleicht hätten wir ihm von den Schüssen erzählen sollen«, sinnierte Markus, während sie die Straße überquerten.

»Wahrscheinlich hätte er genauso misstrauisch reagiert wie Bob«, entgegnete Sarah trocken. »Wir können nichts beweisen, und wir wissen noch nicht einmal, ob es wirklich etwas mit Katharina zu tun hat. Unsere einzige Chance ist, dass sich bei besagter Adresse die Tür öffnet und sie vor uns steht.«

Lange saßen sie schweigend im Auto und betrachteten das Haus Lake Ave. 467, dann ergriff Markus ihre Hand, lehnte sich hinüber und drückte ihr einen sanften Kuß auf den Mund. »Lass mich zuerst allein reingehen.«

Sarah nickte zaghaft, wandte dann aber den Blick starr geradeaus. Markus konnte förmlich spüren, wie sich ihr Herz zusammenzog.

»Vertrau mir, Sarah! Es ist besser so. Ich werde dich holen, wenn ich weiß, dass keine Gefahr besteht.«

Sie sah ihm nicht nach, wie er auf das Haus zulief und entschlossen den Klingelknopf drückte. Es stand kein Name auf dem kleinen Plastikschild, aber Markus war sich sicher, dass es Katharina sein würde, die öffnete.

Sekunden vergingen. Sein Herz begann zu rasen, und er spürte, wie ihm Schweiß auf die Stirn trat. Tief atmend unterdrückte er den Impuls, auf der Stelle kehrtzumachen.

Lass es ein riesiger Irrtum sein, dachte er plötzlich inständig, während er erneut klingelte.

Im Haus rührte sich nichts.

Ein paar Sekunden lang stand Markus noch angestrengt lauschend, dann verließ ihn der Mut. Er wandte sich um und eilte zum Auto zurück.

»Niemand zu Hause!«, stieß er hervor und ließ hektisch den Motor an.

Sarah griff nach seiner Hand und drehte den Schlüssel zurück.

»Wovor hast du Angst?«

Markus presste die Hand vor den Mund und sah voller Verzweiflung zwischen Sarah und dem Haus hin und her. »Davor, dass sie tatsächlich am Leben ist.«

27.

Noch nie hatte er Sarah so aufgewühlt und durcheinander erlebt. Vor ihrem Haus hatte sie ihn plötzlich um einen Strandspaziergang gebeten, und bereitwillig war er ihr den Weg zum Meer hinunter gefolgt. Unaufhörlich waren ihr die Tränen über das Gesicht gelaufen, während sie leise redete.

»Vielleicht wäre es besser gewesen, meine Mutter hätte das Geheimnis der Zwillinge mit ins Grab genommen.« Sie wirkte wütend, wie sie so durch den Sand stapfte. Markus hatte Mühe, Schritt zu halten und ihre Worte zu verstehen, die der Wind von ihren Lippen riss. »Ich habe dieses Unheil heraufbeschworen. Es ist alles meine Schuld. Ich hätte euch in Ruhe lassen sollen, und nichts von alledem hier wäre passiert.«

Aufgebracht fiel Markus ihr ins Wort. »Nichts ist deine Schuld! Du darfst nicht einmal so denken!«

Sarah blieb stehen, ihre Augen funkelten vor Zorn. »Doch, Markus. Ich hätte einfach niemals nach Deutschland fliegen dürfen.« Wütend stieß sie mit dem Fuß gegen einen großen Stein. »Nicht ich sollte jetzt hier stehen, sondern Katharina, deine Frau! Es ist einfach nicht fair.«

Markus riss sie an sich und bedeckte ihr Gesicht mit Küssen. »Bitte hör auf! Ich ertrage es nicht, wenn du so redest.«

Irgendwann spürte er, wie ihr Widerstand brach. Er umschloss ihr Gesicht mit beiden Händen und zwang sie, ihn anzusehen.

»Ich möchte Katharina nie wieder sehen. Niemals, hörst du?«

Sarah befreite sich heftig aus seinen Armen. »Nein, Markus. Du kannst vor der Realität nicht die Augen verschließen. Sie bedeutet eine Gefahr für uns. Wir müssen uns ihr stellen.«

Einen Augenblick lang sah er starr geradeaus. »Ich liebe dich, Sarah! Katharina ist Vergangenheit. Warum kannst du das nicht einfach akzeptieren?«

»Katharina ist noch immer deine Frau, und sie ist nicht irgendwohin verschwunden. Wir werden nicht zur Ruhe kommen, bevor wir nicht wissen, was in der Nacht vom 4. Juli passiert ist.«

Sie sprachen nicht mehr, bis sie vor dem Haus standen und auf ein Päckchen starrten, das an der Türklinke hing.

»Es hat keinen Absender!«, stellte Sarah erstaunt fest. Sie schüttelte das Paket, zuckte mit den Schultern und lief damit in die Küche. Markus folgte ihr. Sie öffnete es mit einem Messer und holte eine Videokassette ohne Aufschrift heraus.

Einen Moment sah Sarah Markus nachdenklich an, dann lief sie ins Wohnzimmer, hockte sich vor den alten Videorekorder und schob die Kassette ein.

»Warte!«, hörte sie Markus hinter sich sagen. Er setzte sich zu ihr auf den Fußboden und nahm die Fernbedienung an sich. Einen Augenblick saßen sie still da, dann zielte Markus mit der Fernbedienung auf den Rekorder und sah dabei Sarah an. Sie nickte entschlossen. Das Video begann vollkommen unvermittelt. Katharina saß an einem Tisch und redete in die Kamera.

»Ihr müsst jetzt nichts verstehen, jetzt nicht mehr!« Sie lehnte sich nach vorn, richtete die Kamera ein wenig aus und setzte sich wieder. »Wenn ihr dieses Video seht, werde ich nicht mehr leben.« Dann ging ihre Hand auf die Kamera zu, und das Bild wurde dunkel. Als sie die Hand wieder wegnahm, wischte sie sich ein paar Tränen aus dem Gesicht und rang nach Fassung. Man hatte den Eindruck, dass sie keinerlei Konzept hatte, als sie weitersprach. »Ich wünsche keinem Menschen der Welt, das erleben zu müssen, was ich in den letzten Wochen empfunden habe, als mir klar wurde, was geschehen ist. Ich habe mich mein Leben lang gehasst. Es war immer mein Traum, ein anderer Mensch zu sein.« Sie zögerte einen Moment. »Und plötzlich lag der Traum zum Greifen vor mir. Ich brauchte nicht einmal nachzudenken, als alles brannte und du, Sarah, in dem Autowrack vor mir saßest und ich …« Sie stockte und starrte in die Kamera.

»Ich weiß jetzt alles. Aber vielleicht sollte ich von vorn anfangen. Wir waren zwei Jahre alt, als eine nette Frau ins Kinderheim kam und mich aussuchte. Mich! Sie kam jede Woche einmal, über viele Monate, und sie erzählte, dass sie mich irgendwann mitnehmen würde, in dieses schöne Haus am Meer, wo es immer warm war und wo immer die Sonne schien. Und dann, eines Tages, wir spielten wohl gerade im Garten, hast du mir das hier angetan.«

Katharina rieb sich mit dem Ärmel ihres Pullovers angestrengt die linke Schläfe und deutete auf die Narbe, die vorher mit Make-up überdeckt gewesen war. »Sie mussten die Wunde nähen, und ich blieb sieben Tage im Krankenhaus.«

Unwillkürlich fasste sich Sarah an ihre linke Gesichtshälfte. Der Unfall hatte bei ihr eine fast identische Narbe hinterlassen. Deshalb hatte Markus sie für Katharina gehalten, deshalb waren ihm keine Zweifel gekommen.

»Als ich aus dem Krankenhaus zurück war, habe ich nach der netten Frau gefragt, aber man sagte mir, sie hätte es sich anders überlegt. Ich wollte es nicht glauben und habe noch wochenlang gewartet, aber sie kam nie wieder. Und du, Sarah, warst weg. Die nette Frau hatte dich mitgenommen. Sie hat dich für mich gehalten. Das habe ich erst viel später von Margarethe Kleinschmidt erfahren. Du hast mein Leben gelebt, und ich musste deines leben!« Eine kleine Pause entstand, in der Katharina einfach nur in die Kamera sah. »Frau Kleinschmidt hat all die Jahre den Kontakt zu mir gehalten. Sie hat mich irgendwie noch immer als ihr Kind gesehen. Anfangs war es in Ordnung, und als ich noch klein war, habe ich es genossen, die Wochenenden in ihrem Haus zu verbringen, aber es wurde zur Besessenheit bei ihr. Sie muss wohl ihr schlechtes Gewissen abgearbeitet haben. Schließlich war sie die Einzige, die uns beide auseinanderhalten konnte. Nur sie wusste, dass du an meiner Stelle adoptiert worden warst. Sie hätte den Irrtum aufklären können. Aber das tat sie nicht!« Wieder stockte Katharina und schien darüber nachzudenken, ob sie weiterreden sollte. »Ich habe sie noch mal besucht, am 5. Juli. Ich wollte nur wissen, warum sie mir nie gesagt hat, dass es dich gibt. Daraufhin erzählte sie mir alles. Als ich ihr sagte, dass ich den Tausch rückgängig mache, ist sie komplett ausgeflippt. Sie hat mir gedroht, die Polizei zu rufen. Was sollte ich machen? Keiner wusste, dass ich noch lebte! Alles wäre an dieser Stelle zu Ende gewesen!«

Katharina verschwand plötzlich aus dem Bild und kehrte kurz darauf mit einer brennenden Zigarette zurück.

»Ich habe dich nicht gehasst, Markus! Nein, nicht dich, das Gefühl unserer Ehe war es, die Ohnmacht des Unveränderbaren, die Einsamkeit an deiner Seite. Was weißt du überhaupt von mir? Wie gut kennst du mich? Nichts weißt du, nichts, aber das spielt nun auch keine Rolle mehr. Obwohl? Eines solltest du vielleicht doch wissen: Du lagst richtig in der Annahme, dass ich etwas mit Christoph hatte. Und er war es auch, der mich hier auf dem Laufenden hielt. Aber wenn du meinst, dass er auch hier wäre, muss ich dich enttäuschen. Dafür reicht die Beziehung zu ihm nicht. Ach, und was dein geheimes Konto angeht – 80000 Euro. Großartig! Es ist nur gerecht, dass ich mir die Hälfte genommen habe!«

»Hier mein letztes Geheimnis«, sagte Katharina nach einer weiteren Pause. »Ihr wollt sicher wissen, was bei dem Unfall geschah.« Wieder zog sie an ihrer Zigarette. »Ich war schon einige Meter in den Wald gelaufen, als ich das Quietschen der Bremsen und dann den Aufprall hörte. Ich drehte um und rannte zurück. Der Wald war plötzlich hell erleuchtet, weil das andere Auto in Flammen aufgegangen war. Ich schrie nach dir, Sarah. Ich riss an der Tür, aber ich bekam sie nicht auf. Ich habe um Hilfe gerufen. Dann habe ich einen Stein gesucht, um die Scheibe einzuschlagen. Ich bin auf allen vieren im Dunkeln am Straßenrand rumgekrochen. Als ich endlich einen gefunden hatte, schlug ich die Scheibe damit ein und versuchte, dich irgendwie aus dem Fenster zu zerren. Du warst immer noch angeschnallt. Du hast dich nicht bewegt, Sarah. Ich dachte plötzlich, du wärest tot. Und für eine Sekunde ... Aber du warst nicht tot. Dann hat mich ein Gedanke wie ein Blitz getroffen, und ich habe den Stein genommen und zugeschlagen. Ich habe meine Zwillingsschwester töten wollen, um ihr Leben zu leben, weil es eigentlich mir gehört hat.«

An dieser Stelle brach das Video unvermittelt ab. Markus und Sarah starrten voller Verwirrung auf den flimmernden Bildschirm.

»Ich verstehe sie«, sagte Sarah plötzlich in die Stille hinein. »Meine Eltern suchten Katharina aus und bekamen mich. Sie hat recht. Das ist nicht fair.«

Markus starrte auf den Fernseher, so als würde er dort noch immer Katharina sehen. Langsam schüttelte er den Kopf. »Nichts davon ist eine Entschuldigung für das, was sie getan hat.«

»Ja, aber das erste Mal verstehe ich die Zusammenhänge«, entgegnete Sarah und stand auf.

»Was wollen wir jetzt tun? Was, glaubst du, will Katharina mit diesem Video bezwecken? Uns in Sicherheit wiegen?«

»Ich denke darüber nach, wie ich mich mit Katharina arrangieren kann.«

Markus sah Sarah ungläubig an. »Das ist nicht dein Ernst!«

Sarah nickte still, während sie die Terrassentür öffnete und nach draußen ging.

Markus sah einen Moment lang wieder auf den Fernsehbildschirm. Dann sprang er auf und eilte zu Sarah. Sie stand am Rand der Terrasse und sah auf das Meer. »Arrangieren?«, wiederholte er aufgebracht. »Du willst dich mit jemandem arrangieren, der dich umbringen will? Sarah! Wenn wir Katharina finden, wird sie unter Mordanklage gestellt.«

»Das hängt von uns ab«, sagte Sarah leise.

Markus geriet immer mehr außer sich. »Allein was bei dem Unfall passierte, ist so ungeheuerlich, dass mir die Worte fehlen. Und nachdem sie bei Frau Kleinschmidt war, ist die alte Frau tot. Sie geht über Leichen für das, was sie will.« Hektisch fuhr er sich durch die Haare. »Es ist einfach unmöglich, dass wir das alles vergessen.«

Es schien, als hätte Sarah nicht zugehört. Noch immer stand sie vollkommen regungslos da, den Blick auf den Horizont gerichtet. »Es wäre gerecht, das Erbe meiner Eltern mit ihr zu teilen«, sagte sie sehr ruhig.

In diesem Moment läutete das Telefon im Wohnzimmer. Sarah zögerte einen Augenblick, dann ging sie ins Haus zurück und hob ab. Markus folgte ihr.

»McDonnan. Ja? Sarah McDonnan. Ich bin ihre Nichte.« Dem weiteren Gespräch konnte Markus nichts entnehmen, aber Sarahs Miene verriet, dass sie der Anruf sehr beunruhigte. Sie schien verzweifelt, als sie auflegte.

»Man hat meine Tante gegen ihren Willen in ein Krankenhaus gebracht. Jetzt verlangt sie nach mir ... in Washington!« Sarah ließ sich in den Sessel fallen und starrte an die Decke. »Ich kann nicht weg. Nicht jetzt!«

Es dauerte einige Zeit, bis Markus sie davon überzeugt hatte, dass dieser Umstand das Beste war, was passieren konnte. Zum Einen beruhigte ihn der Gedanke, dass Sarah in ihrem Vorhaben, das Erbe betreffend, unterbrochen wurde, andererseits war ihm aber nicht wohl dabei, Sarah nicht in seiner Nähe zu wissen. Aber vielleicht war es genau das, was er jetzt brauchte. Sarah war in Washington in Sicherheit, und er hatte freie Hand, ohne sich um sie zu sorgen. Es musste ihm gelingen, während Sarahs Abwesenheit Katharina ausfindig zu machen und sie der Polizei zu übergeben. Und er musste endlich Leonard erreichen und ihn dazu bringen, sich sofort in ein Flugzeug zu setzen und hierherzukommen.

Schweren Herzens buchte Sarah den nächsten Flug nach Washington, jedoch nicht, ohne Markus das Versprechen abgenommen zu haben, bei allem, was er unternahm, äußerst vorsichtig sein.

Nachdem er sich von Sarah verabschiedet hatte, saß Markus noch lange im Auto. Er hatte ihr verschwiegen, dass er danach nur ein Ziel haben würde. Katharinas Haus. Und wenn er die Tür einschlagen müsste, um hineinzugelangen, er brauchte endlich Gewissheit! Was war mit ihr? Warum spielte sie dieses gefährliche Psychospiel?

Markus war sich plötzlich sicher, dass es sich um ein böses Spiel handelte und dass nichts von dem, was Katharina in ihrer Videobotschaft gesagt hatte, der Wahrheit entsprach. Sie war kein Mensch, der den Freitod wählte, weil er keine andere Möglichkeit mehr sah. Und sie war auch niemand, der einlenkte, wenn es noch die Chance eines Ausweges gab. Katharina würde kämpfen, gegen alle Widerstände, und das machte sie umso gefährlicher.

Am Nachmittag hatte er Leonard erreicht. Der Kriminalist war zu Markus' Erleichterung wenig erstaunt darüber gewesen, welchen Lauf die Dinge genommen hatten, und willigte daher sofort ein, nach Watsonville zu kommen. Allerdings machte ihm Leonard auch unmissverständlich klar, keinerlei Schritte allein zu unternehmen, sondern mit der Suche zu warten, bis er eintraf. Markus solle ihn am nächsten Morgen vom Flughafen abholen.

28.

Gegen zehn Uhr morgens stand Markus wieder am Flughafen und wartete darauf, dass Leonard aus dem Flugzeug stieg. Kaum hatte er den Sicherheitsbereich verlassen, zog ihn Markus in Richtung Ausgang zu seinem Auto.

»Also«, begann er nach einer kurzen Begrüßung. »Sarah ist momentan noch in Washington bei einer Tante, kommt aber mit dem Achtzehn-Uhr-Flug wieder zurück. Und was Katharina angeht, habe ich inzwischen doch einiges in Erfahrung bringen können. Das Haus, das sie bei der Polizei als ihren Wohnsitz angegeben hat, ist leer, da hat sie sich gar nicht aufgehalten.«

Leonard blieb plötzlich stehen. »Lass uns bei einem Kaffee darüber reden, ja? Ich muss erst mal wach werden!«

Markus fuhr geradewegs zu »Copybean«, dem Cafe, in dem er mit Sarah den Williams-Brüder begegnet war und auf dessen gegenüberliegender Straßenseite sich das Immobilienbüro Cohn befand.

Leonard nippte eine Weile schweigend an seinem Kaffee. »Ich habe lange über dieses Video nachgedacht und bin der Meinung, dass Katharina ...«

Markus unterbrach ihn abrupt. »Entschuldige. Einen Satz vorweg. Ob du es mir glaubst oder nicht, inzwischen ist es mir beinahe egal, ob sich Katharina das Leben genommen hat oder es noch vorhat oder untergetaucht ist. Sie soll nur endlich aus meinem Leben verschwinden.«

Leonard schaute Markus einen Moment abwägend an, bevor er weiterredete. »Mag sein. Aber zuerst müssen wir sie finden. Was ich sagen wollte, ist, ich habe gar nicht so sehr an Katharina gedacht, mehr an Sarah.«

Ruckartig hob Markus seinen Kopf. »Was meinst du damit?«

»Ich mache mir Sorgen um sie«, erwiderte Leonard, ohne den Blick von ihm zu lassen. »Wenn Katharina es damals fast fertigbrachte, ihre Schwester zu erschlagen, warum sollte sie nicht wieder versuchen, sie zu töten? Du hättest Sarah nicht aus den Augen lassen dürfen!«

Markus schwieg mit finsterer Miene. Offensichtlich machte er sich deswegen auch Vorwürfe.

»Auf dem Flug hierher habe ich die ganze Zeit darüber nachgedacht, wie man mit dem Leben, das Katharina vor sich hat, hätte glücklich werden können«, fuhr Leonard fort. »Eigentlich hat sie nur eine Chance. Sie muss Sarah und sich verschwinden lassen, um mit einer anderen Identität weiterleben zu können. Verstehst du, Sarah muss sterben, bevor Katharina den Besitz von ihr verkaufen kann. Nehmen wir mal den schlimmsten Fall an. Katharina hat eingesehen, dass sie als Sarah McDonnan nicht weiterexistieren kann. Sie hat aber immer noch vor, an die Besitztümer von Sarah zu kommen. Also braucht sie jemanden, der die Immobilien kauft, damit sie mit einer anderen Identität weiterleben kann. Ihr Dilemma besteht darin, dass Sarah noch lebt und dass du ja auch noch da bist ... Mein Gott, die ganze Sache würde so oder so nicht funktionieren.«

Mitten in Leonards letzten Satz hinein stand Markus plötzlich auf, warf einen Schein auf den Tisch und zeigte nach draußen.

»Mister Cohn könnte ihr Helfershelfer sein«, sagte er mit plötzlicher Klarheit.

»Wer ist Mister Cohn?«

»Der Immobilienmakler, dem Katharina das Haus angeboten hat. Da drüben ist sein Büro!«

»Na, dann werde ich jetzt diesem Mister Cohn einen Besuch abstatten!« Leonard erhob sich ebenfalls.

»Ich bin dabei«, sagte Markus.

Leonard schüttelte, schon im Gehen den Kopf. »Ich glaube, es ist besser, wenn du mich das allein machen lässt. Du reagierst im Moment viel zu emotional, und das könnte bei meiner Strategie hinderlich sein. Mir wäre es am liebsten, du fährst nach Hause und wartest auf eine Nachricht von mir.«

Während seines letzten Satzes schob er Markus zum Auto und wartete, bis dieser eingestiegen war. Leonard lehnte sich kurz zu ihm hinunter. »Gut. Dann gehe ich jetzt mal da drüben rein«, sagte er und deutete auf das Immobilienbüro. »Danach stelle ich einen Kontakt mit der Polizei her, besorg mir ein Auto und ein Hotelzimmer …«

»Du schläfst doch bei uns!«, unterbrach ihn Markus.

Leonard schüttelte den Kopf. »Das möchte ich auf keinen Fall. Vergiss nicht, ich bin nicht ganz privat hier. Ich habe das Gefühl, es kommt eine Menge Arbeit auf mich zu, und wie ich die erledige, musst du mir überlassen. Ruf mich an, wenn du Sarah vom Flughafen abgeholt hast!«

Markus wendete mit quietschenden Reifen. Auf der gegenüberliegenden Straßenseite stoppte ihn Leonard noch einmal. »Eine Bitte hab ich noch. Sag Sarah erst einmal nichts davon, dass ich schon hier bin, ja?« Er klopfte zum Gruß auf das Autodach und verschwand in Cohns Büro.

Der Kies knirschte unter den Reifen, als Markus vor dem Haus am Meer hielt. Er sah auf die Uhr, während er aufschloss und das Haus betrat. Ihm blieben noch drei Stunden Zeit für einen Kaffee und eine heiße Dusche. Seine Schritte hallten durch die Diele wie Hammerschläge. Die Leere, die Sarah hinterlassen hatte, war in jedem Winkel des Hauses zu spüren. Markus sehnte sich plötzlich so unbändig nach dem Geräusch ihrer nackten Füße auf dem Boden, nach ihrem Lachen.

Totenstille herrschte im Haus. Er lief durch bis in die Küche. Eine halbvolle Tasse Kaffee stand auf dem Fenstersims, so als wäre sie eben erst abgestellt worden. Als Markus nach ihr griff, stellte er fest, dass der Inhalt noch warm war. Plötzlich stand er starr und lauschte. Er meinte das Fließen von Wasser zu hören. Markus stellte die Tasse ab und bewegte sich lautlos in Richtung Treppe. Das Rauschen der Dusche im oberen Stockwerk war nun deutlich zu hören.

Plötzlich überkam ihn ein Schauer der Angst, als ihm Leonards Worte bewusst wurden. Was wäre, wenn Katharina … Das Blut raste durch seine Adern. Aufs Äußerste angespannt, schlich er die Treppe hinauf. Er lauschte an der Badezimmertür, aber außer der Dusche war nichts zu hören. Für einen Augenblick hielt Markus den Atem an, dann öffnete er behutsam die Tür einen kleinen Spalt. Er konnte die Person hinter dem Duschvorhang nicht erkennen. Genauso behutsam schloss er die Tür wieder und ging ein paar Schritte zurück.

»Sarah, bist du es?«

Ein Schrei hallte durch das Bad. »Mein Gott, Markus, du hast mich zu Tode erschreckt.«

Markus atmete erleichtert auf. Er öffnete die Tür, aber bevor er den Duschvorhang beiseiteziehen konnte, sagte Sarah: »Warte bitte noch einen Augenblick, ich bin gleich fertig.«

Markus wankte die Treppe hinunter, ging in die Küche und begann Kaffee zu machen.

»Markus?«

Er lief in die Diele und sah nach oben. Ungläubig starrte er Sarah an. Vor ihm stand eine Frau in einem langen schwarzen Kleid. Ihr Kopf war eingehüllt in ein schwarzes Tuch, und der Rest des Gesichts wurde von einer großen dunklen Sonnenbrille verdeckt.

»In einer Stunde gehen wir zu Katharinas Beerdigung«, sagte sie ruhig und ging die Treppe hinunter an Markus vorbei bis in die Küche.

Er verstand weder ihren Ton noch ihr Verhalten und folgte

ihr mit schnellen Schritten. »Wieso bist du überhaupt schon da?«

»Ich habe einen Flieger eher genommen.«

»Wieso? Du wolltest doch wenigstens einen Vormittag im Krankenhaus verbringen.«

»Das war ich auch, aber wegen einer Verspätung wurde der Elf-Uhr-Flug gerade aufgerufen, als ich am Flughafen ankam. Also habe ich den genommen.« Sarah reichte Markus eine schwarz umrandete Benachrichtigung. »Das war in der Post. Katharina hat ihr Vorhaben wahrgemacht und sich das Leben genommen.«

Markus stellte erstaunt fest, dass er nichts empfand.

»Wo warst du eigentlich?«, wollte Sarah wissen.

»Ich bin durch die Gegend gefahren, weil ich es hier nicht mehr ausgehalten habe«, antwortete er, während er darüber nachdachte, warum Leonard ihn gebeten hatte, Sarah seine Anwesenheit zu verschweigen.

Sarah reagierte mit einem kurzen Nicken.

Markus schaute auf den Brief in seinen Händen und legte ihn dann auf den Tisch. »Ich kann das nicht, Sarah.« Er ging die Treppe hoch und verschwand im Schlafzimmer.

Sarah nahm ihre Brille ab. Eine Stunde musste sie noch durchhalten, dann würde sie dieses Kleid ausziehen und ihr Leben mit Markus noch einmal ganz von vorn beginnen.

Der Friedhof war klein und wirkte auf den ersten Eindruck fast ein wenig verwahrlost. Markus und Sarah saßen im Auto und schauten auf die kleine Kapelle. Es war inzwischen 17 Uhr 30, aber nichts rührte sich. Die Beerdigung hätte um 17 Uhr stattfinden sollen. Endlich sahen sie zwei Männer, die mit einem Sarg die Kapelle verließen.

»Geh bitte allein hin!«, sagte Markus.

Sarah holte einmal tief Luft. »Entschuldige, Markus, aber ich finde, du solltest auch mit der Vergangenheit abschließen.«

Markus schüttelte stumm den Kopf. Einen Moment lang sah Sarah ihn bittend an. Dann stieg sie aus dem Auto, drehte sich noch einmal um und lächelte.

»Ich liebe dich«, sagte sie leise.

Sie ging auf die beiden Männer zu, die gerade dabei waren, einen einfachen Holzsarg in die Erde herabzulassen. Ein kleiner dicker Mann, den Sarah vorher nicht bemerkt hatte, ordnete noch sein Priestergewand und gab den Männern ein Zeichen, sich diskret zurückzuziehen. Umständlich zog er ein Büchlein unter dem Gewand hervor, schlug es auf und setzte eine ernste Miene auf. »Liebe Trauergemeinde, ein Menschenleben ist zu Ende gegangen – plötzlich, unerwartet und für uns alle unfassbar. Mit unserer Trauer und unserem Schmerz stehen wir hier; einsam und verlassen fühlen wir uns. Aber es soll nicht zu Ende gegangen sein, ohne dass wir alle, die wir heute hier zum Abschied zusammengekommen sind, auf dieses Leben blicken. Nun sind wir hier, am Ende ihres Lebens, um gemeinsam auf das zu sehen, was zu ihrem Leben gehörte.« Er legte eine Pause ein, um bedeutungsvoll auf das offene Grab zu sehen. »Güte und Liebe sind es, die uns Menschen miteinander verbinden.«

»Lassen Sie es gut sein«, unterbrach ihn Sarah.

Der Priester blickte verstört von seinem Buch auf, zögerte einen Moment und gab dann den Männern ein Zeichen, dass sie mit dem Aufstellen des Kreuzes beginnen sollten. Sarah hob etwas Erde vom Boden auf und trat einen Schritt an das Grab heran. Langsam ließ sie die Erdkrumen durch ihre Finger rinnen. Als sie den Kopf wieder hob, fiel ihr Blick auf das Kreuz. Zu ihrem Erstaunen stand ein unbekannter Name darauf.

»Das ist nicht das Grab von Katharina Franke!«, rief sie dem Priester hinterher, der mittlerweile die Kapelle fast erreicht hatte. Wie vom Donner gerührt blieb er stehen und drehte sich um.

»Haben Sie eben Katharina Franke gesagt? Sie sind zu der Beisetzung von Katharina Franke gekommen? Mein Gott, das tut mir leid. Wir haben sie schon um 15 Uhr beigesetzt. Sie liegt dort hinten.« Er deutete nach rechts und lief so schnell er konnte bis an das Ende des Weges. Dabei redete er laut und signalisierte ununterbrochen, dass Sarah ihm folgen sollte. »Herrgott, das ist ja furchtbar, aber der Nachlassverwalter von Miss Franke, ein gewisser Mr. Cohn, hatte heute Mittag angerufen und den Termin ganz kurzfristig geändert. Er meinte, die Trauergäste kämen früher. Aber es ist niemand gekommen, und so haben wir sie recht zügig bestattet.«

Unterdessen waren er und Sarah vor einem Erdhügel mit einem schlichten Holzkreuz angekommen. »Also wenn Sie wollen, könnte ich auch hier noch ein paar Worte ...«

»Nein, das ist nicht nötig«, sagte Sarah. »Wenn Sie mich jetzt einen Augenblick allein lassen würden, wäre ich Ihnen sehr dankbar.«

»Selbstverständlich, natürlich!«, beeilte der Priester sich zu sagen und verschwand.

Sarah setzte sich auf eine Bank, die einige Meter hinter ihr stand, und schaute auf das Grab. Sie konnte sehen, dass hinter Markus' Auto ein anderer Wagen hielt, aus dem ein Mann stieg, um sich anschließend in den Wagen von Markus zu setzen. Kurz darauf stieg er wieder aus und ging zu seinem Wagen zurück. Er sagte etwas durch das geöffnete Wagenfenster, kehrte zurück, um sich wieder in das Auto von Markus zu setzen. Der andere Wagen hinter Markus fuhr ein Stück zurück, wendete dann und kam den Weg heruntergefahren, um direkt neben Sarah zu halten. Einen Moment passierte nichts, dann öffnete sich die Tür, und ein Mann stieg aus. Er trug ein geschmacklos kariertes Jackett und war etwa um die vierzig. Seine Hautfarbe war schwarz, er kaute Kaugummi. Sein Gesichtsausdruck war teilnahmslos, als er auf Sarah zukam.

»Katharina Franke, ich verhafte Sie wegen Mordverdachts an Sarah McDonnan.«

Einen Moment lang herrschte Totenstille. Man hörte nur das Klicken der Handschellen.

»Ich bin Sarah McDonnan«, kam es tonlos aus Sarahs Mund.

Der Kaugummi kauende schwarze Mann nickte freundlich.

»Das können Sie uns alles in Ruhe später erzählen. Jetzt kommen Sie bitte erst einmal mit.« Er griff Sarah unter den Arm und führte sie zu seinem Auto. Aus diesem Wagen stieg dann ein zweiter Mann, der Sarahs Kopf hinunterdrückte, bis sie im Fond saß.

»Da oben in dem Wagen sitzt mein Mann«, versuchte sie einzuwenden. »Wenn Sie bitte einen Moment halten könnten, würde sich alles aufklären.«

»Das wissen wir«, antwortete der Schwarze. »Sie kommen jetzt aber erst mal mit uns.«

Sarah hatte keine Möglichkeit, sich bemerkbar zu machen, denn der Wagen nahm den kürzesten Weg zum Friedhofsausgang.

Markus sah das Auto mit Sarah immer kleiner werden, bis es auf die Straße abbog. Leonard neben ihm zog umständlich sein Handy hervor, dann fischte er einen Zettel aus der Hemdtasche und wählte eine Nummer. Ungeduldig wartete er darauf, dass abgehoben wurde.

»Verdammt, warum geht denn bei diesen Idioten keiner ans Telefon!« Leonard klappte sein Handy zu und drehte sich zu Markus, der immer noch auf den Friedhofsausgang starrte.

»Ihr irrt euch«, sagte Markus plötzlich. »Es war Sarah, die unter der Dusche stand. Gut, ich muss zugeben, im ersten Moment war ich auch verunsichert, die Sonnenbrille, das lange Kleid ... aber es ist nicht Katharina!«

»Wie sicher kannst du dir da sein?«

»Ich kenne Sarah.«

Leonard runzelte nachdenklich die Stirn. »Die Sache ist kompliziert, und ich muss zugeben, dass ich sie auch nicht sofort durchschaut habe. Cohns Geständnis ergab lange keinerlei Sinn. Wahrscheinlich versuchte er anfangs noch, die günstigste Variante für sich zu erwischen, aber letztendlich war klar, dass er der eigentliche Drahtzieher des Ganzen war. Der Deal war: Wenn Cohn für den Tod von Sarah sorgt, bekommt er von Katharina die beiden Häuser, im Wert von einer knappen Million. Durch Katharinas Ankündigung, sich das Leben zu nehmen, wollte sie dich in dem Glauben wiegen, dass es ihr Grab sei, an dem du jetzt stehst. Danach wäre sie einfach mit einer neuen Identität, die Cohn ihr besorgen sollte, verschwunden. Plötzlich allein, wärest du alsbald nach Deutschland zurückgegangen, und Cohn hätte die Häuser bekommen.«

Für einen Moment herrschte Schweigen im Auto.

»Was geschieht jetzt mit Katharina?«, fragte Markus.

»Man wird sie vernehmen«, antwortete Leonard. »Ich habe leider keine Vernehmungserlaubnis bekommen, da ich nicht offiziell hier bin. Katharina wird behaupten, sie weiß von nichts, und alles auf Cohn schieben und überhaupt, sei sie gar nicht Katharina, sondern Sarah und so weiter. Das kann jetzt alles dauern.«

»Warum bist du dir sicher, dass es Katharina war?«, fragte Markus eindringlich.

»Weil Cohn in einer Sache ziemlich überzeugend war. Sarah habe das Hotel in Washington nicht lebend verlassen, hat er zu Protokoll gegeben.«

Einige Augenblicke stand dieser Satz wie ein Paukenschlag im Raum. Markus schien nicht mehr zu atmen, und Leonard schwankte, ob er weiterreden sollte. »Cohn ist zwar ein gerissener Immobilienhai, aber er ist kein Mörder. Er will einen Killer beauftragt haben, der Sarah, nach dem missglückten Versuch an der Jagdhütte, nach Washington …«

Markus riss den Kopf herum. »Missglückter Versuch? Du meinst, derjenige, der in der Nacht oben im Blockhaus auf uns geschossen hat, ist Sarah nach Washington gefolgt und hat sie dort …? Ein echter Auftragskiller?«

Leonard nickte. »Die Fluggesellschaft bestätigte uns zwar, dass eine Sarah McDonnan in der Elf-Uhr-Maschine aus Washington saß, aber es war Katharina, die noch immer den Pass ihrer Schwester benutzt.«

»Woher willst du das so genau wissen?«

»Cohn behauptet, der Auftragskiller hätte ihm telefonisch am Vormittag den Vollzug gemeldet. Wir haben das Telefonat zurückverfolgen lassen. Es wurde aus der Lobby von Sarahs Hotel geführt. Die Person, die heute am frühen Morgen aus dem Hotel auscheckte, war nicht Sarah, sondern Katharina. Der Killer ließ Sarahs Leichnam unbemerkt aus dem Hotel verschwinden, und Katharina nahm wieder Sarahs Identität an.«

Markus fühlte, wie ihm mehr und mehr der Boden unter den Füßen weggezogen wurde. Er machte eine abrupte Handbewegung, um Leonard zum Schweigen zu bringen.

»Wo ist Sarahs Leiche? Ich will, dass wir das Grab öffnen!«, brüllte er und sprang aus dem Auto. Wie von Sinnen rannte er auf die kleine Kapelle zu.

Der entsetzte Priester wusste nicht, wie ihm geschah, als Markus ihn durchschüttelte und anschrie: »Lassen Sie sofort das Grab öffnen!«

»Was wollen Sie von mir um Gottes willen?«, stotterte er.

»Lass ihn los, Markus!«, sagte Leonard, der inzwischen hinter ihm stand. »Du weißt, dass das Grab leer ist. Da werden wir Sarahs Leiche nicht finden.«

»Sagen Sie mir alles, was Sie über diese Beisetzung wissen«, sagte Markus plötzlich ganz ruhig und ließ den Geistlichen los.

Der Priester ordnete seine Kleider und jammerte: »Was soll ich Ihnen da sagen? Es kam jemand und brachte den Sarg und das Holzkreuz und …«

»Wer kam?«, fragte Markus bestimmt.

»Das weiß ich nicht, ich kannte den Mann nicht. Er sagte nur, ich solle für eine ordentliche Beisetzung sorgen, aber nur zwei Personen informieren. Ich sollte persönlich eine Benachrichtigung in den Briefkasten von Sarah McDonnan stecken und eine bei Mister Cohn. Das war alles.«

»Und das haben Sie dann so einfach gemacht? Ohne den Sarg noch einmal zu öffnen?«, fragte Leonard.

»Warum sollten wir das tun? Außerdem hatte der Mann eine größere Summe für die Kirche gespendet.«

»Die er Ihnen vermutlich persönlich in die Hand drückte«, fügte Leonard hinzu. Bevor der Priester antworten konnte, packte ihn Markus am Arm.

»Und jetzt sorgen Sie dafür, dass das Grab geöffnet wird!«

»Tut mir leid, aber die Totengräber sind nicht mehr da«, stammelte der Priester, sichtlich bemüht, mit Markus Schritt zu halten. Er zerrte ihn jetzt den Weg entlang, bis sie vor dem Grab standen.

»Dann machen Sie es eben selbst!« Markus sah sich um, holte hinter einer Hecke eine Schaufel hervor und drückte sie dem Priester in die Hand. Leonard wusste, dass es keinen Zweck hatte, Markus von seinem Vorhaben abzubringen.

Irgendwann saß der Priester auf einem Erdhaufen und starrte in das Loch. »Was ist jetzt, meine Herren – soll ich nun den Sarg öffnen oder nicht?«

Leonard schaute zu Markus, der seine Ellenbogen auf die Knie gestützt hatte und sein Gesicht in den Händen verbarg. Der Priester wischte sich den Schweiß von der Stirn. »Ich meine, wenn Sie sich das inzwischen anders überlegt haben … Mir wäre es auch lieber, wenn der Sarg nicht …«

Das Klingeln von Leonards Handy unterbrach ihn. »Leonard Martens … Ja … Ja, natürlich! Sind sie ganz sicher? Gut, ich danke ihnen für den Anruf.«

Leonard klappte sein Handy zu und atmete einmal tief

durch. »Sarah lebt. Sie ist vor fünf Minuten aus dem Flugzeug aus Washington gestiegen und ist noch auf dem Flughafen bei der Polizei.« Er riss das Holzkreuz aus der Erde und gab es dem Priester. »Hier, verbrennen Sie es.« Dann blickte er zu Markus, der immer noch so dasaß, die Ellenbogen auf den Knien und das Gesicht in den Händen vergraben.

29.

Der Wagen raste den Highway entlang in Richtung Flughafen. Markus saß ruhig auf dem Beifahrersitz, während Leonard fuhr und dabei telefonierte. »Ja, wir sind etwa in einer halben Stunde bei Ihnen. Und nochmals vielen Dank für die anderen Informationen.« Er steckte das Handy umständlich in seine Jackentasche und konzentrierte sich wieder auf den Verkehr. »Das war noch mal die Airport Police. Die Behörden aus Washington hätten sie in letzter Minute darüber informiert, dass der gesuchte Auftragskiller in besagter Maschine sitzt, zusammen mit Sarah McDonnan. Daraufhin wurde er noch auf dem Rollfeld festgenommen. Der Anruf bei Cohn stimmt zwar, aber die Auftragserledigung war gelogen. Vermutlich wagte dieser Killer nicht einzugestehen, dass er ein zweites Mal versagt hatte, und heftete sich daraufhin im Flugzeug erneut an Sarahs Fersen. Na, in zwanzig Minuten sind wir da und wissen mehr. Der Schlüssel liegt bei Katharina. Wenn wir die Sache hier durch haben und Sarah raus ist, fahre ich sofort zu Katharina nach Watsonville. Die Leute vom Police Department müssen mir einfach eine Erlaubnis geben, mit ihr zu sprechen.«

Leonard hielt mit einer Vollbremsung direkt vor dem Flughafenhaupteingang. »Aber das Wichtigste ist, dass wir jetzt erst mal Sarah hier rausholen.«

In Markus, der die ganze Zeit stillschweigend neben ihm gesessen hatte, kam plötzlich Bewegung. Er sprang aus dem Auto und rannte, ohne auf Leonard zu achten, durch die Abfertigungshalle.

Als sie endlich vor der Tür mit der Aufschrift Airport Police standen, beruhigten sie sich eine Sekunde, um dann mit ruhigen Schritten den Raum zu betreten. Hier herrschte ein ziemliches Durcheinander von Beamten, Zivilisten und Fluggästen mit Gepäck. Leonard fragte sich durch, und sie wurden zu einem Officer Miller geführt, der gerade telefonierte. Der Officer war pummelig, durchgeschwitzt und einer dieser hektischen Typen. Leonard wartete, bis er aufgelegt hatte, und stellte sich vor. Er hatte seinen Namen noch nicht ganz ausgesprochen, da winkte Mister Miller schon ab und redete wie ein Uhrwerk. »Ich weiß, man hat mir gerade am Telefon gesagt, dass Sie da sind. Wissen Sie, wir haben Schwierigkeiten mit der Zuständigkeit des Falles. Vor fünf Minuten schalteten sich sogar die Besserwisser vom FBI ein, da der Begleiter Ihrer Frau ein lang gesuchter Profikiller ist. Aber Sie wollen jetzt sicher erst mal zu ihrer Frau, sie weiß Bescheid und wartet schon.«

Leonard beeilte sich, den Irrtum aufzuklären, und zeigte auf Markus. »Es ist nicht meine Frau, sondern die Frau meines Freundes Markus Franke.«

»Oh, entschuldigen Sie!«, sagte Mister Miller. Dann bat er die beiden, ihm zu folgen. Vor einer Tür blieb er stehen. Er öffnete sie. Sarah erhob sich von ihrem Stuhl, und Markus ging ruhig auf sie zu. Dann lagen sie sich in den Armen. Der Officer schloss die Tür wieder und griff nach Leonards Arm.

»Kommen Sie, Ihr Freund braucht Sie im Augenblick nicht. Wir gehen in mein Büro und telefonieren mit den Schlaumeiern im Police Department von Watsonville. Vielleicht wissen Sie ja inzwischen mehr über unseren Killer.«

Zwischen Markus und Sarah war noch kein Wort gefallen. Er hielt sie immer noch in seinen Armen, und sie schien an seiner Schulter leise zu weinen, als die Tür geöffnet wurde und Leonard eintrat.

»Ihr müsst euch leider noch eine Weile für weitere Fragen bereithalten, tut mir leid.«

Sarah klammerte sich an Markus und flehte ihn an: »Ich will hier raus, ich will auch keine Fragen mehr beantworten müssen, ich kann nicht mehr.«

Leonard stand ein wenig hilflos vor den beiden. Plötzlich ging Sarah auf eine Beamtin zu, die gerade an der noch offenen Tür vorbeieilte, und fragte nach der Toilette. Die Beamtin zeigte in eine Richtung, und Sarah verschwand. Markus ließ Leonard stehen und ging Sarah hinterher. Er blieb vor der Toilettentür stehen, drehte sich um und schaute Leonard in die Augen. Sein Blick war wie aus einer anderen Welt. Er hatte seit dem Friedhof kein einziges Wort mehr gesprochen und klang erschöpft und müde.

»Wir müssen hier weg, Leonard, ich kann das alles nicht mehr aushalten.«

»Hör zu!«, sagte Leonard ruhig. »Ich werde mein Bestes versuchen, aber du musst die Situation verstehen. Gegen Sarah liegt hier zwar nichts vor, sie ist im Grunde genommen eine freie Frau, doch bei der Kompliziertheit dieser ganzen Sache … Wahrscheinlich bleibt ihr sogar eine Gegenüberstellung mit Katharina nicht erspart. Die Kollegen von Watsonville haben Katharina eine …«

Plötzlich griff Markus nach Sarahs Hand, die in diesem Augenblick aus der Toilette kam, und verließ mit ihr ganz ruhig das Police Office. Der verdutzte Leonard drehte sich in alle Richtungen und wunderte sich, dass nichts passierte. Es schien der Augenblick zu sein, in dem alle gerade telefonierten oder auf ihren Computer starrten. Also eilte er den beiden hinterher und befand sich plötzlich in der Flughafenhalle unter vielen Menschen. Im allgemeinen Gewühl hatte er die beiden binnen Sekunden verloren. Wo er auch suchte – Markus und Sarah schienen wie vom Erdboden verschluckt zu sein. Er rannte zur Polizeistation zurück und erwischte Officer Miller wieder beim Telefonieren. Der gab ihm ein Zeichen, dass er einen Moment warten solle. Als er sich endlich zu ihm wandte, machte Leonard ihm die peinliche Situation klar, dass er Markus und Sarah im Gedränge verloren hatte.

»Sie haben Glück, mein Lieber«, brummte ihn Officer Miller an. »Ich bin raus, mich geht die ganze Sache nichts mehr an, wir überführen gerade den auf Ihre Frau angesetzten Killer nach Watsonville ins Police Department.«

»Sie ist nicht meine Frau«, berichtigte Leonard erneut. »Sie ist …«

»Ja, ich weiß«, unterbrach ihn Mr. Miller. »Sie ist die Frau Ihres Freundes!« Er drehte sich um und ließ Leonard stehen, dann kam er noch einmal zurück. »Und außerdem ist sie nicht die Frau Ihres Freundes. Für wie blöd halten sie mich eigentlich? Die Frau Ihres Freundes Markus Franke heißt Katharina Franke und sitzt in Watsonville im Police Department unter Mordanklage. Sie denken wohl auch, wir sind hier alle Volltrottel, was?«

In diesem Moment wurde ihm ein Zettel gereicht. Er setzte seine Brille auf und las ihn mit hochgezogenen Augenbrauen. Dann schaute er Leonard über den Brillenrand hinweg an. »Und falls es Sie interessiert! Ihr Freund hat mit Miss McDonnan ein Taxi bestiegen. Und jetzt beeilen Sie sich! Sie fahren mit nach Watsonville ins Police Department, ich habe eine Gesprächserlaubnis mit Katharina Franke für Sie durchgedrückt.« Mr. Miller zündete sich genüsslich eine Zigarre an, nickte Leonard zu und verschwand in seinem Büro.

Das Taxi mit Sarah und Markus raste auf dem Highway in Richtung Watsonville.

»Wie geht es deiner Tante?«, fragte Markus vorsichtig nach langem Schweigen. Da er nicht wusste, inwieweit man Sarah darüber informiert hatte, dass sie nur knapp einem Mordanschlag entgangen war, wollte er sie damit vorerst nicht konfrontieren, sondern so normal wie möglich erscheinen.

»Jetzt nicht«, sagte sie knapp. »Ich erzähle es dir später, ja?«

Markus nickte verständnisvoll und sah eine Weile stumm aus dem Fenster. Auch wenn es ihnen zunächst einmal gelungen war, dem polizeilichen Prozedere zu entkommen, war das von Leonard angekündigte Zusammentreffen mit Katharina unvermeidbar. Von Katharina ging zwar keine Gefahr mehr aus, dennoch fürchtete Markus plötzlich, Sarah durch eine Gegenüberstellung erneut einer Bedrohung auszusetzen. Er würde sie auf keinen Fall mit Katharina allein lassen, denn das Wichtigste war jetzt, sie vor Katharinas unbändigem Hass zu beschützen. Markus drehte den Kopf und ließ seinen Blick über Sarah streifen. Sie wirkte müde und erschöpft.

»Ich hätte dich glatt übersehen, wenn ich dich abgeholt hätte«, sagte er und betrachtete ihr neues Outfit.

Sarah zuckte zusammen, dann lächelte sie und sah an sich hinunter. »Ich hatte plötzlich das dringende Bedürfnis nach einer Veränderung. Normalerweise gehen Frauen dann zum Friseur, aber neue Sachen tun es manchmal auch.«

In diesem Moment überholte sie mit lautem Sirenengeheul ein Polizeiwagen, setzte sich genau vor sie und zwang das Taxi, die Geschwindigkeit zu drosseln. Der Taxifahrer fluchte leise und fuhr an den Fahrbahnrand.

»Waren wir zu schnell?«, fragte Markus.

Der Fahrer bejahte und ließ die Scheibe herunter. Aus dem Polizeiwagen stieg ein junger Officer und kam auf sie zu. Er nickte dem Taxifahrer zu, öffnete die hintere Autotür und beugte sich freundlich lächelnd zu Sarah hinunter.

»Entschuldigen Sie, Miss McDonnan, aber es sind doch noch ein paar Fragen aufgetaucht. Wenn Sie uns bitte begleiten würden, wir brauchen Sie noch einmal.«

Sarah wandte sich mit ängstlichem Blick zu Markus. »Bitte nicht!«

Markus reichte dem Taxifahrer einen Schein und schob dann behutsam Sarah aus dem Wagen. »Wir stehen das gemeinsam durch. Versprochen.«

In einem größeren Raum saßen einige Beamte, als Sarah und Markus hereingeführt wurden. Eine Beamtin bat die beiden, ihr zu folgen. Sie gingen einen langen Gang hinunter und betraten ein Büro, in dem sich niemand befand. Sie bat Sarah und Markus, sich zu setzen, und verließ den Raum. Gleich darauf öffnete sich wieder die Tür, und Leonard trat ein.

»Es tut mir leid, Markus, dass ich dir das nicht ersparen konnte.« Er nahm sich einen Stuhl und setzte sich direkt vor Sarah. Leonard sah sie lange an, ohne etwas zu sagen. Voller Besorgnis beobachtete Markus Sarahs angespannte Haltung und die zunehmende Unruhe unter Leonards Blick. Beschützend griff er nach ihrer Hand, aber sie entzog sie ihm abrupt. »Wissen Sie, was mein Problem ist, Frau Franke?«, begann Leonard freundlich lächelnd. »Mein Problem ist, dass meine Frau seit sechs Jahren unglücklich ist, weil sie die Grüne-Bohnen-Suppe nicht so hinkriegt, wie sie meine Mutter immer gemacht hat. Ich wusste das nicht, aber Sarah McDonnan wusste es, und ich habe es eben erst von ihr erfahren.« Er ließ einen Moment den Satz so stehen. »Oh, Entschuldigung, wir kennen uns ja noch nicht. Mein Name ist Leonard Martens, und meine Frau heißt Cameron. Sie ist Krankenschwester und mit Sarah befreundet.«

Katharina starrte aus dem einzigen Fenster in diesem Raum. Sie wusste, dass das Leben, das sie führen wollte, an dieser Stelle zu Ende war. Leonard stand auf, ging zu einem kleinen Nebentisch, auf dem ein Mikrofon stand und drückte auf einen Knopf.

»Ich bin fertig, Sie können sie jetzt abholen.« Dann setzte er sich wieder an den Tisch. Eine gespenstische Stille entstand, in der nichts geschah. Das laute Öffnen der Tür ließ die drei hochschrecken. Zwei Beamte betraten den Raum und führten Katharina hinaus. Markus saß benommen auf seinem Stuhl, als er Leonards Hand auf seiner Schulter spürte. »Es ist vorbei, Markus, alles ist gut, es ist jetzt alles zu Ende.« Markus war noch nicht fähig, zu reagieren. Entsetzt starrte er auf den leeren Stuhl neben sich, auf dem eben noch Katharina gesessen hatte. Wie war es möglich, dass er nicht erkannt hatte, wer im Taxi neben ihm gesessen hatte? Warum hatte er nicht gespürt, dass sie nicht Sarah war! Markus schämte sich jetzt fast dafür.

Sarah hatte also tatsächlich den früheren Flug von Washington genommen. Dann hatte man sie auf dem Friedhof verhaftet. Katharina und der Killer, die gemeinsam Sarah nach Washington gefolgt waren, nahmen den Achtzehn-Uhr-Flug, mit dem eigentlich Sarah gekommen wäre. Und Katharina nutzte die allgemeine Verwirrung, um mit Markus zu entfliehen. Hätte man Leonard keine Vernehmungserlaubnis gegeben, wäre es durchaus möglich gewesen, dass die entscheidenden Fragen nicht gestellt worden wären. Und wenn doch, wäre Katharina sicherlich längst in der Weite Amerikas verschwunden. Grüne-Bohnen-Suppe! Großer Gott, was für ein unglaublicher Zufall!

Leonards Stimme holte ihn in die Gegenwart zurück. »Im Nebenzimmer wartet jemand auf dich.«

Langsam erhob sich Markus und blieb schwankend stehen. Die Anspannung der letzten Stunden hatte ihm alle Kraft geraubt, er befürchtete plötzlich, seine Füße würden ihn nicht mehr tragen. Haltsuchend tastete er nach der Stuhllehne und schloss für einen Moment die Augen. Dann spürte er Leonards festen Griff, der ihn zu Sarah führte, die ihn umarmte und gleichzeitig stützte, wie einen Menschen, den man kurz vor dem Ertrinken aus dem Meer gezogen hatte.

»Ich lasse euch jetzt erst mal allein, es sind noch ein paar kleine Formalitäten zu erledigen, dann könnt ihr gehen.« Leonard verließ das Zimmer, kehrte aber schon nach wenigen Minuten zurück.

»Katharina hat den Wunsch geäußert, noch einmal mit ihrer Schwester sprechen zu dürfen. Das liegt aber bei dir, Sarah, ob du das möchtest.« Markus schien augenblicklich aus dem lähmenden Zustand erwacht zu sein und stellte sich instinktiv vor Sarah. »Das werde ich nicht zulassen«, sagte er laut und erregt in Leonards Richtung.

»Doch, Markus!«, widersprach ihm Sarah. »Ich sollte ihr diese letzte Chance geben.«

Als Sarah kurz darauf den Verhörraum betrat, war er leer. Sie war für einige Augenblicke allein, bevor Katharina, der man inzwischen Handschellen angelegt hatte, von einer Beamtin hereingeführt wurde. Die Beamtin räumte noch einige Dinge vom Tisch, dann verließ sie das Zimmer. Minutenlang fiel kein Wort. Sarah erinnerte sich plötzlich daran, wie sie vor Monaten an Katharinas Tür geklingelt hatte und sie sich – genau wie jetzt – stumm angesehen hatten. Sosehr sich Sarah damals einen Funken an Freude bei Katharina gewünscht hatte, so sehr wünschte sie jetzt, niemals in das Leben ihrer Schwester getreten zu sein.

»Ich wollte nicht, dass es so kommt. Das musst du mir glauben«, begann Katharina.

Sarah sah Katharina direkt in die Augen. Sie hoffte inständig, in ihnen etwas zu finden, was ihr die Möglichkeit gab, zu verstehen, aber Katharinas Blick blieb undurchdringlich.

»Ich weiß nicht. Ich kenne dich nicht«, sagte Sarah leise.

»Das stimmt, wir kennen uns nicht.«

Katharina hielt einen Augenblick inne, bevor sie weitersprach. »Ich weiß, dass das, was ich getan habe, durch nichts zu rechtfertigen ist, und dass ich das Recht verspielt habe, dich um etwas zu bitten. Ich will es trotzdem tun, meiner Tochter zuliebe. Ihr Name ist Clara. Ich habe sie hier zur Welt gebracht. Ich bitte dich, Sarah, mein Kind …« Dann kamen ihr die Tränen, sie stockte. »Ich bitte dich, das Kind … Es ist in der Obhut von Dolores Johnson, die neben der kleinen Gospelkirche wohnt. Wenn sie nicht da ist, ist sie mit dem Baby in der Kirche. Sie singt dort im Chor.«

Katharina stand abrupt auf. Sie griff in ihre Hosentasche,

zog den Ehering heraus und legte ihn vor Sarah auf den Tisch. Dann ging sie zur Tür, die auf ihr Klopfen hin geöffnet wurde. Sarah hörte noch den Hall ihrer Schritte auf dem Gang, bis sie verstummten und eine unwirkliche Ruhe eintrat.

Epilog

Es war einer der Tage, an dem man glaubte, die Berge berühren zu können. Die Luft war klar und kalt, und die Sonne färbte die Wolken korallenrot, bevor sie langsam hinter den schneebedeckten Gipfeln versank.

»Wolltest du nicht zum Meer?«, fragte Markus.

»Nein«, sagte Sarah und schaute weiter geradeaus auf die untergehende Sonne. »Warum erzählst du mir nicht, worüber ihr gesprochen habt?«

Sarah griff nach dem Pappbecher mit Kaffee und trank einen Schluck. »Katharina wollte nur, dass ich sie verstehe.«

Markus nahm ihr den Pappbecher aus der Hand, trank selbst einen Schluck und steckte ihn wieder in die Halterung.

»Und verstehst du sie?« Sarah schaute ihn kurz an, dann nahm sie seine Hand, küsste sie und drückte sie an ihre Wange. Behutsam legte sie die Hand wieder in seinen Schoß. »Ich möchte mit dir zu einer kleinen Gospelkirche fahren, vielleicht haben wir Glück, und sie singen gerade«, sagte Sarah. Ein warmes Lächeln huschte über ihr Gesicht.

Es dauerte nur Sekunden, fast geräuschlos und ohne Aufsehen.

Ganz langsam färbte das Blut den Asphalt. Die Augen starr auf den leblosen Körper gerichtet, muteten die Gesichter der Beamten im ersten Moment fast teilnahmslos an. Doch eine Sekunde später breitete sich Entsetzen unter den Umstehenden aus.

Keiner konnte voraussehen, dass die Gefangene so schnell und zielgerichtet die Situation erfassen würde. Der Truck war noch knapp hundert Meter entfernt, als die Beamten Katharina aus der Police Station führten. Ihre Lippen waren weiß und ihre Augen zu Schlitzen geformt, so als würde die Sonne, die inzwischen tief am Horizont stand, sie blenden.

Tatsächlich aber verfolgte sie, ohne den Kopf zu drehen, den heranfahrenden Wagen, riss sich los und warf sich mit wenigen Schritten auf die Straße. Sie war auf der Stelle tot.

Danksagung

Eigentlich würde es dieses Buch gar nicht geben … wäre da nicht mein Mann!

An dieser Stelle danke ihm aus tiefstem Herzen für die nächtelangen Gespräche, für sein geduldiges Zuhören, die offene, manchmal harte Kritik und den festen Glauben an mich. Ihm verdanke ich auch, dass ich meine Idee niemals aus den Augen verloren habe. Danke, Micha!

Ich danke Holger Kuntze, meinem Agenten und mittlerweile guten Freund, der mir vom ersten Tag an vertraute und auf dem langen und holprigen Weg nicht müde wurde, mich mit Ideen, Lob und Kritik zu bombardieren.

Und nicht zuletzt danke ich Reinhard Rohn, meinem Lektor, für seine unendliche Geduld, die fachmännische Hilfe und produktive Zusammenarbeit.

Vielen lieben Dank an Franziska Günther für den weiblichen Beistand!

Ein letzter lieber Dank gilt meiner Tochter Maxi für ihr Verständnis, was die fehlende gemeinsame Zeit betrifft.

Beim Aufwachen blicke ich in Pablos strahlende grüne Augen, sie beobachten mich. Ich entdecke eine kleine graue Strähne an seiner Schläfe, die mir gestern Abend nicht aufgefallen ist. Ein Zeichen von Reife. Im Morgenlicht wirkt er etwas älter. Sein Zimmer gefällt mir. Es ist wie eine Reise: ein asiatischer Wandteppich, weiße Vorhänge, ein balinesisches Bett.

»Die Kinder sitzen beim Frühstück, der Kaffee ist fertig. Ich habe keine Zeit, sie zu bringen. Kannst du das übernehmen?« Nach einem kurzen Schweigen und mit einem Lächeln fügt er hinzu: »War das eine Nacht ... Was für eine Leidenschaft, Liebling!«

Er drückt mir einen sanften Kuss auf den Mund und geht. Habe ich richtig gehört? Die Kinder? Welche Kinder? Wie viele Kinder? Seine? Ich habe keine. Ich bin sprachlos und verwirrt.

»Pablo«, sage ich, und es klingt wie ein geflüsterter Hilferuf.

»Tschüs, meine Liebste«, ruft er mir mit dem unwiderstehlichen Akzent zu, der mich schon gestern Abend verzaubert hat.

Gestern Abend, denke ich lächelnd. Doch bevor ich in aller Ruhe aufstehen und unter die kalte Dusche springen kann, schmeißen sich zwei kleine Menschen auf mich.

»Guten Morgen, Mama, kommst du mit uns frühstücken?«

Mama? Der Typ hat ja wirklich Nerven, mir einfach seinen Nachwuchs aufzudrücken, und was fällt ihnen überhaupt ein, mich Mama zu nennen?

»Ich hab meine Cornflakes schon auf«, schreit die Kleine. Sie könnte vier sein, keine Ahnung. Ihr Bruder ist ungefähr acht, glaube ich jedenfalls. Kinder kann ich schlecht einschätzen. Der Junge sieht mich tadelnd an.

»Trödel nicht so rum, Mama, sonst kommen wir zu spät zur Schule.«

Aber ja doch. Missmutig springe ich aus dem Bett und suche den Fußboden nach den Klamotten ab, die ich gestern anhatte. Keine Spur von ihnen. Stattdessen liegt auf einem Sessel ein Kleid, das ich nicht kenne. Ich öffne den Schrank, auf gut Glück.

»Nimmst du heute ein T-Shirt von Papa?«, fragt die kleine Blonde mit ihrem zarten Stimmchen.

»Vielleicht, ich weiß noch nicht«, sage ich und öffne die andere Tür, hinter der sich zu meiner großen Erleichterung Damenkleidung verbirgt. Ich ziehe eine Jeans und ein fremdes blassgrünes T-Shirt über und folge den Kindern in die Küche.

Bestimmt wache ich gleich auf, das kann alles nicht wahr sein. Ich bin schließlich nicht verrückt! Ich habe Pablo gestern kennengelernt, wir haben keine Kinder. Jetzt erst mal einen Kaffee, und gleich ist der Alptraum vorbei.

»Du tust Zucker in deinen Kaffee?«, wundert sich der Kleine.

»Ja, warum?«

»Weil du das sonst nie machst.«

Aus Verzweiflung darüber, wie man nur so etwas Dämliches träumen kann, stoße ich einen Seufzer aus. Ich betrachte die beiden. Hübsche Kinder.

Wir machen uns auf den Weg, die Kinder gehen voran. Sie führen mich geradewegs zum Kindergarten, wo wir die Kleine abliefern – und wo ich begrüßt werde wie eine alte Bekannte. Ich wache einfach nicht auf.

»Bleibt Lola heute zum Essen hier?«, fragt die Erzieherin. Freundlich lächelnd hat sie sich vor mir aufgebaut.

»Ja, Mama, bitte sag ja. Ich will mit meiner Freundin zusammen essen.«

Ich nicke zustimmend, soll mir nur recht sein. Anschließend machen wir uns auf den Weg zur Grundschule, und ich schlage dem Jungen, dessen Namen ich nicht einmal kenne, ein Spiel vor.

»Es geht so: Wir begegnen uns zum ersten Mal, und du sagst mir, wie du heißt, was deine Hobbys sind, eben alles, was dir gefällt, einverstanden?«

Er heißt Youri. Jeden Mittwoch besucht er eine Zirkusschule, und er ist in Laura verliebt, die in der 2a neben ihm sitzt. Aber am allermeisten liebt er mich. Bevor ich an die Reihe komme, sind wir schon vor dem Schultor angekommen.

»Aber morgen bist du dran, Mama!« Zum Abschied drückt er mir mit demselben zweideutigen Schalk in den Augen wie sein Vater einen Kuss auf den Mundwinkel, dann stehe ich wieder allein auf der Straße. Ich betrete das nächste Café, bestelle einen doppelten Espresso, den doppelten Whisky verkneife ich mir. Plötzlich wird mir bewusst, dass ich keinen Wohnungsschlüssel dabeihabe, schluchzend breche ich über dem Tisch zusammen.

Der Wirt tritt zu mir. »Marie, meine Kleine, heute ist wohl nicht dein Tag, wie?« Was soll ich ihm antworten? »Na, dann geht der Kaffee wenigstens aufs Haus.«

Umso besser, Geld habe ich nämlich auch nicht. Niedergeschlagen mache ich mich auf den Weg und hoffe, dass es einen Hausmeister gibt, der einen Zweitschlüssel besitzt. Ich muss irgendwie in die Wohnung kommen, mir Geld beschaffen, Anhaltspunkte finden, die mir sagen, wie zum Teufel ich in diesem Film gelandet bin. Im Vorübergehen werfe ich einen Blick auf die Zeitung. Freitag, 12. Mai 2000. Ich stehe eine Zeitlang wie benommen vor dem Verkaufsständer des Kiosks.

»Nimm sie ruhig mit, Marie, du kannst später bezahlen«, ruft mir eine dicke Frau zu, die einen Stapel Zeitschriften aus einer Plastikhülle zerrt.

Gestern Abend war Donnerstag, der 12. Mai 1988. Ich weiß es genau. Doch hier steht schwarz auf weiß, dass seitdem zwölf Jahre vergangen sind. Was ist passiert? Ich kann mich an nichts erinnern ... Nur an eine siebte Etage irgendwo am Montmartre. Ich sehe Pablo, wie er mich auf den Balkon hinausführt, um Sacré-Cœur zu bewundern. Pablo, das Gesicht in meiner Bluse vergraben, wie er zwischen den Blumentöpfen hinausschreit, dass er mich begehrt. Pablo, der in diesem Augenblick meine einzige Brücke zum Gestern ist.

Zwölf Jahre sind ins Land gezogen ... Habe ich noch eine Mutter? Meine alten Freunde? Eine Arbeit? ... Vielleicht werde ich dort erwartet. Aber wo? Auf dem Nachhauseweg frage ich mich, was wohl aus meiner alten Wohnung geworden ist.

Ich stolpere über den Zahlencode an der Tür. Jemand verlässt das Haus und grüßt mich.

»Guten Tag, Madame de Las Fuentes, wie geht's?«

Aha, ich bin also verheiratet. Ich murmele ein »Sehr gut, danke« und schiebe mich durch die geöffnete Tür. Im Treppenhaus treffe ich die Concierge und frage sie mit klopfendem Herzen, ob sie einen Zweitschlüssel zu unserer Wohnung besitzt.

»Aber ja, Madame, Ihr Mann hat ihn mir erst gestern zurückgegeben.« Geliebter Pablo! »Haben Sie Ihren Schlüssel oben vergessen? Sie waren heute Morgen wohl noch nicht ganz wach, wie?«

Wenn sie wüsste, wie tief ich immer noch schlafe!

Als ich wieder in meiner – in unserer? – Wohnung bin, fühle ich mich etwas besser. Erschöpft, aber geborgen. Ich kann es nicht fassen. 2000! Das mythische Jahr 2000 ... An der Uni haben wir uns immer vorgestellt, was wir alles im Jahr 2000 machen würden. Wir phantasierten herum, als ginge es um einen Science-Fiction-Film. Ebenso gut hätten wir von einem Ausflug auf den Mond faseln können. Und wie es scheint, bin ich nun dort angekommen! Ich ergründe jedes einzelne Zimmer, aber wo finde ich Spuren dieser zwölf Jahre, die offenbar ohne mich stattgefunden haben? Schon bald fallen mir Fotoalben in die Hände. Wer hat sie zusammengestellt? Ich hatte nie Zeit für so lästige Aufgaben. Meine Fotos lagen immer wild durcheinander in einer großen Schachtel, auf die meine Freunde sich stürzten, um unseren letzten Urlaub Revue passieren zu lassen oder, noch besser, um sich über Szenen unserer Kindheit zu amüsieren. In unserer Clique bin ich die Einzige, die so viele Bilder hat. Ich mache gerne Fotos, seit meiner Jugend entwickle ich sie auch selbst.

Ich habe ein bisschen Angst davor, das erste Album aufzuschlagen, und gehe ins Badezimmer – eine Idee, auf die ich noch gar nicht gekommen war: der Spiegel. Er gibt mir eine Antwort: Mein Gesicht ist schmaler geworden. Ich habe ein paar Fältchen an den Augen, aber immerhin erkenne ich die Frisur wieder. Ich kann nicht sagen, dass mir die Veränderungen in meinem Gesicht missfallen würden, aber ich komme einfach nicht darüber hinweg ... Zwölf Jahre – einfach so verflogen?! Das Gefühl der geraubten Zeit ist mir unerträglich. Als mir wieder Tränen in die Augen schießen, steige ich unter die Dusche. Mir tut alles weh, wie nach einer wunderbaren Liebesnacht. Das ist die einzige Verbindung zu dem Abend gestern, die ich spüre. Ich ziehe einen Bademantel über, der weiblich genug aussieht, um meiner sein zu können, und inspiziere den Inhalt des – meines? – Kleiderschranks. Die Klamotten darin entsprechen nicht hundertprozentig meinem Geschmack, aber sie sind sehr stilvoll. Ich entscheide mich für das, was meines Erachtens am besten zu der jungen Frau passt, die ich gestern war: einen ziemlich kurzen Rock und ein enganliegendes geblümtes T-Shirt. Beim Anziehen wage ich es endlich, mich zu betrachten. Der Bauchnabel – gebogen wie ein Zirkumflex. Und plötzlich wird mir klar: Ich war schwanger. Ich habe neun Monate lang ein Kind in mir getragen. Ich habe es zur Welt gebracht. Ein Gefühl von Ohnmacht, fast von Scham durchdringt mich. Wie kann man so etwas vergessen? Wenn die Zeitung recht hat und wir tatsächlich das Jahr 2000 schreiben, bin ich durchgedreht und übergeschnappt, denn dann habe ich zwölf Jahre meines Lebens ausradiert. Vielleicht sollte ich einen Arzt um Rat fragen. Werden sie mich einsperren? Muss ich endlose Untersuchungen über mich ergehen lassen? Eine lähmende Angst schnürt mir die Kehle zu. Ich beschließe, zunächst auf eigene Faust weiterzuforschen, ohne die Ärzteschaft zu behelligen. Vermutlich kann sich eine so plötzliche Veränderung ebenso schnell wieder zurückentwickeln. Oder wandle ich immer noch in einem absurden Traum? Vielleicht wache ich gleich neben Pablo auf, ohne Kinder, und habe einen neuen Job? O je, mein neuer Job … Halt! Ganz ruhig bleiben. Unzählige Fragen rasen mir durch den Kopf und versetzen mich in wilde Panik, mir wird schlecht vor lauter Angst. Ich stütze mich auf einen Stuhl, an dem eine Handtasche baumelt, bestimmt meine. Das Telefon klingelt. Ich zögere, greife dann aber mit fester Hand nach dem Hörer.

»Hallo, Schatz? Wieder zu Hause? Ist mit den Kindern alles gut gelaufen? Lola ist so süß. Nach dem Aufwachen hat sie mir überschwängliche Liebeserklärungen gemacht. Die Kinder, die du mir geschenkt hast, sind das Schönste in meinem Leben. Geht es dir gut?« Ich sage zu allem ja. Etwas zaghafter fährt er fort. »Ich weiß, du machst dir Sorgen wegen der Arbeit.« Ich traue meinen Ohren kaum. »Du wirst bald etwas anderes finden. Bei der dicken Abfindung, die du bekommst, kannst du das ganz in Ruhe angehen. Ich bin ja auch noch da. Lass dir Zeit, ruh dich aus. Wir müssen uns Freiräume nur für uns beide schaffen. Du solltest die Gelegenheit nutzen und wieder schreiben. Ich finde, du hast Talent.«

Soso, ich habe also keine Arbeit mehr. Köstlich. Lange habe ich den Job ja nicht gemacht. Gestern habe ich meinen Einstand gefeiert, und heute stehe ich auf der Straße. Trotzdem bin ich erleichtert, dass ich nun alle Zeit der Welt habe, um Nachforschungen über mein Leben anzustellen.

»Du müsstest dir nur die richtige Geschichte ausdenken, ein schönes Thema, irgendetwas Originelles …« Pablo schwelgt weiter in literarischen Anregungen, und ich muss aufpassen, dass ich nicht lospruste. »Ich kann leider gleich nicht mit dir zu Mittag essen, aber du wirst mir fehlen. Bis heute Abend, mein Schatz … Liebst du mich? Bist du zu Hause, wenn ich komme?« Er wirkt irgendwie nervös.

Ich antworte ja mit dem ganzen Impetus meiner Verzweiflung, doch er hat wohl ein Zaudern in meiner Stimme gespürt.

»Bist du sicher?« Er darf nichts davon erfahren.

»Pablo, du bist der wunderbarste Mann, den ich kenne. Willst du mich heiraten?«

Er lacht. »Meine Liebste, ich werde dich mit dem allergrößten Vergnügen immer wieder heiraten. Hab einen schönen Tag, meine Zukünftige.«

Ich lege auf. Es stimmt also, wir sind verheiratet! Madame … Wie haben sie mich heute Morgen genannt? Ein schrecklicher Name. Ich muss mich dringend mit den Fotoalben beschäftigen. Und wo ist eigentlich mein Ehering?

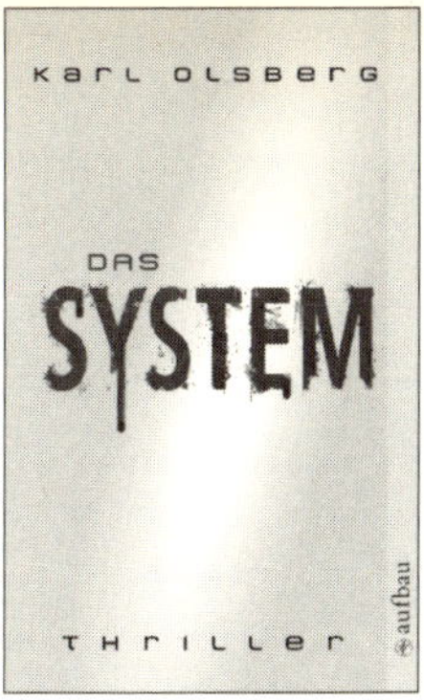

KARL OLSBERG
Das System
Thriller
403 Seiten
ISBN 978-3-7466-2367-2

Die Zukunft der Menschheit ist in Gefahr

Was wäre, wenn alle Computer der Welt plötzlich verrückt spielten? Als Mark Helius zwei Mitarbeiter seiner Softwarefirma tot auffindet, weiß er, dass im Internet etwas Mörderisches vorgeht. Stecken Cyber-Terroristen dahinter? Oder hat das Datennetz ein Eigenleben entwickelt? Eine Jagd auf Leben und Tod beginnt, während rund um den Globus das Chaos ausbricht. Dieser atemberaubende Thriller zeigt beklemmend realistisch, wie schnell unsere technisierte Welt aus den Fugen geraten kann.

»Ihren PC werden Sie nach dieser Lektüre nur noch mit gemischten Gefühlen hochfahren.« EMOTION

Mehr Informationen erhalten Sie unter www.aufbau-verlag.de oder in Ihrer Buchhandlung

atb aufbau taschenbuch

HANSJÖRG SCHERTENLEIB
Die Namenlosen
Roman
314 Seiten
ISBN 978-3-7466-1853-1

»Ein geheimnisvolles Buch zu Liebe und Gewalt.« SÜDDEUTSCHE ZEITUNG

Christa Notter wird gejagt. Die 40-jährige Frau versteckt sich in Irland und schreibt ihrer Tochter, die ihr nach der Geburt weggenommen wurde. Sie schreibt gegen die Zeit und um ihr Leben, denn sie hat die Sekte verraten, deren Mitglied sie war. Der charismatische und brutale Sektenführer Fisnish wird sie töten. Es sei denn, ihr Geliebter findet sie zuerst. Gekonnt verbindet Schertenleib das Thriller-Genre mit seiner einfühlsam beobachtenden, poetischen Sprache.

»Knapper kann man eine Geschichte nicht erzählen, spannender auch nicht.« BERNER ZEITUNG

»Ein Thriller mit internationalem Flair, ein schillernder Sektenreport, gut recherchiert, sehr aktuell. ... Eine Intensität und Leichtigkeit, wie man sie sonst nur aus dem Kino kennt.« TAGESSPIEGEL

Mehr Informationen erhalten Sie unter www.aufbau-verlag.de oder in Ihrer Buchhandlung

atb aufbau taschenbuch